FINALISTE AU PRIX LITTÉRAIRE DES COLLÉGIENS

« *Les larmes de saint Laurent* représente un voyage
exquis, pour lequel de très nombreux lecteurs
devraient s'embarquer. ★★★★ »
Voir

« Après l'éblouissement suscité par son premier
roman, *Du bon usage des étoiles*, on se demandait
si son deuxième ouvrage serait à la hauteur.
Mission accomplie : son originalité
et sa maestria se confirment. »
Entre les lignes

« L'univers de Dominique Fortier est un cabinet
des curiosités à découvrir. »
La Presse

« La structure du roman, quant à elle, est si
inhabituelle qu'on se demande si Dominique Fortier
n'a pas créé ici un nouveau genre littéraire, le roman
sismologique, où les plaques tectoniques du texte,
entrant en collision, provoquent des secousses
capables d'ébranler le lecteur jusque dans ses
fondations. Chose certaine, *Les larmes de saint Laurent*
forcent l'admiration. »
L'actualité

DU MÊME AUTEUR

Du bon usage des étoiles, Alto, 2008 (CODA, 2010)
La porte du ciel, Alto, 2011

Dominique Fortier

Les larmes
de saint Laurent

Alto

Les Éditions Alto remercient de leur soutien financier
le Conseil des Arts du Canada et la Société de développement
des entreprises culturelles du Québec (SODEC).

Les Éditions Alto reconnaissent l'aide financière du gouvernement
du Canada par l'entremise du Fonds du livre du Canada
pour leurs activités d'édition.

Gouvernement du Québec – Programme de crédit d'impôt
pour l'édition de livres – Gestion SODEC.

Illustration : Steve Adams, « Les inséparables », 2004.
(www.adamsillustration.com)

ISBN : 978-2-923550-84-8

On a l'impression qu'au fond les hommes ne savent pas très exactement ce qu'ils font. Ils bâtissent avec des pierres et ils ne voient pas que chacun de leurs gestes pour poser la pierre dans le mortier est accompagné d'une ombre de geste qui pose une ombre de pierre dans une ombre de mortier. Et c'est la bâtisse d'ombre qui compte.

— JEAN GIONO, *Que ma joie demeure*

c e i i i n o s s s t t u v

— ROBERT HOOKE,
De Potentia Restitutiva

Monstres et merveilles

Il neigeait des confettis sur Saint-Pierre. Les flocons de papier lancés par poignées du haut des fenêtres et des balcons de la rue Victor-Hugo se déposaient dans les feuilles des palmiers, sur les pavés, les voitures et jusque dans les naseaux des chevaux qui secouaient la tête pour les chasser. Portés par la brise de la mer, ils virevoltaient un instant avant de venir blanchir les épaules des hommes costumés de jupes et de corsages d'où sortaient, incongrus, leurs puissants bras chocolat au milieu des froufrous et des dentelles, et recouvraient d'un voile les cheveux de leurs compagnes qui se promenaient d'un pas dandinant, vêtues de pantalons retenus lâchement par des bretelles de toutes les couleurs. Chaque année, du début du mois de janvier à la fin de février avait lieu le carnaval où tout un chacun se trouvait brièvement possédé par le facétieux esprit de l'envers. Marchands, ouvriers du port, vendeuses de fruits, pêcheurs et femmes de petite vertu descendaient ensemble dans la rue au dimanche gras pour ne la plus quitter pendant les trois derniers jours, qui se passaient en danse, en défilés et en beuveries. Les festivités culminaient, après un lent crescendo, en une apothéose qui à la fois couronnait le carnaval et y mettait un terme à l'aube du mercredi des Cendres.

Si les riches et les puissants se prêtaient en général d'assez mauvaise grâce aux réjouissances qui leur semblaient un mal nécessaire, cédant pour une soirée les salles de réception de leurs demeures à leurs serviteurs, les pauvres en profitaient pour vivre en ces quelques jours une caricature de l'existence qu'ils auraient rêvé d'avoir tout au long de l'année et dont, parce qu'il leur était donné de l'emprunter pour ainsi dire pendant quelques heures, leurs maîtres calculaient qu'ils continueraient d'accepter d'être privés le reste du temps.

« Je suis ridicule », chuchotait à ce moment monsieur Gaspard de La Chevrotière en s'arrêtant pour toiser avec dédain sa réflexion dans le miroir de plain-pied à l'entrée de la salle à manger, comme s'il y découvrait quelque importun s'étant introduit par ruse chez lui et dont il n'aurait su comment se débarrasser.

« C'est le but de l'opération, si je ne m'abuse, très cher », lui répondit son épouse qui, elle, était joliment habillée d'un uniforme de camériste dont la jupe noire, le tablier blanc et la coiffe de dentelle lui seyaient singulièrement.

Baptiste (qui à l'époque se faisait plutôt appeler Gabriel) suivait l'échange depuis la table où il était assis, lisant sur les lèvres des reflets qu'il observait dans le grand miroir.

« Je ne suis pas arrivé à boutonner le pantalon, grogna monsieur en rentrant le ventre, qu'il avait assez considérable, et en relevant la veste, révélant effectivement une taille où bouton et boutonnière étaient séparés par une distance infranchissable. C'est pourtant celui que j'ai emprunté l'an dernier à George. C'est à n'y rien comprendre. Il aura rapetissé. Je ne vois pas d'autre explication.

— Sans doute, mon ami.»

Avant d'être embauché comme aide-jardinier chez les La Chevrotière, Baptiste avait occupé différents emplois qui lui avaient valu divers types de déconvenues et de brimades, la plupart provisoires puisqu'il ne restait jamais bien longtemps au même endroit et qu'il avait même commencé, un an plus tôt, à changer de nom comme on change d'uniforme quand il prenait un nouveau métier, dans l'espoir d'en trouver un jour un qui lui fît parfaitement et dans lequel il se serait senti à son aise. Il avait ainsi été successivement pêcheur (sous le nom de Lucien), aide-cuisinier à l'hôtel Excelsior (se faisant alors appeler Jacquot), vendeur de coquillages, cocher (affirmant s'appeler Ludger), cueilleur de fruits et aide-électricien, ainsi qu'on nommait les volontaires chargés de porter les outils des ingénieurs dépêchés par la métropole pour procéder à l'installation des réverbères qui éclairaient maintenant les principales artères de Saint-Pierre après le coucher du soleil, faisant dire à quelques vieillards qu'au rythme où allaient les choses on ne saurait bientôt plus reconnaître le jour de la nuit. Sous le nom d'Auguste, il avait en outre brièvement occupé le poste de garçon de courses pour le journal *Les Colonies* et travaillé comme débardeur à charger et décharger les navires qui mouillaient dans le port.

Des humiliations qu'il avait connues sous ses différentes identités, aucune cependant ne se pouvait comparer à celle qu'il éprouva ce soir-là à se voir servi par madame de La Chevrotière, son mari et leur dadais de fils, tous vêtus d'uniformes empruntés à leurs domestiques, tandis que lui-même et le reste du personnel, affublés de soieries et de velours fatigués qu'on leur avait prêtés pour l'occasion, se tortillaient, embarrassés, sur les chaises de la salle à manger où l'on avait allumé le grand lustre à pendeloques. Les deux valets, les trois femmes de chambre, la cuisinière et le jardinier partageaient visiblement son malaise, même s'ils avaient déjà vécu semblable mascarade les années précédentes et savaient donc mieux que lui à quoi s'en tenir.

Seul Edgar, le majordome, semblait tout à fait à son aise au milieu de ce simulacre de repas où les convives examinaient nerveusement leurs couverts comme si fourchettes, cuillères et couteaux risquaient de leur sauter au visage s'ils ne les empoignaient pas dans le bon ordre et s'avisaient de couper le poisson avec un couteau à dessert, alors que ceux qui jouaient le rôle de serviteurs rechignaient à l'idée de se brûler les doigts ou de se salir en manipulant des mets destinés à être mangés par d'autres. Ceux-ci comme ceux-là tiraient sur leurs vêtements auxquels ils n'étaient pas accoutumés, les soubrettes allant jusqu'à plaindre, l'espace d'un instant, leur maîtresse qui devait tous les jours chausser ces petits escarpins pointus qui écrasaient les orteils.

« La maison où j'étais avant, ils nous donnaient notre journée, au carnaval », murmura Ninon, assise près de Baptiste, en triturant un camée dont le ruban noir laissait une marque rouge autour de son cou. Il y avait dans sa voix un regret mêlé de fierté qui pouvait tout aussi bien signifier qu'elle aurait préféré être libre de descendre au port avec la foule ou qu'elle se réjouissait de prendre part à des festivités dignes d'une dame. Dans le doute, Baptiste répondit par un signe de tête.

Madame de La Chevrotière, suivie de son fils Gontran, arriva en portant la soupe, pendant que monsieur débouchait une bouteille de beaujolais d'un air débonnaire et servait chacun en laissant tomber sur la nappe des gouttes violettes que Marguerite, qui faisait office de lavandière deux fois la semaine, regardait avec inquiétude. « Mille mercis, madame, c'est exquis », commenta Lucien, le valet de pied, en se tamponnant poliment les lèvres après avoir goûté le bouillon de légumes. Madame hocha la tête d'un geste gracieux tandis que la cuisinière toussait discrètement dans sa main. Les trois maîtres restèrent debout derrière la table ; on n'entendait dans la pièce que le tintement des cuillères contre la porcelaine et le bruit que faisait Marcel, le jardinier, en aspirant le liquide. Ninon finit par lui administrer un coup de coude dans les côtes et le vieil homme cessa de manger, l'air malheureux, repoussant devant lui son bol encore à demi plein.

Monsieur arriva sur ces entrefaites, déposant devant ses domestiques un plat de poisson qu'il s'échina à découper à l'aide d'une fourchette et d'une cuillère comme il l'avait vu faire mille fois par son maître d'hôtel — dont il n'hésitait pas à condamner la maladresse quand d'aventure il découvrait dans son assiette quelques écailles grises ou une longue arête pointue. Après avoir bataillé plusieurs minutes avec la dorade sous les rires étouffés des commensaux mis en joie par le vin, il abandonna et résolut de trancher la bête en tronçons qu'il déposa sans ménagement dans l'assiette de chacun. Baptiste, servi le dernier, se vit remettre la tête argentée où l'œil rond et la bouche ouverte semblaient exprimer une surprise sans nom. Au poisson succédèrent rapidement un plat de légumes bouillis et un poulet malingre que Gontran, fils et honneur de la maison, qui avait passé la première partie du repas à siffler en douce une deuxième bouteille ouverte à la dérobée, servit avec toute la désinvolture et la mauvaise grâce dont il était capable, déposant dans les assiettes autant d'os et de cartilage que de viande et faisant rouler des petits pois jusque sous la table.

Les serviteurs costumés riaient maintenant trop fort, marquant par là tout le contentement qu'ils avaient d'eux-mêmes, sans se soucier d'être entendus des maîtres qui commençaient à fatiguer, peu habitués à rester debout si longtemps, Ninon et les deux autres femmes de chambre déguisées en grandes bourgeoises se mordaient les lèvres pour y faire affluer le sang et leur donner cet éclat rouge qui leur allait si bien au teint, se penchant à tout propos pour faire voir leurs appas mis en valeur par leur décolleté.

«Vous l'avez vue avec cette soupière? renifla bruyamment la cuisinière. On aurait cru qu'elle transportait un pot de chambre.»

Dans la rue, on entendait les cris et les rires de la foule qui descendait en masse vers le port où, comme chaque année, on s'apprêtait à jeter à l'eau le roi Vaval, censé représenter le plus grand péril à avoir frappé l'île de la Martinique et ses habitants au cours des douze derniers mois ou menaçant de sévir au cours de l'année à venir — politicien véreux, meurtrier sanguinaire, épidémie de grippe ou de fièvre. On lançait cette effigie à la mer au terme d'une bruyante procession rythmée par les crécelles et les tambourins, tout cela au grand dam du père Blanchot, qui s'opposait farouchement depuis son arrivée à ces réjouissances lui rappelant par trop les excès des bacchanales païennes.

Enfin, le repas s'acheva et l'on apporta le gâteau au chocolat censé couronner le souper. Repus, échauffés par l'alcool mais plus encore par la vue des reflets dans les glaces qui leur renvoyaient l'image de leurs visages rosis au-dessus des cols de dentelle, les convives élevaient le ton, proposaient des toasts, et, oubliant les couverts qui leur causaient tout à l'heure une telle frayeur, saisissaient à pleines mains le pain et les fruits disposés dans des corbeilles. Edgar le majordome, dont Baptiste s'avisa à cet instant qu'il était le seul à ne pas s'être costumé — peut-être parce que, considérant que son statut le plaçait quelque part entre maîtres et serviteurs, il s'était contenté d'intervertir une moitié de sa personne pour une autre —, contemplait la scène, imperturbable, tandis que madame de La Chevrotière s'affairait à couper le gâteau non sans une certaine dextérité.

« Tenez, mon brave », susurra-t-elle en offrant l'entame à Jacques, qui était son premier valet depuis plus de vingt ans, comme elle aurait tendu un billet à un mendiant dans la rue. Il eut pour l'accepter un geste maladroit et l'assiette, échappant aux mains potelées de madame, vola en éclats sur le plancher d'acajou. Le silence se fit.

Les commensaux confortablement assis comprenaient maintenant que leurs maîtres se refusassent à se lever, voire à se pencher quand il leur arrivait de laisser tomber un ustensile ou leur serviette de table. Monsieur et madame, pour leur part, n'avaient évidemment pas la moindre intention de se mettre à quatre pattes pour ramasser un mélange de graines collantes et de tessons tranchants. Quant à Edgar, jamais il ne lui serait venu à l'esprit de faire un pas ; chacune des deux parties de son être rejetant sur l'autre la responsabilité d'intervenir, il devint, si la chose était possible, encore plus raide que tout à l'heure, approchant en fixité le bronze de Louis XVIII qui, dans un coin, toisait la tablée. Les assis et les debout se dévisagèrent dans un silence où flottaient des famines, des suggestions de brioches, la menace de guillotines.

Baptiste recula bruyamment sa chaise et, donnant du « madame » à la fois à madame de La Chevrotière, immobile au milieu de la porcelaine brisée, et à la femme de chambre aux pieds de laquelle s'était fracassée l'assiette, entreprit de tout nettoyer à mains nues, comme il ramassait jadis les coquilles d'huîtres sur la plage. Le lendemain, à l'aube, il quitta la maison sans réclamer ses gages mais en emportant deux chandeliers d'argent.

Quand il ferma la porte derrière lui, les rues étaient encore pleines de confettis et de bouteilles vides témoignant des réjouissances de la veille ; sur les vagues flottaient les restes de l'effigie sacrifiée, qui avait pris cette année les traits d'un homme d'affaires américain ayant dépouillé de leur fortune plusieurs veuves pierrotines pour ensuite disparaître mystérieusement. Évidemment, il ne serait venu à l'esprit de personne de confectionner un roi Vaval représentant la montagne dans l'ombre de laquelle se déroulaient les festivités pour la dernière fois.

Peu après la fin du carnaval, quand chacun eut repris sa place et que les nœuds de serpentins eurent fini de se décolorer dans les caniveaux, la Pelée se mit toutefois à crachoter, laissant échapper de faibles nuages gris ou blancs, parfois accompagnés de courtes secousses. Dans l'île, on ne s'en émut point, car on était habitué à ces manifestations bénignes. Installé au village du Prêcheur où (sous le nom de Mathias) il s'était fait cueilleur de café, Baptiste prit l'habitude de lever la tête plusieurs fois par jour pour contempler ces bouffées qu'on aurait dites échappées du fourneau d'une pipe géante. Ce n'est qu'après trois semaines de grommellements que, plus curieux que véritablement inquiet, il entreprit de gravir la montagne afin d'aller constater ce qui se tramait dans les nuages entourant la cime où, enfant, il venait assister au bonheur tranquille des familles qui y faisaient leur promenade dominicale.

Petit, il s'était souvent amusé avec ceux de son âge à gravir les flancs de la Pelée jusqu'au lac des Palmistes, dont la cuvette ronde offrait des eaux tièdes où se rafraîchir après l'ascension. Une croix de fer fichée au bord du bassin se reflétait sur la surface bleue, y projetant une ombre protectrice que venaient un instant troubler les éclaboussures. D'autres enfants y canotaient, ou bien faisaient flotter des bateaux de bois, que Baptiste regardait avec stupeur, sans même songer à les envier. À ce rendez-vous des familles, dont la vue le remplissait d'une sorte de tristesse, il avait vite découvert qu'il préférait l'étang Sec, cratère parcheminé situé quelques centaines de mètres plus bas, en tout temps dépourvu d'eau, et qui pour cette raison n'attirait point les pique-niqueurs. Il s'étendait sur le dos au milieu de ce cirque lunaire, fermait les yeux et il lui semblait être le dernier humain sur terre, ou le premier.

Sur les flancs de la montagne, parmi la jungle de palmiers, de bananiers et de fleurs dont certaines balançaient leurs larges pétales bien au-dessus de sa tête, le roc était percé de cheminées d'où s'échappaient de temps en temps des miasmes rappelant l'odeur des œufs qu'on a oubliés au soleil. Ces trous puants étaient bordés des plus jolies dentelles : festons rouges ou ocre, concrétions semblables à celles qui grandissent en secret dans le silence des grottes, une goutte à la fois, mais qui, ici, sous le soleil martiniquais, apparaissaient en une nuit ; entrelacs pourpres ou écarlates dont les formes rappelaient les forêts de corail qui tapissaient les fonds marins, à la crénelure si délicate qu'on aurait cru qu'elle s'effriterait au moindre souffle, mais qui se révélait, au toucher, dure comme la pierre ; guipures d'un doré éclatant n'ayant rien à envier à la couleur des vivaneaux à queue jaune dont la mer regorgeait et que les pêcheurs sur la plage faisaient rôtir au-dessus de feux de braise.

Baptiste voulut un jour cueillir l'une de ces fleurs minérales à même le roc d'où elle avait éclos. Tendant la main pour en saisir délicatement un pétale entre le pouce et l'index comme il l'aurait fait d'un papillon qu'il aurait craint d'effaroucher, il découvrit que la pierre était brûlante et retira précipitamment les doigts. Il lui resta pendant plusieurs jours, sur la pulpe du pouce, une vilaine boursouflure d'où s'écoulait un liquide clair comme de l'eau, qui fut remplacée par une pâle cicatrice dont les contours irréguliers rappelaient, en miniature, la rose de pierre qu'il avait voulu prendre et dont il portait maintenant l'image gravée dans sa chair comme une punition, une récompense ou un présage.

De temps à autre des volutes s'élevaient de ces cheminées, le plus souvent blanchâtres ou d'un gris très pâle, semblables à de la vapeur d'eau ou à la fumée produite par un feu de cuisson. Baptiste se découvrait alors affamé et redescendait se gorger de la chair dorée de fruits dont il ne songeait pas à s'étonner qu'elle ait le même orange flamboyant que les orfrois qui affleuraient au flanc de la montagne, tel le sang qui lentement s'accumule et s'épaissit au bord d'une plaie.

En ce mois de mars 1902, la Pelée était déserte et, tandis qu'il grimpait, Baptiste sentait la terre trembler sous ses pieds, parcourue de longs frissons. Atteignant le morne de la Croix, il découvrit, stupéfait, que de l'étang Sec montaient non pas ces filets de vapeur auxquels il était accoutumé, mais d'abondants nuages soufrés qui s'élevaient des fumerolles droits dans les airs, comme le jet d'eau s'échappant de l'évent d'une baleine. Les nuées âcres et brûlantes lui chauffaient les yeux, l'obligeant à avancer presque à tâtons. Le phénomène lui sembla suffisamment spectaculaire pour qu'il trace à la hâte, en grandes lettres imprécises, à même la falaise dénudée, les mots suivants à l'aide d'un morceau de quartz qui laissa un trait inégal sur la pierre :

Aujourd'hui, 23 mars,
le cratère de l'étang Sec est en éruption.

Il relut lentement le message blanc sur la surface grise et s'avisa qu'il avait omis d'écrire l'année. Reprenant le bout de quartz, il voulut ajouter cette précision, mais suspendit son geste, mû par une sorte de superstition. En vérité, il aurait eu l'impression d'y inscrire sa propre épitaphe.

~

Quand il quitta le village du Prêcheur pour revenir s'établir à Saint-Pierre, un mois plus tard, il s'était laissé pousser une barbe un peu clairsemée, avait aux mains de nouveaux cals causés non plus par les arêtes coupantes des coquillages mais par les feuilles vernissées des caféiers, et portait dans ses cheveux comme sur ses vêtements l'arôme boisé des grains verdâtres qu'on rôtissait à la poêle avant de les faire infuser pour obtenir une décoction que les cueilleurs buvaient bouillante, épaisse comme de la mélasse, soir et matin. Il avait en outre des billets dans ses poches.

Le soir de son retour, au Blessé-Bobo, dans le port, il revit Gontran de La Chevrotière qui ne le reconnut pas. Accoudé au bar en compagnie de comparses vêtus comme lui de velours et de chemises à dentelle, tous passablement éméchés et ravis de s'encanailler de la sorte, le bellâtre était occupé à saluer chacune de ses propres reparties en riant à gorge déployée.

La salle était bondée : matelots mettant pied à terre après de longs mois en mer, commis, vendeurs et ouvriers des environs venus dépenser leur salaire de la journée en bière fraîche et en rhum épicé, quelques touristes, hommes blancs, noirs, bruns et beiges formant une mosaïque bruyante et bigarrée au milieu de laquelle les robes des courtisanes faisaient des taches claires. L'une des filles, mulâtresse à la peau très brune et aux traits fins, était assise au bar, dos droit, sourire plaqué aux lèvres, œil à l'affût, sa taille mince prise dans une robe rouge dont la jupe s'évasait en froufrous, telle la corolle d'une fleur d'hibiscus qui commence à se chiffonner dès qu'elle est éclose.

Gontran s'approcha d'un pas qu'il voulait comique mais rendu hésitant par son ébriété et, au grand amusement de ses compagnons, il plongea la main dans le corsage de la jeune femme dont le visage se figea pour exprimer une froide résignation. Elle se défit d'un mouvement vif, mais l'autre l'attrapa par la taille et, sous les hourras, lui plaqua un baiser sonore sur la bouche. Après quoi Baptiste vit ses doigts grimper de nouveau le long des volants rouges, il se leva sans l'avoir décidé, tâta le couteau qu'il avait à la ceinture et qui lui servait depuis l'enfance tant à ouvrir les huîtres qu'à couper les mangues et à trancher la tête des poissons, puis il constata la surprise qui se peignait sur les traits de Gontran portant la main à son côté où grandissait une tache rouge, croisa le regard à la fois incrédule et reconnaissant de la fille, qui avait cessé de sourire comme on se défait d'un masque.

Un cercle se forma rapidement autour de Gontran de La Chevrotière, étendu par terre, poussant des cris aigrelets qui rappelaient les couinements du cochon qu'on égorge, tandis que Baptiste retournait tranquillement à sa place où il eut le temps de finir sa bière de mélasse avant que les gendarmes ne viennent lui passer les menottes.

On lui assigna une cellule claire, meublée d'un lit de fer où il passait des journées désœuvrées, assis ou allongé, à suivre l'activité de la gendarmerie, à humer les effluves du port et, surtout, par une fenêtre striée de barreaux assez largement espacés, à contempler la mer. Il découvrit en y passant le doigt que les tiges de métal de cette ouverture étaient fixées dans un ciment fait de sable et de coquillages broyés qui, rongé par l'air salin, tombait en poudre dès qu'on le frottait un peu énergiquement, aussi eut-il bientôt fait de déloger trois barreaux, ce qui lui permit de sortir à la nuit tombée. Il arpenta les rues, but un coup, regarda les filles et rentra avant l'aube, à temps pour la première inspection du factionnaire commençant son quart de travail. On lui servait à ce moment une cruche d'une eau trouble, un morceau de pain et une soupe claire où nageaient quelques bouts de légumes rabougris, qu'il étirait tout au long de la journée, sachant qu'il ne lui viendrait pas d'autre nourriture. Désormais il eut soin de se sustenter pendant la nuit, mais l'alcool qu'il buvait à la régalade et qui lui laissait comme une brûlure au gosier lui donnait cruellement soif, et il lui arriva plus d'une fois, au mépris de toute honte, de supplier le garde indifférent de lui rapporter à boire — requête toujours ignorée. Au coucher du soleil, dès qu'il avait quitté sa cellule, il se précipitait vers la citerne attenante au poste de police, y plongeait la cuillère de bois attachée par une cordelette et lampait à longs traits l'eau chauffée par le soleil, dans laquelle flottaient l'odeur du bois et parfois quelques lentes blanchâtres qu'il imaginait ensuite, avec un frisson de dégoût, se tortiller dans son estomac.

Pourquoi s'évader de la sorte chaque soir? Par désir et amour de la liberté, certainement, par besoin de se prouver qu'il n'était pas exactement prisonnier, que s'il se trouvait tous les matins derrière les barreaux, c'était en partie parce qu'il avait choisi son enfermement, ou, à tout le moins, qu'il n'en était pas la victime impuissante. Pourquoi dans ce cas choisir de revenir se glisser entre ces quatre murs? Pourquoi ne pas plutôt s'embarquer à bord d'un navire en partance pour la Dominique ou Sainte-Lucie, ou simplement marcher jusqu'au village du Prêcheur? S'il agissait ainsi, ce n'était pas parce qu'il avait entendu dire que Gontran de La Chevrotière avait dû être opéré deux fois et n'avait pas encore recommencé à marcher, ni parce que la fille n'était pas venue le voir, qui aurait pu témoigner en sa faveur lors du procès dont la date n'avait pas encore été arrêtée. Simplement, quand l'aube s'était levée après sa première échappée nocturne, alors que le soleil rougeoyait au-dessus du port, teintant le ciel de roses et de pourpres comme on en voit au creux des coquillages, il lui était apparu qu'il n'avait nulle part ailleurs où aller.

«Je suis confus», dit monsieur de La Chevrotière père, après quoi il prit une lampée d'armagnac pour se réconforter.

Assis dans un fauteuil bien rembourré dans le coquet bureau de son ami et collègue La Tour-Major, il regardait les quatre hommes assemblés autour de lui, dont aucun ne semblait partager son émoi. Tranquillisé quant à l'état de santé de son fils Gontran, toujours hospitalisé, et dont on lui assurait qu'il était hors de danger et aurait bientôt retrouvé toutes ses facultés — quoi que cela pût vouloir dire —, il avait maintenant le loisir de se consacrer à des questions plus pressantes, nommément l'élection de son ami Charles-Zéphyrin de La Tour-Major au poste de député. À ce moment, on entendit à l'extérieur un grondement sourd, et ses doigts se serrèrent sur le brocart de l'appui-bras.

« C'est pourtant simplissime, mon cher : on ne fait rien, répondit La Tour-Major en regardant droit devant lui, une pointe d'irritation dans la voix.

— Tout à fait d'accord, approuva Edmond Desmarteaux sur le ton satisfait de celui qui a pris une décision courageuse et difficile.

— Mais…, insista faiblement La Chevrotière, plutôt par besoin d'être rassuré encore une fois que pour soulever une véritable objection, il n'y a vraiment aucun danger ?

— Aucun, confirma La Tour-Major.

— Aucun », répéta Desmarteaux, plein d'autorité.

La Pelée depuis peu s'était mise à grommeler, d'abord presque imperceptiblement, puis de plus en plus fort, jusqu'à ce que personne ne puisse plus l'ignorer, mais sans que quiconque sût dire exactement quand cela avait commencé. Dans les rues, dans les chaumières comme dans les maisons élégantes, dans les clubs privés et jusque dans les salles dorées de la résidence du gouverneur, aux étals du port, sur les navires qui gagnaient ou quittaient l'île, on commentait avec intérêt mais sans grande crainte les manifestations de la montagne comme on l'aurait fait de quelque phénomène météorologique — trombe d'eau, chute de grêle — ou astronomique — comète, éclipse lunaire — rare mais non pas exceptionnel. Car la Pelée était depuis toujours au cœur de l'existence des Martiniquais, accoutumés chaque fois qu'ils tournaient la tête à découvrir sa silhouette massive se découpant sur l'horizon, forme aussi familière que celle d'un grand chien endormi qu'on enjambe distraitement sans penser qu'il pourrait mordre. Le nom même qu'on lui avait donné témoignait d'une sorte de familiarité amusée ; elle était *pelée,* comme les oncles ou les marchands ventrus qu'on montrait du doigt en riant quand ils avaient le dos tourné, aussi chauve que le gouverneur jadis sous sa perruque.

Certes, le volcan n'était ni mort ni éteint, nul ne l'ignorait, mais ses sursauts d'activité étaient trop rares, trop faibles, trop décoratifs, au fond, pour qu'on les prît bien au sérieux. D'autant plus qu'ils survenaient cette fois au beau milieu d'une campagne électorale cruciale opposant Charles-Zéphyrin de La Tour-Major, puissant béké dont la famille était établie à la Martinique depuis trois générations, propriétaire de près du cinquième des terres de l'île, qui occupait le poste de député à la Chambre depuis vingt ans et n'entendait bien le céder, lorsque le temps serait venu, qu'à son fils qui pour l'heure portait encore des culottes courtes, et Maurice Larue, obscur Pierrotin qui avait réussi, on ne savait trop comment, à amasser les appuis nécessaires pour affronter le formidable député sortant, et qui prétendait réglementer les heures de travail et les salaires des employés des plantations et instaurer quantité d'autres mesures fâcheuses au nom de vagues principes d'équité et d'humanisme. Outre ses idées farfelues, ce Larue n'avait pas le teint absolument blanc, ce qui représentait, pour La Tour-Major, un affront supplémentaire. Il était donc tout naturel que cette fascinante joute politique détrônât, sur l'échelle des préoccupations des invités, les sautes d'humeur d'une montagne capricieuse.

« Avec un peu de chance, ces demi-sauvages croiront que la montagne est en colère et ne songeront pas à aller voter, trop occupés à essayer de l'apaiser à l'aide de Dieu sait quels sacrifices », commenta froidement Larrivée.

Cette idée sembla tous les réjouir.

«Au fond, c'est une fort bonne chose que ces petites éruptions», conclut La Chevrotière, qui voulut avaler une dernière lampée d'armagnac mais, constatant trop tard que son verre était vide, happa plutôt une goulée d'air qui le fit tousser un peu.

On découvrit les escapades de Baptiste lorsqu'on le surprit en train de se glisser entre les
barreaux de sa cellule pour y rentrer, à l'aube
du cinquième jour de sa captivité. Ne sachant
trop s'il convenait de le punir pour s'être
évadé de prison à répétition ou pour s'y être
introduit pour ainsi dire par effraction, on
résolut de sévir avec une sévérité redoublée
et l'on déménagea le détenu *manu militari*
dans une geôle autrement moins confortable
et dont, en outre, il ne risquait plus de
s'échapper.

Le cachot était étouffant, comme si tout
l'air en avait été retiré. Une mauvaise humidité suintait des murs épais d'un demi-mètre,
tachés par endroits d'une pâte visqueuse et
verdâtre dont on aurait dit que c'était le sang
des pierres qui coulait depuis la nuit des
temps dans le silence et la pénombre. Au fil
des ans, le mortier s'était couvert d'une sorte
de lichen argenté, rêche sous le doigt, qui
paraissait moitié plante et moitié minéral.

En apercevant cette nouvelle prison dans
laquelle on allait l'enfermer, Baptiste n'avait
pu que songer à un tombeau. La construction
de pierres trapue était surmontée d'un toit en
voûte percé d'un grossier trou d'aération qui
constituait, à l'exception d'une minuscule fenêtre, la seule autre ouverture hormis la
porte percée d'une trappe. Un petit cercle
clair traversait lentement le sol en suivant
l'angle du soleil, sorte de cadran solaire en
négatif, style de lumière annonçant l'heure

du jour sur une surface d'ombre. Pour savoir le temps qui s'était écoulé, il pouvait en outre s'en remettre aux cloches de la cathédrale Notre-Dame-du-Bon-Port qui égrenaient lentement les douze coups de midi, sonnaient l'angélus et les vêpres. Nul autre bruit ne traversait les murs épais, et après un moment le prisonnier finit par être reconnaissant du bruissement métallique des pattes et des antennes des cafards qui partageaient sa prison, sans le grouillement incessant desquels il aurait craint d'être devenu sourd. Pour la première fois de sa vie, il n'entendait pas le souffle familier de la mer. Le monde n'existait plus.

Alors qu'il se croyait encore endormi mais était déjà plus qu'à demi éveillé, Baptiste passait inutilement les mains devant son visage pour en chasser un essaim de mouches bourdonnantes et tenter de dissiper la puanteur âcre qui le prenait à la gorge, cette odeur par trop familière qu'il avait eu l'impression de traîner pendant toute sa jeunesse, quand il partageait la paillasse de Siméon, le plus jeune de ses cousins qui toutes les nuits mouillait leur drap, senteur enfantine qui imbibait son pantalon trop court, ses chemises élimées, ses cheveux trop crépus. Car, de toute la famille, nul n'avait de tignasse aussi fournie, frisée si fin, ni la peau aussi noire.

Son oncle et sa tante étaient de braves gens, qui s'acquittaient de façon exemplaire de leur devoir de chrétiens en s'occupant de cet enfant qui n'était pas le leur, lui offrant le gîte et le couvert sans exiger rien d'autre en retour qu'il passe ses journées à ramasser sur la plage les mollusques et les coquillages dont sa tante ferait les soupes qu'elle vendait au marché plutôt que de fréquenter l'école comme les gamins de son âge. Le dernier morceau de viande ou de poisson tout au fond de la marmite, le plus petit et le plus filandreux, lui était toujours réservé. On le laissait s'asseoir à table pour le manger quand tout le monde avait fini son repas. Et sa tante avait soin de donner à Baptiste les vêtements de Raoul une fois que celui-ci les avait usés jusqu'à la corde, alors qu'il aurait été si facile de les jeter. On lui permettait même parfois, à la nuit tombée, de s'essayer à déchiffrer quelques lignes dans les manuels de ses cousins qui s'esclaffaient devant ses hésitations, et tous les dimanches on lui prêtait une paire de souliers pour l'emmener à l'église, où il ne pouvait toutefois, le banc n'étant pas assez spacieux, s'asseoir avec le reste de la famille, et devait donc rester debout au fond de la nef. De braves gens, vraiment.

Préférant passer son temps dans les rues plutôt que chez son oncle et sa tante, où il ne rentrait souvent que pour souper, Baptiste avait appris à si bien connaître les ruelles labyrinthiques de Saint-Pierre qu'il aurait pu y retrouver son chemin les yeux bandés, ce qui lui permettait de chaparder une papaye mûre ou un morceau de fromage odorant à un étal chaque fois que l'envie lui en prenait, certain que le marchand lésé n'arriverait jamais à le rattraper dans le dédale de venelles tortueuses le plus souvent dépourvues de panneaux de signalisation comme d'appellations officielles, et qu'on ne désignait que par des surnoms imagés : allée des Duels, rue du Monteau-ciel, rue de l'Enfer (toutes deux célèbres pour leurs maisons closes).

Comme personne ne s'inquiétait de ses allées et venues, il aimait arpenter le port où grouillait une faune colorée faite de marins au cuir tanné par le sel et le soleil, de filles dont les larges jupons de dentelle dépassant de leurs jupes un peu trop courtes laissaient voir des petites bottines pointues tachées de boue, de chiens errants, de marchands baragouinant un mélange de langues dont il avait appris les rudiments nécessaires pour désigner dans plus d'une dizaine de patois, de sabirs et de créoles ces notions essentielles qui transcendaient frontières et cultures : *mer, manger, argent, rhum.*

Des bateaux d'Europe et des Amériques étaient amarrés aux longues jetées de bois d'où s'élevaient des chants et des musiques dont Baptiste avait peu à peu appris à identifier les accents, comme il savait dire, en humant les arômes qui montaient des cales, s'ils transportaient des épices, des étoffes ou des esclaves, dont le trafic, interdit quelque cinquante ans plus tôt, n'en demeurait pas moins florissant. Sans qu'on ait jamais eu besoin de l'en prévenir, il se tenait prudemment à l'écart de ceux-là.

~

Quand Baptiste ouvrit les yeux, le jour se levait. Un léger souffle d'air entrait par la minuscule fenêtre. Il déplia ses membres endoloris, se leva et traversa le cachot en quelques pas, les épaules voûtées, tête baissée, comme un homme qui a perdu quelque chose. Le silence semblait plus profond encore que dans l'obscurité de la nuit, et il voulut siffler deux ou trois notes simplement pour entendre un son autre que celui de sa respiration et de ses pieds sur le sol, mais il avait les lèvres trop sèches. La cruche qu'on lui avait apportée la veille au matin était presque vide. Il prit une gorgée d'eau prudente, ne sachant quand on viendrait la remplir ou la remplacer, et se demanda, l'espace d'une seconde, si on ne l'avait pas simplement abandonné là pour qu'il y meure. Il glissa machinalement la main dans sa poche, mais ses doigts ne rencontrèrent rien que le tissu qui s'amincissait jusqu'à s'effilocher. Il se recoucha en chien de fusil au milieu de la pièce, directement sous l'ouverture d'où il apercevait un pan de ciel gris virant au rose, fredonnant à voix basse un air que les cueilleurs de café chantaient pour se donner du courage sous le soleil de midi.

«Je suis con…», commença monsieur de La Chevrotière, qui s'immobilisa telle une statue, bomba le torse et eut un éternuement formidable, après quoi il reprit, à peine larmoyant : «Je suis confiant», en brandissant le rapport préparé par la «commission scientifique» mise sur pied expressément pour grimper jusqu'au sommet de la Pelée, aller voir ce qui s'y passait et rédiger un compte rendu qui saurait calmer les esprits inquiets — et du même coup confirmer la tenue des élections dont une rumeur persistante voulait qu'elles puissent être remises à une date indéterminée.

Depuis maintenant plus d'une semaine il tombait sur la ville une cendre d'un gris très pâle, qui blanchissait routes, maisons, et jusqu'aux passants qui n'avaient pas songé à se munir de parapluies ou d'ombrelles. Pour la première fois depuis des siècles à la Martinique, il n'y avait plus ni Noirs ni Blancs, tous se trouvant couverts d'une fine poudre telle que les duchesses et les courtisanes en appliquaient jadis sur leurs visages et leurs perruques.

Les habitants des petits villages éparpillés au pied de la Pelée affluaient en ville, sûrs d'y être en sécurité. Les cascades qui dévalaient les flancs de la montagne roulaient désormais des eaux grises et épaisses comme du plomb fondu ; les animaux qui s'y abreuvaient étaient pris d'affreuses coliques, au terme desquelles il leur arrivait de se coucher sur le flanc, haletants, pour ne plus se relever. Il ne fallait pas longtemps pour que la poussière tombant du ciel les recouvre, les transformant en statues de chevaux, de chèvres et de chiens.

Ces messieurs de la commission scientifique, pour l'heure assis en compagnie de la fine fleur de la bourgeoisie de l'île, sirotant un vin blanc frais, n'étaient pas tout à fait montés jusqu'au sommet de la montagne, arrêtés en chemin par les vapeurs toxiques d'une multitude de fumerolles, incommodés par la chaleur d'étuve qui baignait la Pelée, gênés dans leur progression par des ruisseaux de boue fumants, obstacles réunis dont un seul aurait suffi à leur faire tourner les talons, qu'ils avaient incidemment chaussés de bottes de chevreau. Ils n'avaient pas jugé bon d'informer La Tour-Major de ce détail, mais l'eussent-ils fait que cela n'eût rien changé ; comme ils l'avaient écrit dans leur rapport qu'on se passait maintenant de main en main, ils avaient pu observer :

1. Que tous les phénomènes qui s'étaient produits jusqu'à ce jour n'avaient rien d'anormal et qu'ils étaient au contraire identiques aux phénomènes observés dans tous les autres volcans ;

2. Que les cratères du volcan étant largement ouverts, l'expansion des vapeurs et des boues devait se continuer, comme elle s'était déjà produite, sans provoquer de tremblements de terre ni de projections de roches éruptives ;

3. Que les nombreuses détonations qui se faisaient entendre fréquemment étaient pro-

duites par des explosions de vapeurs localisées dans la cheminée, et qu'elles n'étaient nullement dues à des effondrements de terrain ;

4. Que les coulées de boue et d'eau chaude étaient circonscrites dans la vallée de la rivière Blanche ;

5. Que la position relative des cratères et des vallées débouchant vers la mer permettait d'affirmer que la sécurité de Saint-Pierre restait entière ;

6. Que les eaux noirâtres roulées par les rivières des Pères, de Basse-Pointe, du Prêcheur, etc., avaient conservé leur température ordinaire et qu'elles devaient leur couleur anormale à la cendre qu'elles charriaient.

Il en résultait, affirmaient-ils, que «la montagne Pelée ne présentait pas plus de danger pour Saint-Pierre que le Vésuve pour Naples».

Magnanimes, les membres de la commission assuraient cependant qu'ils continueraient à suivre l'évolution de la situation — quoique depuis une distance raisonnable — et à tenir la population informée.

«Com-plè-te-ment rassuré», finit monsieur de La Chevrotière, rasséréné par le caractère efficace de cette promesse.

Les murs du cachot étaient couverts d'inscriptions laissées au cours des ans par les prisonniers qui y avaient séjourné pour des périodes plus ou moins longues. Certaines, tracées à l'aide d'un morceau de bois carbonisé ou d'un caillou, étaient presque effacées ; d'autres avaient été gravées dans la pierre où Baptiste pouvait les déchiffrer en les parcourant du doigt comme il avait déjà vu un aveugle lire un livre. Il y avait là des noms d'hommes qui pouvaient aujourd'hui être vivants ou morts, des dates qui ne correspondaient à rien, des petits dessins obscènes, des fleurs, des oiseaux. Celui qu'il préférait était un cercle creux d'où rayonnaient des lignes de diverses tailles. Il ignorait si l'on avait voulu dessiner un soleil ou une étoile, mais plusieurs fois par jour il revenait suivre de l'index la courbe de l'astre minuscule enchâssé dans la pierre humide.

Enfant, il lui arrivait de s'agenouiller pour tracer de la sorte dans le sable des dessins que la mer venait presque aussitôt effacer. Il aimait par-dessus tout ces longues heures passées non loin de la ville seul sur les plages, dont certaines étaient d'un noir de suie semées çà et là de grains d'argent comme des étoiles dans un ciel d'encre, alors que d'autres déployaient sous le soleil leur blondeur dorée de fruit mûr. D'un geste vif il attrapait les crabes violets aux pinces tranchantes qui se sauvaient en oblique sur leurs pattes bizarrement articulées, creusait de l'orteil quand il voyait se former à la surface de petites bulles qui annonçaient la présence d'une palourde, remplissait des paniers de crustacés et de conques pour sa tante qui en faisait une soupe épicée qu'elle allait vendre à la criée, en profitait quand on ne le regardait pas pour avaler à la dérobée le contenu rose ou gris d'un coquillage.

Il plongeait la tête sous l'eau et, pendant quelques minutes, le monde cessait d'exister, remplacé par cet autre univers bleuté où lui-même se trouvait sans poids, comme délivré. Ses mouvements fluides rencontraient une résistance dont on aurait dit qu'elle était due au silence qu'ils devaient traverser, et tout — les pirouettes des poissons fuyant à son approche, le vol ralenti de l'immense raie quasi invisible sur le sable, mi-oiseau et mi-poisson, le balancement hypnotique des algues semblables à de longues chevelures portées par le vent, jusqu'aux bonds saccadés des coquilles Saint-Jacques qui avançaient par à-coups comme des castagnettes —, tout baignait dans une semblable apesanteur où le temps lui-même paraissait suspendu.

Parfois une vague plus profonde que les autres venait le happer, et il se laissait tourbillonner dans une tempête de sable sans savoir où était la surface et où était le fond, roulant avec l'eau jusqu'à ce qu'elle s'apaise et le redépose tranquillement sur la grève. Il remontait de ces plongées un nautile nacré, un minuscule hippocampe ou une étoile de mer rouge qu'il remettait à la mer quelques heures plus tard, menus cadeaux de l'océan qui étaient autant de trésors.

Un jour, alors qu'il avait une dizaine d'années, il avait découvert en ouvrant une huître, nichée contre la créature molle et charnue tapie dans la coquille, une perle de la grosseur de son ongle, pas tout à fait sphérique, et dont la blancheur semblait refléter toutes les couleurs de l'arc-en-ciel, comme une minuscule lune presque pleine qui serait tombée dans la mer et aurait été avalée tout rond par un mollusque gourmand.

«Qu'est-ce que tu as trouvé?» avait crié son cousin Raoul en le voyant absorbé dans la contemplation d'une chose ramassée dans l'écume à ses pieds.

Sans réfléchir, Baptiste avait penché la tête vers l'arrière et gobé l'huître, glissante et salée dans sa gorge.

«Rien», avait-il répondu en montrant la coquille vide.

Ce n'est que lorsque Raoul avait tourné le dos et repris ses propres explorations que Baptiste avait recraché la perle dans sa paume pour la glisser dans la poche de son pantalon, se demandant s'il ne venait pas de voler quelque chose, bien qu'il eût été bien en peine de dire à qui, et sachant qu'il devrait, le moment venu, avouer cette mauvaise action à Dieu.

Tous les premiers mardis du mois, il se rendait à confesse en compagnie de ses cousins, attendant son tour dans la pénombre de la nef, sous le regard menaçant des statues de saints dont on assurait que certaines versaient, une fois l'an, des larmes de cire parfumée. Assis sur le banc dur du confessionnal, il observait à travers le fin treillis luire l'œil blanc du prêtre à qui il annonçait : « Pardonnez-moi, mon père, car j'ai péché. » Suivait une énumération de ses larcins et de ses rapines des dernières semaines, qu'il s'efforçait scrupuleusement de rapporter dans l'ordre, au cas où cela eût changé quelque chose. Le prêtre lui rappelait chaque fois que la moindre de ses offenses était comme une épine dans la couronne du Christ et lui imposait des *Ave* et des Notre Père en proportion du nombre et de la gravité des fautes commises ; deux *Pater* pour le vol d'une noix de coco, trois dans le cas d'une papaye. Avec le temps, l'image de ces nouvelles épines s'enfonçant dans la chair du Sauveur devint insupportable à Baptiste, et, à douze ans, il décida d'éviter tout péché, de cesser de chaparder, et d'obéir à sa tante et à son oncle en toutes choses. Un mardi, il se présenta à confesse triomphant, certain de n'avoir pas contribué aux souffrances de Notre-Seigneur, impatient d'apprendre son exploit au curé qui ne manquerait pas de l'en féliciter. Il tira derrière lui le rideau de velours du confessionnal et s'assit, silencieux. Il ne savait pas trop comment commencer. De l'autre côté de la grille ouvragée, il distinguait le visage du prêtre en silhouette. Une odeur d'encens, de cire d'abeille et d'ail flottait dans l'air.

« Eh bien ? demanda le curé après un moment.

— Bonjour, mon père », répondit Baptiste. Puis, d'une voix qui tremblait un peu de crainte et de fierté à la fois : « Ce mois-ci, je n'ai pas péché. »

Le visage se tourna vers lui, masque gris dont les traits étaient gommés par la pénombre.

« Pas péché, voyez-vous ça. La présomption, mon enfant, est un bien vilain défaut », dit le prêtre.

Baptiste ne voyait pas le rapport, aussi attendit-il, mains jointes, que le curé continue.

« Ainsi, vous n'avez pas commis de mauvaises actions, vous n'avez pas volé, vous ne vous êtes pas battu…

— Non, mon père.

— Vous avez désobéi, peut-être, à votre mère ou à votre père ? »

Baptiste voulut faire remarquer ce que cette dernière hypothèse avait d'impossible, mais il y renonça et se contenta de répondre :

« Non, mon père. »

Il décelait maintenant une note d'impatience dans la voix du curé, qui poursuivait :

« Menti, alors ?

— Non, mon père, je n'ai pas dit de mensonges.

— Même pas par omission ? »

Baptiste ignorait ce que le curé entendait par là et, n'osant pas le lui demander, il répéta, mais d'une voix moins sûre :

« Non, mon père. »

Sentant qu'il tenait quelque chose, le père Blanchot se pencha en avant et souffla :

« Mais vous avez commis des actes ou eu des pensées impurs, sans doute ? »

L'odeur d'ail s'accentua. Baptiste ne savait pas ce que le prêtre entendait par là non plus. Jamais ses confessions ne duraient si longtemps : il avouait avoir chipé une mangue et être sorti se balader à la nuit tombée alors que sa tante le lui avait interdit, le curé lui imposait distraitement sa pénitence et il en était quitte jusqu'au mois suivant. Pour un peu, il aurait voulu avoir un crime à confesser.

« Je ne sais pas, mon père.

— Ah ! fit celui-ci d'un ton satisfait en s'adossant confortablement. Des jeunes filles ? »

Certes, il aimait regarder les filles, et il lui arrivait de laisser tomber par terre une pièce de monnaie sur leur passage pour pouvoir se pencher et jeter un coup d'œil sous leurs jupes. Mais cela assurément n'était pas péché.

Comme Baptiste ne répondait pas, le curé suggéra d'une voix plus basse encore :

« Des garçons ? »

Les seuls qu'il côtoyât étaient ses cousins, et même s'il souhaitait tous les matins, en se réveillant, que Siméon cessât de mouiller son lit, il était relativement sûr que ce n'était pas de cela qu'il s'agissait.

« Non, mon père », affirma-t-il.

Le confesseur poussa un soupir, approcha de nouveau son visage de la grille, de sorte que Baptiste put voir le nez, le menton et les sourcils découpés en petits carreaux, et déclara : « Il est quantité de choses qui blessent Notre-Seigneur mais, de tous les péchés, le mensonge est le plus haïssable. Pour vous faire passer l'envie de raconter des faussetés, jeune homme, vous ferez dix chemins de croix, vous réciterez cinquante Notre Père et autant d'*Ave Maria*. Et vous reviendrez quand vous serez prêt à avouer les torts qui entachent votre âme. »

La petite cloison séparant le confessionnal se referma avec un claquement sec et Baptiste resta un long moment immobile dans l'obscurité. Le mois suivant et tous les autres jusqu'à ses seize ans, âge où il cessa définitivement d'aller implorer la miséricorde du père Blanchot, il inventa de toutes pièces une liste de mauvaises actions qu'il venait déposer aux pieds du curé comme une offrande pourrie, s'en allant ensuite en sifflotant après avoir craché dans le bénitier.

Cette nuit-là, dans son cachot, alors que l'obscurité était totale autour de lui, Baptiste creusa le sol de terre battue jusqu'à ce qu'il y trouve un petit caillou suffisamment dur et pointu, et entreprit de tracer autour du cercle gravé dans la pierre un large rectangle divisé en carreaux. Derrière, il dessina à l'aveugle les vagues, le sable et quelques nuages cotonneux. Puis il se recoucha dans le noir, regardant en direction du mur invisible où il avait ouvert une fenêtre.

L'odeur nauséabonde qu'il arrivait parfois à la Pelée d'émettre pendant quelques heures ou quelques jours, pestilence soufrée qu'on appelait plaisamment les « pets de la montagne », baignait maintenant la ville depuis des semaines, forçant les habitants à garder leurs fenêtres hermétiquement closes malgré la chaleur. Les belles dans les rues défaisaient leurs longues écharpes pour les passer sur leur bouche et leur nez, ce qui leur donnait un peu l'air des femmes voilées du désert, à cette différence près que les étoffes dont elles se couvraient arboraient des motifs multicolores et foisonnant de fleurs, d'oiseaux et de végétation, et qu'elles n'hésitaient point à en soulever un coin pour faire voir l'éclat de leur sourire où brillait parfois une dent en or.

Les animaux domestiques comme les bêtes de ferme affichaient depuis le début du mois un comportement singulier, certains refusant de se nourrir alors que d'autres, qui avaient toujours été d'une douceur absolue, distribuaient ruades et coups de dent quand on faisait mine de vouloir les attacher. Enfin, phénomène inédit mais observé, pour des raisons évidentes, uniquement chez les citoyens les mieux nantis de Saint-Pierre, les objets d'argent se couvrirent une nuit d'une couche sombre semblable à du noir de charbon.

Le père Blanchot, qu'on envoya chercher avant laudes, alors qu'il mangeait son œuf à la coque matinal, crut d'abord à une mauvaise blague.

«Qu'y a-t-il?» demanda-t-il sèchement en voyant s'approcher l'enfant de chœur tremblant, car il était de notoriété publique que le curé n'aimait point à être dérangé à l'heure des repas, qu'il prenait seul, et dans le silence, madame Pinson sa gouvernante enfilant des patins de feutre pour apporter les plats et desservir.

«Mon père, bredouilla le jeune garçon en triturant un coin de sa soutanelle, c'est le ciboire…

— Eh bien, le ciboire? Qu'avez-vous pu lui faire? Vous ne l'avez pourtant pas cassé, il est d'argent massif! Ou alors… l'avez-vous égaré, petit malheureux? tonna-t-il, une mouillette brandie bien haut telle une menace.

— Non, mon père, rien de cela… Mais… il est tout noir.

— Ne dites pas d'âneries, mon garçon, fit le père, malgré tout rassuré, en prenant une gorgée de café au lait. Vous aurez omis de l'astiquer quelques jours, trop occupé à jouer, comme vous l'êtes, et il se sera un peu terni. Ne perdez pas de temps, allez vite le polir avant l'office!»

Il voulut chasser le petit intrus du revers de la main, mais l'enfant refusa de disparaître.

«Seulement, mon père, ce n'est pas uniquement le ciboire, mais aussi le calice, l'ostensoir…

— Que me dites-vous là, impertinent?

— … et les candélabres, mon père.»

Le père Blanchot se leva de mauvaise grâce et prévint, en jetant un regard de regret à son assiette encore à moitié pleine :

«Gare à vous si vous plaisantez, monsieur.»

Mais l'enfant de chœur ne plaisantait pas.

Depuis son arrivée à Saint-Pierre, le bon père n'avait jamais fait de si bonnes affaires. Son église ne désemplissait pas ; à certaines heures, des fidèles qui n'avaient pas réussi à trouver une place à l'intérieur se pressaient sur le parvis et écoutaient, là, jusque dans les marches, sa parole qui leur parvenait par les portes entrouvertes laissant entrer dans la nef une fine poussière noire à l'odeur soufrée.

Pour des raisons diverses, et qu'il ne s'expliquait pas entièrement, il avait toujours nourri une fascination pour l'Apocalypse de saint Jean. Certes, il savait apprécier les procédés rhétoriques plus subtils déployés dans le livre de Job ou celui de l'Ecclésiaste, entre autres, mais cet homme replet, plutôt pusillanime, qui aimait son confort et ses habitudes, ressentait à l'évocation des chevaux à têtes de lions, des sauterelles empoisonnées et autres créatures maléfiques annonciatrices de la révélation un frisson tel qu'il n'en avait pas éprouvé depuis son adolescence en contemplant l'un de ses camarades de classe à la blondeur émouvante se faire corriger par un de leurs maîtres qui portait toujours, à la taille de sa soutane, une longue règle en bois. Décidément, le sujet l'inspirait. Il y avait là matière à plus d'un sermon édifiant.

Il déplorait depuis longtemps qu'il fût si difficile d'éveiller ses ouailles à la menace des tourments attendant ceux qui n'auraient pas, au cours de leur existence terrestre, obéi aux préceptes de Notre-Seigneur, ce qui ne l'empêchait pas de brandir toutes les semaines la terrifiante promesse du feu éternel devant ses paroissiens déjà à demi assommés par la chaleur et qui s'éventaient en agitant leur bible devant leur visage, comme s'ils avaient voulu en chasser une mouche.

Tout cela avait changé depuis un mois environ. Aux premiers grommellements de la Pelée, des femmes en pleurs avaient cogné aux portes closes de la cathédrale pour se confesser, dès les lueurs mauves de l'aube, des péchés qu'elles venaient de commettre de si bon gré. Ceux qui les avaient entraînées sur cette voie délétère — ou qui les y avaient suivies, c'était selon — ne tardèrent pas à les imiter, et bientôt la maison du Seigneur fut pleine nuit et jour, retentissant à toute heure de la voix puissante du curé qui rappelait les destins tragiques de Sodome et Gomorrhe les immondes, de Babylone l'impure, de Babel l'orgueilleuse. Les enfants de chœur astiquaient matin, midi et soir les objets du culte, qui noircissaient désormais presque à vue d'œil. La femme de charge avait été mise à contribution et veillait à préparer dans la cuisine du presbytère des hosties en nombre suffisant pour nourrir ces affamés qui par la grâce de Dieu seraient rassasiés.

Écrire les sermons n'avait jamais été aussi facile pour le père Blanchot : il n'y avait qu'à regarder par la fenêtre quel nouveau fléau se déchaînait, et immanquablement la Bible lui en offrait l'illustration ou la terrible explication. De la fumée s'élevait-elle du cratère le matin qu'il annonçait d'une voix lugubre : « Il monta du puits une fumée, comme la fumée d'une grande fournaise ; et le soleil et l'air furent obscurcis par la fumée du puits. » Le sol en dalles tremblait-il sous les pieds des Pierrotins rassemblés dans l'église qu'il renchérissait aussitôt, d'une voix qui elle-même rappelait le tonnerre : « Je regardai, quand il ouvrit le sixième sceau ; et il y eut un grand tremblement de terre, le soleil devint noir comme un sac de crin, la lune entière devint comme du sang, et les étoiles du ciel tombèrent sur la terre, comme lorsqu'un figuier secoué par un vent violent jette ses figues vertes. » Certes, on n'avait pas encore vu d'étoiles s'abîmer par terre mais il tombait bien du ciel, depuis des jours, une fine poussière recouvrant tout d'une couche grisâtre et dont ceux qui avaient voyagé en Europe ou en Amérique ou vu des gravures de ces lointaines contrées affirmaient que cela ressemblait à de la neige, mais une neige plus chaude que la peau. La montagne crachait-elle des flammèches dans la nuit, offrant une inquiétante féerie de jaunes, de rouges et d'oranges sur le noir du ciel, que le prêtre à l'aube claironnait : « Et il y eut de la grêle et du feu mêlés de sang, qui furent jetés sur la terre ; et le tiers de la terre fut brûlé, et le tiers des arbres fut brûlé, et toute herbe verte fut brûlée. »

Mais la matière de son prêche le plus spectaculaire, celui dont il était le plus fier, lui vint sous la forme d'une multitude grouillante, d'une véritable pluie d'insectes qui s'abattit sur la ville. Des créatures que l'on n'avait jamais vues en plein soleil de mémoire d'homme — araignées velues qui vivaient dans des terriers où elles guettaient sournoisement leur proie, scorpions roux, mille-pattes longs comme le pied qui n'hésitaient pas à s'en prendre aux poules — et d'autres que l'on ne connaissait que trop bien — redoutables fourmis charpentières, sauterelles vertes aux pattes minces comme des brindilles, blattes innombrables — descendirent les pentes de la montagne pour prendre d'assaut les rues de Saint-Pierre.

Des nuées de chauves-souris sortirent de l'obscurité des grottes au milieu du jour pour papillonner, aveugles, au-dessus de la tête des îliens horrifiés, les frôlant parfois de si proche qu'il leur arrivait de soulever une mèche de cheveux avec leurs doigts crochus. Battant frénétiquement de leurs ailes qu'on eût dites tendues de toile, elles formaient, au flanc des collines dont elles émergeaient en vols criaillants et désordonnés, de longues coulées noires, comme nées du roc lui-même.

Du jour au lendemain, les venelles fourmillèrent de serpents qui se glissaient dans les moindres interstices, entre les planches ou les pierres des maisons ; et les habitants les découvraient dans leur cuisine, dans leur baignoire, voire entre leurs draps. On se promenait désormais les yeux baissés vers le sol, alors que dans le ciel le cratère continuait de cracher des nuages gris et des flammes orange. Certains racontaient avoir vu les horribles reptiles ramper jusqu'à la mer et disparaître dans les vagues en ondoyant ; d'aucuns juraient même qu'on en avait retrouvé lovés dans les cales des navires, dissimulés parmi les cordages.

Le père n'en doutait plus : c'était bel et bien à l'Apocalypse qu'il lui était donné d'assister, en la commentant, en suivant son progrès pour ainsi dire pas à pas tandis qu'elle déployait devant ses yeux éblouis son spectacle de feu. C'était Dieu qui s'adressait à lui en lui donnant à lire dans la nature qui l'entourait le récit mystérieux que des millénaires plus tôt on avait transcrit dans les textes sacrés. Cette pensée le remplissait d'exaltation alors qu'il présentait à tous, plusieurs fois par jour, le sang du Christ dans un calice qui se ternissait entre ses mains.

Le tiers des hommes fut tué par ces trois fléaux, par le feu, par la fumée, et par le soufre, qui sortaient de leurs bouches. Un autre signe parut encore dans le ciel ; et voici, c'était un grand dragon rouge, ayant sept têtes et dix cornes, et sur ses têtes sept diadèmes. Sa queue entraînait le tiers des étoiles du ciel, et les jetait sur la terre. Le dragon se tint devant la femme qui allait enfanter, afin de dévorer son enfant, lorsqu'elle aurait enfanté. Et je vis sortir de la bouche du dragon, et de la bouche de la bête, et de la bouche du faux prophète, trois esprits impurs, semblables à des grenouilles. Après cela, je vis descendre du ciel un autre ange, qui avait une grande autorité ; et la terre fut éclairée de sa gloire. Il cria d'une voix forte, disant...

Ici, il dut s'interrompre, suffoqué par l'odeur âcre qui gagnait l'église. Le cratère vomissant les flammes prétendait l'empêcher de répandre la bonne parole — ah ! il se dresserait, seul, devant la montagne démoniaque. Il toussa, voulut reprendre son souffle, suffoqua davantage, et finit par tendre machinalement la main vers la coupe qui reposait, non loin, sur l'autel. Il prit une grande gorgée de vin tiède et alla mieux.

Elle est tombée, elle est tombée, Babylone la grande ! reprit-il, ce qui fit sursauter quelques-uns des membres de l'assistance, dont certains, peu au fait de l'histoire de la ville maudite, cherchèrent un instant des yeux si une femme du nom de Babylone n'avait pas trébuché dans l'allée. *Elle est devenue une habitation de démons, un repaire de tout esprit impur, un repaire de tout oiseau impur et odieux, parce que toutes les nations ont bu du vin de la fureur de son impudicité, et que les rois de la terre se sont livrés avec elle à l'impudicité, et que les marchands de la terre se sont enrichis par la puissance de son luxe. Et j'entendis du ciel une autre voix qui disait : Sortez du milieu d'elle, mon peuple, afin que vous ne participiez point à ses péchés, et que vous n'ayez point de part à ses fléaux. Car ses péchés se sont accumulés jusqu'au ciel, et Dieu s'est souvenu de ses iniquités. Se tenant éloignés, dans la crainte de son tourment, ils diront : Malheur ! malheur ! La grande ville, Babylone, la ville puissante ! En une seule heure est venu ton jugement ! Et les marchands de la terre pleurent et sont dans le deuil à cause d'elle, parce que personne n'achète plus leur cargaison, cargaison d'or, d'argent, de pierres précieuses, de perles, de fin lin, de pourpre, de soie, d'écarlate, de toute espèce de bois de senteur, de toute espèce d'objets d'ivoire, de toute espèce d'objets en bois très précieux, en airain, en fer et en marbre, de cinnamome, d'aromates, de parfums, de myrrhe, d'encens, de vin, d'huile, de fine farine, de blé, de bœufs, de brebis, de chevaux, de chars, de corps et d'âmes d'hommes.*

À ces sombres paroles résonnant telles les trompettes du Jugement dans la pénombre qui baignait la nef succéda un silence si profond qu'on entendit la respiration sifflante des paroissiens, tétanisés, sur les longs bancs de bois, tenant leur bible immobile à la hauteur de leur poitrine, frêle rempart de papier contre la tempête de feu qui menaçait incessamment de s'abattre sur eux et dont ils ne savaient plus bien si elle était le fruit de la sainte colère divine ou de la malice du démon.

La trappe ménagée dans le bas de la lourde porte de bois s'ouvrit en grinçant, on jeta à l'intérieur un quignon de pain et on tendit la main en attendant la cruche vide que Baptiste devait remettre promptement et qui lui serait rapportée, quelques heures plus tard, s'il avait de la chance, remplie d'eau tiède. Il se précipita, sachant qu'on avait la patience courte. La veille, il avait mis trop longtemps à émerger du sommeil de plomb dans lequel il sombrait d'un coup, comme s'il perdait conscience, et la trappe s'était refermée avec un claquement avant qu'il ait pu tendre la cruche presque vide. Cette fois, il réussit à rendre le récipient, qui disparut aussitôt.

Il s'assit par terre face à la fenêtre qu'il avait dessinée sur le mur aveugle et suça le morceau de pain dur qui ramollit sous sa langue, révélant peu à peu la texture rêche des grains de blé et de maïs grossièrement moulus. Quand la mie eut retrouvé un peu de son élasticité, il la mâcha lentement, patientant jusqu'à ce que sa saveur se soit dissipée avant d'arracher une nouvelle bouchée.

De longues heures passèrent, la journée entière peut-être, avant qu'il entende à nouveau le cliquètement de la clef dans la serrure qui annonçait qu'on s'apprêtait à ouvrir la trappe. Il se rendit d'un bond à la porte, tendit la main vers la cruche, qu'on lâcha avant qu'il ait eu le temps de refermer les doigts autour du col arrondi ou de saisir une anse. Le précieux liquide se répandit sur le sol où il s'infiltra instantanément. On ferma la trappe et Baptiste se laissa tomber à quatre pattes, comme un chien, pour tenter de laper ce qui en restait, mais la terre avait tout bu et il resta là, à regarder la tache sombre dont les contours déjà se brouillaient. Des larmes d'impuissance lui montèrent aux yeux ; il les ravala. Cela aussi aurait été de l'eau perdue.

~

Au journal *L'Opinion,* on cherchait à rassurer la population en évoquant l'histoire :

Nous avons lu le rapport adressé au Gouverneur en 1851, par la Commission qui avait examiné le volcan. Il en résulte que l'éruption de la montagne Pelée ne présente aucun danger. Ce volcan n'a jamais lancé que de la boue et des cendres. Pierrotins, mes amis, dormez tranquilles !

Aux *Colonies,* dont le rédacteur en chef était un ami de La Tour-Major et l'un de ses plus ardents partisans, on n'était pas en reste, rapportant certes les « curiosités » qui touchaient l'île, mais en fin de cahier, et en prenant soin de les faire côtoyer articles, annonces et commentaires démontrant que la vie au contraire suivait son cours et qu'il n'y avait nulle raison de s'alarmer.

Le 2 mai, on annonça ainsi que la grande excursion organisée par le club de gymnastique et de tir, et qui devait se terminer par un pique-nique au sommet de la Pelée, aurait lieu tel que prévu le dimanche 4. Pour peu que le temps le permette, ajoutait-on, les participants passeraient une journée dont ils garderaient longtemps l'agréable souvenir. Eussent-ils gravi la montagne en cet après-midi dominical et réussi à percer le brouillard à l'aide de leurs fusils, à moins qu'ils ne fussent parvenus, par quelque prouesse rendue possible par une longue pratique de l'art gymnastique, à s'élever au-dessus du bandeau de nuages empoisonnés qui en ceinturaient le dernier tiers, les membres du club auraient aperçu une mer lisse, d'un gris charbonneux, sur laquelle flottaient en lugubres colonies blanches et noires des centaines d'oiseaux morts. Mais nul ne s'aventura ce jour-là sur la montagne, et même aux *Colonies* on dut se résoudre, la veille des réjouissances annoncées, à faire paraître, laconique, l'avis suivant au milieu des notices nécrologiques : *L'excursion prévue pour demain n'aura pas lieu, le cratère étant absolument inaccessible.*

~

« Je leur ai dit, voyez-vous, très chère », commença monsieur de La Chevrotière en se tournant vers son épouse, laquelle leva les yeux au ciel sans qu'il y parût car l'obscurité était totale, « qu'il suffisait d'éviter la panique, et que pour ce faire rien ne valait les divertissements organisés. » Il y avait maintenant plusieurs heures qu'il lui faisait par le menu le récit de la réunion tenue plus tôt dans la soirée et au cours de laquelle le clan La Tour-Major avait arrêté la stratégie à adopter afin de ne pas laisser l'élection lui échapper. Elle avait cru pouvoir mettre fin au flot de paroles en se mettant au lit, mais son mari avait continué de discourir en enfilant son pyjama et son bonnet de nuit et, confortablement allongé près d'elle, adossé à deux oreillers de duvet, il poursuivait son soliloque : « Trêve de modestie, ils n'ont pu faire autrement que reconnaître que mon idée était la meilleure. Et je… » À ce moment-là, il fut interrompu par un petit morceau de plâtre tombé du plafond qui atterrit sur sa joue, entre le nez et la pommette.

Quelques secondes plus tard, la maison se replia en entier comme un château de cartes qui s'effondre vers l'intérieur sous l'effet du nuage de gaz empoisonné qui avait dévalé le flanc de la montagne pour noyer la ville, tandis qu'au sommet, dans une obscurité violette, des éclairs blancs crevaient le ciel.

« Je… je… meurs », réussit enfin à articuler monsieur de La Chevrotière, et sa femme, au prix d'un effort surhumain, se couvrit les oreilles de ses mains.

À quatre heures du matin ce 8 mai 1902, jour de la fête de l'Ascension, un homme accoudé au bar du Blessé-Bobo voulait consulter sa montre et se rendait compte qu'on la lui avait volée ; une femme incapable de dormir se levait pour aller voir à la fenêtre si la suie blanche qui tombait du ciel depuis des jours avait enfin cessé ; deux amoureux se retrouvaient à la fontaine Agnès comme toutes les nuits, et partaient ensemble d'un pas impatient ; un chien rêvait qu'il poursuivait un chat et ses babines frémissaient, et ses moustaches, et il poussait dans son sommeil de petits cris aigus ; un vieillard à l'agonie tout à coup se sentait mieux et trouvait le courage de se hisser sur ses oreillers et de demander à boire à la servante assoupie sur une chaise, coiffe de travers, près de son lit ; le Soleil était encore de l'autre côté de la Terre ; le vent murmurant chatouillait les feuilles des palmiers ; un gendarme remplissait un rapport en buvant un café noir ; une fille de joie sur son tabouret, son rouge à lèvres ayant à peine coulé, attendait, le regard fixe, que l'aube arrive enfin ; un maître d'hôtel au-dessus de tout soupçon fourrait dans un sac des cuillères en argent qu'il se proposait d'aller revendre au matin ; un enfant se réveillait d'un cauchemar pour entrer dans un autre ; la mer déposait sur le sable des poignées de coquillages, des touffes d'algues emmêlées et quelques morceaux de bois d'épave léchés jusqu'à être blancs et lisses comme de l'os ; une mère épuisée d'avoir veillé son fils malade posait sa tête sur l'oreiller près de la tête moite de l'enfant ; un cheval dans une écurie tombait à genoux, puis s'effondrait tout à fait ; une poule non loin pondait un œuf qu'elle contemplait ensuite avec stupeur ; un poète scrutait en vain le ciel brouillé, attendant l'inspiration, et faisait sans s'en rendre compte une tache d'encre là où il avait voulu commencer un sonnet ; des phalènes par centaines se grillaient les ailes contre les ampoules des lampadaires ; un amant se glissait en silence dans le lit de sa maîtresse alors que le mari de celle-ci dormait quelques pièces plus loin, et il mettait la main sur son sein en souriant à demi ; couché en étoile sur le sol de sa cellule, Baptiste écoutait le fourmillement des blattes ; un matelot sur un navire amarré dans le port se penchait par-dessus le bastingage pour vomir un amer mélange de rhum et d'ale ; au fond de l'eau, un câble télégraphique se rompait ; les chauves-souris revenaient vers les grottes où elles passaient la journée suspendues par les pieds ; le pressier du journal *L'Opinion* regardait le monstre de métal cracher le papier en longs rouleaux ; Gontran de La Chevrotière pétait dans son sommeil et en éprouvait une profonde satisfaction ; une colonie de termites achevait un château de terre et de salive haut comme un homme ; le père Blanchot rêvait d'une bête à sept têtes qui toutes étaient blondes et le regardaient d'un œil bleu ; une ancienne esclave portait machinalement la main à sa cheville où on lui avait jadis passé les fers ; un antique bananier au plus profond de la forêt tombait dans un froissement de feuilles que personne n'entendait ; la terre sous son écorce tiède bouillonnait ; dans une chambre d'hôpital, un homme à qui l'on avait dit qu'il ne marcherait plus courait en rêve, tandis qu'un étage plus haut une femme blanche donnait naissance à un bébé noir ; un voleur à la tire examinant son butin de la nuit admirait une montre en or dont la trotteuse avançait par petits bonds saccadés.

Et puis en un instant tout cela fut soufflé, et infiniment plus encore ; tout cela multiplié par cent, par mille, par trente mille : anéanti.

Dans le cachot solitaire qui se dresse dans la cour de la prison, l'atmosphère est depuis quelques heures saturée de fumée épaisse et d'une très fine poussière couleur de charbon qui entre par le moindre interstice et reste en suspension dans l'air tel du sable dans de l'eau. Baptiste a le gosier en feu, les yeux secs et douloureux, la peau du visage et des mains à vif, comme une plaie sur laquelle on aurait frotté du sel. Des jours se sont écoulés depuis qu'on lui a apporté à boire pour la dernière fois, il le jurerait, même si sa prison est plongée dans une fausse obscurité qui rend le jour semblable à la nuit.

Le grondement lointain qui ne se tait plus depuis une semaine et qui est presque devenu une nouvelle sorte de silence tant il est désormais familier, ce grondement tout à coup semble exploser. Une détonation secoue les murs de pierres et jusqu'au sol où Baptiste est étendu. Quelques secondes plus tard, la pièce s'emplit d'un nuage plus dense encore, à la puissante odeur soufrée, qui le prend à la gorge et l'empêche de respirer. Il retire sa camisole en lambeaux et la noue autour de sa tête pour s'en faire un bandeau. Le tissu couvrant son nez et sa bouche, il arrive à prendre de courtes inspirations. À pas prudents, il s'approche de la minuscule fenêtre et saute de toutes ses forces, cherchant à voir au-dehors. Il réussit enfin à agripper les barreaux, mais aussitôt pousse un cri et les lâche, contemple ses paumes où déjà se forment des cloques d'une eau saumâtre. Il est incapable de donner un sens aux images entraperçues, formes noircies, allongées ou debout, arbres au feuillage de feu, visions d'apocalypse dont il se convainc qu'elles sont le fruit de son imagination affolée par la soif et la peur. L'air cependant se fait de plus en plus rare entre les murs de pierres qui sont, au toucher, aussi chauds que son front brûlant. Il cherche un instant à s'éloigner de l'endroit d'où vient le danger et se pelotonne inutilement dans un coin de la pièce, entourant ses jambes de ses bras, tremblant. Il sent que la mort approche, qu'elle est peut-être déjà là.

Puis, sans l'avoir voulu, presque comme s'il observait à distance les agissements d'un homme lui ressemblant, il se rend compte qu'il est en train d'enlever son pantalon, qu'il contemple un instant avant d'uriner dessus. Le jet trouble semble aussi visqueux que l'air irrespirable qui emplit le cachot. Cet inconnu qui a ses traits prend le pantalon trempé et l'ajuste de son mieux entre les barreaux de la fenêtre pour empêcher la fumée et la poussière d'entrer. Baptiste suit ses gestes, vaguement intéressé, admiratif même, comme si l'inconnu lui était de plus en plus étranger. Puis il finit par laisser retomber la tête et fermer les yeux.

Derrière ses paupières danse la mer qu'il retrouvait toujours semblable et chaque jour différente, palpitante, cent fois plus vivante que quantité de gens mornes autour de lui.

Enflée par l'orage, ses vagues pareilles à des montagnes mouvantes ourlées d'écume, couleur de plomb ; en d'autres moments étale et lisse comme une glace dont un oiseau marin, tête première, ailes repliées, trouait de temps en temps la surface, pour réapparaître tenant en son bec un poisson frétillant, miroir où se reflétaient les navires immobiles et renversés, voiles carguées, mâts pointant vers le centre de la terre ; verte et bleue, chatoyante comme les plumes de quelque perroquet qui ne s'en approchait qu'avec précaution, vivant dans les arbres. À certaines heures, avant l'orage, on aurait dit qu'elle se vidait de toute couleur et de toute substance jusqu'à n'être plus qu'une ombre de mer dont les reflets jaunâtres rappelaient la chair blette des mangues pourrissant au soleil, au milieu d'essaims de mouches. Ces jours-là plus que les autres, il avait du mal à dire si c'étaient les nuages qui donnaient leurs teintes à la mer ou si c'était l'eau qui dictait au ciel son humeur, le gris de l'une et de l'autre se fondant pour dessiner une ligne d'horizon qui semblait plutôt les unir que les séparer. Puis cette ligne disparaissait aussi, et il n'y avait plus en lui et autour de lui qu'un brouillard.

Quand il ouvre les paupières, quelques heures plus tard, il sait tout de suite que la fin du monde a eu lieu et qu'il a été oublié.

Lorsqu'il sortit, à moitié tiré, à moitié porté, du cachot qui avait failli être son tombeau, Baptiste, ébloui, dut se protéger les yeux de la lumière trop vive qui l'assaillait. Le paysage se révéla à lui petit à petit, contours d'abord flous et embrumés, puis de plus en plus précis — insoutenables.

Ce n'était pas un paysage d'apocalypse qu'il traversait, mais un paysage de lendemain d'apocalypse, une fois la destruction advenue, accomplie, elle-même consommée dans son propre anéantissement, comme une étoile qui en explosant se consume jusqu'à n'être plus que vide, et ce vide à son tour attire tout ce qui s'en approche en une spirale vertigineuse. Des maisons, des rues, de la ville qu'il avait connus il ne subsistait plus que des tas de gravats et de cendres où pointaient, sinistres gibets, des poutres noircies. Une moitié d'enseigne miraculeusement préservée dont l'autre partie avait été emportée par le souffle du volcan annonçait, incompréhensible et dérisoire :

HÔ   CAR   E

De la fumée s'élevait partout des décombres, porteuse d'une puanteur indescriptible où les relents de bois calciné ne parvenaient pas à masquer entièrement la senteur du soufre, mélange que dominait une troisième odeur, écœurante, et qui était celle de la chair brûlée.

Baptiste suffoqua, toussa, voulut dire : « Ramenez-moi à l'intérieur », mais il ne réussit qu'à émettre une série de sons gutturaux qui auraient pu exprimer aussi bien la douleur que la gratitude.

« Chut, lui conseilla l'un de ceux qui le tenaient par le coude, n'essayez pas de parler. Vous avez eu toute une chance, vous savez cela ? Il y a trois jours qu'on cherche, et vous êtes le premier qu'on trouve.

— L-l-le premier prisonnier ? » parvint à demander Baptiste d'une voix presque inaudible.

Il y eut un moment où les deux hommes qui l'encadraient échangèrent un regard sans parler. Puis le plus grand des deux répondit :

« Non. Le premier et le seul de la ville. »

Une infirmière venait matin et soir changer ses pansements, lui donner à boire et le nourrir, comme un oiseau, de quelques bouchées de fruits réduites en purée, qu'il avalait difficilement. Il lui semblait que sa gorge était encore étranglée par la fumée et les cendres brûlantes.

Il voyait dans l'obscurité des dragons crachant le feu, d'affreux serpents de mer qui happaient les navires dans les profondeurs, aussi dormait-il le moins possible et avait-il soin de garder toujours près de lui une lampe allumée. Après une vingtaine de jours, il put se lever et faire quelques pas, appuyé sur le bras du docteur, s'asseoir une demi-heure dans le fauteuil près de la fenêtre ouverte et regarder le ciel que ne masquaient plus les frondaisons crénelées des palmiers. Puis il commença à faire de courtes promenades seul dans la ville déserte, et il éprouvait pour son île massacrée, calcinée, pétrifiée, suppurante, un amour tel qu'il n'en avait jamais éprouvé au temps où elle était verdoyante et parfumée.

En certains endroits, plus rien n'indiquait la présence de demeures, de boutiques ni même de rues ; le sol était partout recouvert d'une épaisse couche de débris hétéroclites reposant sous une fine poussière où ses pas laissaient une piste solitaire et dédaléenne. Sans y songer, il se penchait de temps en temps pour ramasser, comme il le faisait autrefois des coques et des agates sur la plage, un stylo-plume orné d'un monogramme doré, un bouton de nacre, une bille de verre qui, sous l'effet de la chaleur, avait pris la forme d'une fève.

Absurdement, des papiers avaient survécu à l'holocauste qui avait réduit en cendres le bois, les étoffes et jusqu'aux briques des bâtiments, aussi Baptiste se mit-il bientôt à cueillir dans les décombres qui, le 15 juin, fumaient toujours, les pages qu'il découvrait volant au vent ou bien coincées entre une chaussure carbonisée et une caisse enregistreuse dont les touches s'étaient soudées ensemble.

Il assembla ainsi un bouquet de feuillets qui allait s'épaississant de jour en jour, où Cosette et les Thénardier côtoyaient une liste de semences de légumes adaptés aux climats tropicaux, suivie, sur une feuille plus grande dont le papier d'un blanc crémeux était réservé à l'administration, d'un registre des baptêmes, puis, sur une page aux rebords déchiquetés, d'un texte écrit en lettres incompréhensibles qui devaient être du grec, les dépenses du mois de mars de l'hôtel Excelsior et les dernières pages de l'Apocalypse de saint Jean, où l'on arrivait encore à lire, en petits caractères trapus : *Quiconque ne fut pas trouvé écrit dans le livre de vie fut jeté dans l'étang de feu.*

En feuilletant cette liasse de papiers dont certains avaient les bords roussis tandis que quelques-uns avaient gardé un blanc quasi immaculé, d'aucuns portant encore, comme la trace d'une plaie mal suturée, les fils de leur reliure décousue, il lui semblait contempler l'histoire de son île, fracturée, interrompue en son milieu, à jamais incomplète et pourtant achevée.

Quelques hommes, des femmes plus rares encore arpentaient les décombres à la recherche non plus de survivants — on savait désormais qu'un être, un seul, avait traversé l'orage de feu, et son nom était même en voie de devenir célèbre — mais de traces de ceux qu'ils avaient aimés et perdus, écumant les gravats dans l'espoir d'y retrouver une photographie, un bouton, une pipe, témoignant de l'existence des disparus. Ils s'ignoraient les uns les autres, se frôlaient parfois sans paraître s'en apercevoir, chacun poursuivant une quête qu'il savait pourtant vaine, tristes vidangeurs aux gestes lents qui avaient l'air de fantômes revenus du royaume des morts.

Des oiseaux noirs arrivés d'on ne savait où fouillaient aussi les débris en poussant des cris rauques ; picoraient parmi les pierres et parfois s'élevaient dans un lourd battement d'ailes en tenant dans leur bec quelque morceau rosâtre. On appelait ceux-là oiseaux de malheur, non pas parce qu'ils avaient annoncé le cataclysme — ils avaient comme leurs cousins plus gracieux déserté Saint-Pierre des semaines avant l'éruption —, mais parce qu'ils s'en nourrissaient de si bon appétit.

Les pas de Baptiste le ramenaient malgré lui au cachot de pierres où il avait cru périr et auquel il devait la vie. La petite construction s'élevait désormais seule au milieu du grand champ de décombres pulvérisés et noircis. Il en arpentait les abords, les yeux baissés vers le sol, cherchant sans oser se l'avouer la perle dont il ne se séparait pas depuis son enfance et qui était devenue son talisman. Ses souvenirs s'embrouillaient et, quand il tentait de les fixer, lui échappaient comme s'il avait voulu saisir entre ses doigts des paquets d'embruns. Ainsi, il lui semblait bien qu'il avait eu la perle avec lui dans le cachot, mais dès qu'il s'efforçait de préciser cette idée — l'avait-il à un moment glissée dans la poche de sa chemise, dans la couture de son pantalon ou la gardait-il précieusement sous la langue, comme il le faisait souvent? —, il s'y superposait aussitôt mille autres possibilités. On lui avait dérobé la perle dans la cellule commune au soir de son arrestation plusieurs semaines plus tôt; il l'avait laissée tomber sur le sol dans sa hâte à s'échapper, cette dernière nuit; ne l'avait-il pas, dans un moment de panique où il n'était plus tout à fait maître de ses gestes, enterrée dans un coin du cachot afin de la protéger de tout ce qui risquait de lui arriver à lui? Comment savoir?

Dans les gravats, au milieu des cailloux, des lambeaux de tissus empoussiérés et des pavés effrités où glissaient en un éclair des insectes aux pattes innombrables et au ventre luisant qui semblaient sortis des profondeurs de la terre, Baptiste aperçut tout à coup l'éclat irisé d'une surface arrondie d'où irradiait une sourde blancheur. Incrédule, il se pencha, saisit le minuscule objet doux et lisse et ne se rendit compte qu'en l'approchant de son visage qu'il tenait dans sa main non pas la perle perdue mais une dent humaine.

Ce jour-là, il cessa de marcher en scrutant le sol et rentra en gardant obstinément levés vers le ciel ses yeux où bientôt dansèrent des taches noires.

Il fallut des semaines avant que Baptiste ne tende la main pour saisir le miroir que lui présentait tous les jours l'infirmière afin qu'il constate les traces qu'avait laissées sur son corps la colère de la montagne Pelée. Il découvrit alors qu'il n'avait pas exactement les yeux noirs comme on le lui avait toujours dit et comme il avait cru le vérifier en apercevant son reflet dans la surface translucide d'une vitrine de boutique ou en se guettant furtivement dans le tain des miroirs dorés de la villa des La Chevrotière : sertie dans sa prunelle gauche, il y avait, scintillante comme un fragment d'étoile, une paillette du vert de la mer aux beaux jours d'avril.

Si son visage avait miraculeusement été épargné, son torse et son dos n'étaient plus que cicatrice. Il n'aurait su dire s'il s'agissait d'une seule blessure aux infinies ramifications, ou d'un millier de brûlures qui finissaient par se rejoindre et se recouper pour tracer sur sa poitrine ce labyrinthe de chair crevassée, boursouflée, mais là où jadis il y avait une peau noire et lisse se déployait maintenant, comme quelque monstrueux nœud de vipères, une balafre aux mille branches qui désormais faisait partie de lui et dont chacune des avenues tracées par la souffrance menait à l'horreur, inéluctablement. L'infirmière inquiète à ses côtés s'attendait à demi à ce qu'il laisse tomber le miroir comme le faisaient souvent les blessés en découvrant un corps qui leur était étranger, mais il n'en fit rien. Impassible, Baptiste étudiait minutieusement chaque centimètre carré des méandres de ce nouveau paysage qu'avait gravé en lui le feu de la Pelée, comme s'il y cherchait un chemin.

Souvent ses mots devaient traverser un semblable dédale; il hésitait longuement avant de parler et, une fois une phrase entamée, s'interrompait au milieu, sachant ce qu'il s'apprêtait à articuler mais incapable de le faire, comme si le mot récalcitrant, tout à coup doué d'une volonté propre, le narguait, tout juste hors de sa portée. Un rien le distrayait, une feuille qui tombait, un oiseau qui chantait l'emplissaient d'une sorte de stupéfaction qui le faisait suspendre son geste et sa pensée, et il lui semblait qu'après avoir contemplé le monde avec la certitude qu'il ne le reverrait jamais plus, il était condamné à en redécouvrir chaque parcelle avec l'étonnement sans borne, presque douloureux, d'une première fois éternellement recommencée.

Il était assis un soir, immobile, face à la mer quand un homme vêtu d'un complet, souliers de cuir verni et chapeau melon à la main, s'approcha silencieusement dans le sable. La pénombre envahissait la plage, semblant monter de l'île pour gagner le ciel où glissaient des voiles violets, pourpres et anthracite troués de flamboiements écarlates. Parvenu derrière lui, l'homme s'enquit :

« Vous êtes Baptiste Cyparis ? »

C'est le nom qu'il avait donné à ses sauveteurs, et il n'avait pas encore éprouvé le besoin d'en changer.

« O-oui.

— Le Baptiste Cyparis survivant de l'éruption de la montagne Pelée ? »

Regardant toujours la mer, Baptiste confirma : « Il n'y en a pas d'autre », sans préciser s'il voulait dire par là qu'il était le seul à porter ce nom ou signifier que nul autre homme n'était sorti indemne de la catastrophe.

L'arrivant lui tendit une carte de visite qu'il considéra d'un air un peu étonné. S'avisant que Baptiste ne savait peut-être pas lire, l'homme se présenta, souriant largement comme à l'annonce d'une bonne nouvelle :

« Je m'appelle Richard Rochester. Je suis premier recruteur pour monsieur James Bailey, dont vous avez sans doute déjà entendu parler. »

Mais Baptiste le dévisageait maintenant d'un air curieusement vide.

« Monsieur Bailey dirige un cirque, le Barnum & Bailey, poursuivit-il, le plus grand cirque du monde, et le plus célèbre. Et il aimerait que vous en fassiez partie.

— Un cirque ? » répéta Baptiste.

Décidé à ne présumer de rien, Rochester entreprit d'expliquer patiemment :

« Une exposition itinérante doublée d'un spectacle, sous un chapiteau, où les gens viennent admirer des merveilles de la nature, des phénomènes et des prodiges : un homme si fort qu'il peut tordre l'acier, une femme si lourde que quatre hommes ne suffisent pas à la soulever, des jumeaux soudés l'un à l'autre, une femme à barbe, des chevaux savants capables d'additionner et de soustraire, un mouton à deux têtes...

— J'aime beaucoup les animaux, l'interrompit Baptiste comme s'il s'en avisait à ce moment précis. Je pourrais peut-être m'occuper des chevaux...

— Non, ce n'est pas ce que monsieur Bailey avait en tête...

— Alors, reprit-il, perplexe, en tâtant son menton, un homme à barbe ? »

Rochester semblait hésiter entre le rire et l'incrédulité.

« Non, rien de la sorte. Vous. Seulement vous : Baptiste Cyparis, l'Homme qui a Survécu à l'Éruption de la Montagne Pelée. Le Revenant de l'Apocalypse.

— M-mais, bégaya Baptiste, je ne suis pas comme votre homme fort ou vos chevaux... J-je ne sais rien faire, avoua-t-il.

— Ça n'a aucune importance, repartit l'autre. Laissez-nous nous préoccuper de cela.

— Mais... Vous croyez que les gens viendront juste pour me voir, alors ?

— Oh, ils vont venir, faites-moi confiance. »

Baptiste répondit, à mi-voix, peinant à faire sortir les mots :

«T-très b-bien », puis, tandis que Rochester s'éloignait, il resta à contempler le ciel où l'on ne voyait plus désormais qu'une mince bande rougeoyante au-dessus des vagues.

Pour les longs déplacements, le cirque disposait d'un train spécialement aménagé où acrobates, dompteurs et phénomènes avaient chacun leur wagon, de même que les lions, les chevaux et jusqu'aux quelques animaux aquatiques que l'on transportait dans des bassins dont il fallait veiller à changer souvent l'eau. Pour les trajets plus courts, cependant, il arrivait encore qu'on forme une caravane longue de dizaines de roulottes qui sillonnait les routes des États-Unis d'Amérique.

La roulotte qu'on avait assignée à Baptiste n'était guère plus grande que le cachot dans lequel il avait séjourné pendant ces quelque vingt jours qui lui avaient paru un siècle, et possédait, comme la prison de pierres, un plafond en voûte arrondi. Au fond se trouvait une étroite couchette ; le centre de l'espace était occupé par une petite table à un pied fixée au mur, de part et d'autre de laquelle deux chaises droites étaient disposées, l'ensemble reposant sur une carpette qui montrait des signes d'usure. Sur le mur opposé, près d'une carte postale décolorée où l'on voyait la baie de Naples, se dressait une armoire peu profonde où il découvrit, oubliés par le précédent occupant, un tesson de porcelaine blanc et bleu et une boule de cuivre de la taille d'un œuf de caille, étonnamment lourde, qu'il glissa dans sa poche avant d'accrocher dans la penderie son pantalon et sa chemise de rechange.

Le premier soir, malgré le temps frais, il se coucha par-dessus la couverture, posa sa tête sur l'oreiller et regarda au-dessus du lit le plafond qui s'incurvait. Il lui semblait que ce toit descendait lentement vers lui en même temps que les murs se rapprochaient, l'enserrant jusqu'à l'empêcher de respirer. Il s'assit, pantelant, arracha la couverture et sortit dehors où il faisait nuit noire. Il entendait, de quelques roulottes, des rires s'élever. Les fenêtres de certaines faisaient des rectangles lumineux dans l'obscurité, où passait de temps en temps une silhouette comme dans un théâtre d'ombres.

Des cris d'animaux qu'il ne reconnaissait pas montaient dans la nuit, les bêtes entretenant une mystérieuse conversation depuis leurs cages respectives. Au loin retentissaient les marteaux, les maillets et les scies de ceux qui travailleraient jusqu'au matin à monter le grand chapiteau. Baptiste s'étendit sous la roulotte, entre les deux paires de roues, ne laissant dépasser que sa tête. Dans le ciel clignotaient des étoiles si nombreuses qu'on aurait dit une poussière brillante soufflée par un vent capricieux. La lune apparut de derrière un nuage, et il sursauta en l'apercevant : ce n'était plus la lune couchée tel un berceau qu'il voyait chaque soir dans le ciel au-dessus de son île, mais une lune nouvelle, qui se dressait toute droite, debout, semblable à une lame luisant d'un éclat spectral dans l'obscurité.

Quand il se réveilla, dans la lumière blême de l'aurore, son visage était humide. Étirant ses membres engourdis, il vit que chaque brin d'herbe qui l'entourait était pareillement recouvert de fines gouttelettes qui s'y étaient formées aux dernières heures de la nuit. Il tira la langue pour cueillir la rosée perlant sur sa joue et lui trouva un goût de sel.

Le lendemain de son arrivée, Rochester lui fit faire le tour des tentes et des roulottes afin de lui en présenter les occupants, précisant, le plus souvent inutilement, le talent ou la particularité les distinguant, dont il aurait été, dans certains cas, plus délicat de taire la nature exacte.

À cette heure de la journée, chacun était à faire sa toilette ou à se préparer en vue du défilé qui aurait lieu en fin d'après-midi, quand hommes, femmes et animaux paraderaient dans les rues de la petite ville au son de la fanfare pour annoncer les représentations et les expositions des prochains jours. Roulottes et tentes semblaient avoir été disposées dans le vaste champ au petit bonheur, sans plan fixe, certaines rassemblées en groupes de trois ou quatre, formant un cercle étroit, comme les chariots bâchés des colons qui au même moment avançaient vers l'Ouest, d'autres, isolées, tournant le dos au reste. Il fallait, pour aller de l'une à l'autre, faire mille détours entre des poteaux où étaient suspendus des vêtements mis à sécher, des chiens couchés par terre, des bassines pleines d'eau, des coffres et des valises desquels on extrayait des costumes fripés par le voyage.

« Voici Ilsa, notre femme à barbe », annonça Rochester en lui désignant, dans les marches d'une roulotte aux couleurs gaies, occupée à raccommoder quelque chose, une femme d'une trentaine d'années aux yeux très doux et dont la moitié inférieure du visage était effectivement recouverte d'une toison bouclée et d'apparence soyeuse.

La chaleur était déjà écrasante, bien que le soleil fût encore bas dans le ciel, et une fine vapeur semblait monter de la terre, miroitant dans le lointain. Ilsa se rafraîchissait en agitant gracieusement un éventail sur lequel étaient peints des oiseaux de paradis.

« Et Chang et Eng, ou Eng et Chang, je ne sais jamais lequel est lequel, ça n'a guère d'importance, d'ailleurs, puisqu'on ne risque pas de rencontrer l'un sans l'autre, pas vrai, les gars ? » poursuivit Rochester en s'adressant à deux Asiatiques de petite taille, assis sur un long banc devant leur tente, et qui avaient à eux deux deux têtes et quatre jambes, mais deux bras seulement et un tronc partagé. Il n'était pas clair qu'ils eussent compris ce qu'avait dit Rochester, mais chacun y alla d'un sourire hésitant et leva sa main pour saluer Baptiste, qui leur rendit leur bonjour. Ils restèrent un instant ainsi, bras levés, chacun l'image renversée de l'autre.

Rochester était déjà plus loin.

« Et voici Jemma », poursuivait-il sans s'arrêter, en entrouvrant le panneau d'une tente pour montrer dans la pénombre une masse de chair luisante dont Baptiste n'aurait pu dire s'il s'agissait d'un dos ou d'un ventre. La montagne se redressa, pivota péniblement (ainsi, c'était bien un dos, mais penché, ce qui expliquait la difficulté) et lança un regard sans aménité à Baptiste, puis elle demanda, comme si ce dernier n'avait pu l'entendre :

« Et qu'est-ce qu'il sait faire, celui-là ? » Sans attendre de réponse, elle ajouta, au cas où un doute aurait subsisté : « Il a une tête qui ne me revient pas. L'a pas l'air catholique.

— Ne demande pas ce qu'il sait faire, Jemma, mais ce qu'il a fait. Sache que Baptiste ici présent a survécu à l'Apocalypse.

— Rien que ça », commenta la femme, peu émue, en essuyant son front moite, après quoi elle cracha par terre et reprit la tâche qui l'occupait avant leur interruption, et qui consistait à enfiler ses bas.

La tournée se poursuivit, et le malaise qu'éprouvait Baptiste allait grandissant. Il lui semblait que Barnum et Bailey avaient, par intérêt ou par perversité, rassemblé quelque zoo monstrueux dont il se trouvait malgré lui à faire partie. Ne sachant comment formuler son trouble, il finit par demander à Rochester :

« C-ceux qui voyagent avec le cirque... Est-ce que ce sont tous... eh bien...

— Oui ? »

L'autre le regardait comme s'il était déterminé à le laisser se dépêtrer seul. Baptiste se reprit :

« Est-ce que nous sommes tous... d-des monstres ? »

Il crut voir un éclair de pitié dans le regard du gérant, qui reprit d'une voix plus douce :

« Monsieur Bailey préfère parler de phénomènes, voire de merveilles. Chose certaine, vous êtes, du premier au dernier, absolument uniques. Mais le cirque emploie aussi des artistes, dont les talents sont moins… comment dire, évidents au premier abord, et, bien sûr, des animaux, qui sont logés dans une autre section. »

Ce premier matin, Baptiste vit encore un homme fort, une femme-élastique, un couple de nains, une géante et l'homme le plus maigre du monde, qui tous avaient le même regard presque décoloré, comme si une partie d'eux s'était usée d'avoir été trop offerte en spectacle.

Dès qu'ils eurent fini de faire le tour des tentes abritant les merveilles, Baptiste demanda qu'on lui indique où l'on gardait les animaux et s'en fut seul faire la connaissance de l'énorme hippopotame, des tigres blancs du Bengale, de la girafe solitaire et de ces chevaux qui savaient compter.

Il s'arrêta enfin devant la cage du lion, en dévisageant l'occupant qui lui rendit un regard fraternel et fatigué. « Bonjour, je m'appelle Baptiste », dit-il à voix basse à l'animal qui battit mollement l'air de sa queue et ouvrit toute grande la gueule pour bâiller, révélant deux rangées de dents impressionnantes quoique grisâtres. « Et je m'appelle Elie », répondit poliment le lion. Sur l'instant, Baptiste n'aurait su dire ce qui l'étonna le plus : que l'animal lui ait parlé ou qu'il l'ait fait d'une voix si fluette.

Mais derrière le fauve apparut bientôt une petite tête blonde, qui poursuivit : « Et lui, c'est Numa. Il a l'air redoutable, mais il est très doux. » Comme en guise de dénégation, l'animal laissa échapper un long feulement et secoua sa crinière rousse. Elie se remit à brosser la robe terne et le fauve plissa les yeux et retroussa les babines de contentement. Le garçon ne pouvait guère avoir plus de douze ans ; ses gestes étaient sûrs et précis, sa silhouette menue. Le lion, quant à lui, était miteux ; il avait la peau des coudes à vif, irritée par la friction constante de la paille et de la terre sous ses pattes. Il n'avait pas couru depuis des mois, car on ne le laissait sortir de sa cage qu'à l'heure des répétitions et pour son tour de piste. Son pelage partait en touffes, et il fallait tous les quelques jours s'efforcer de dissimuler ces taches glabres en y appliquant une pommade qui n'était pas tout à fait de la bonne couleur, ce qui faisait que la bête semblait curieusement tachetée de roux. Il avait un œil purulent, d'où s'échappait en permanence une humeur verdâtre et visqueuse ; souvent les cils englués soudaient les paupières ensemble et il tentait de les libérer à l'aide de sa formidable patte, ouvrant sur son sourcil des plaies qu'il ravivait avant qu'elles n'aient eu le temps de guérir.

« Vous êtes dompteur ? demanda Baptiste.

— Non, répondit Elie en riant, mais néanmoins flatté qu'on ait pu le prendre pour un de ces hommes aux larges épaules dont le moindre claquement de fouet suscitait des soupirs et des battements de cils chez les spectatrices. Je le brosse et le nourris tous les jours, c'est tout. Avec Josephine et Mathilda », dit-il en montrant des cages disposées plus loin ; de l'une, on voyait s'élever le long cou de la girafe, sa petite tête cornue inspectant le paysage, dans l'autre, on devinait une masse grise qui devait être l'hippopotame.

Elie sortit de la cage du lion si rapidement que Baptiste crut un instant qu'il s'était faufilé entre les barreaux, mais le jeune garçon ferma derrière lui une petite porte, qu'il verrouilla soigneusement, puis il proposa : « Viens, si tu veux, je te montre mon préféré. » Il l'entraîna vers une tente, à l'écart, au-dessus de laquelle on avait tendu un grand dais blanc afin qu'il y jette de l'ombre. L'intérieur était tout de même presque suffocant ; dans la pénombre bourdonnait un essaim de mouches invisibles. Au milieu du sable se trouvait un grand réservoir de métal rempli d'eau. Ils approchèrent, et Baptiste se pencha au-dessus pour découvrir une créature comme il n'en avait jamais vu, à peine plus grande qu'une femme, de forme fuselée et gracieuse terminée par une queue plate, le corps blanc comme le lait, et qui le contemplait de ses petits yeux veloutés au milieu d'une face ronde et joliment moustachue. Stupéfait, Baptiste soutint son regard tandis qu'elle montait lentement à la surface comme pour mieux le voir, l'air à la fois curieux et infiniment triste.

« C'-c'est une sirène ? demanda-t-il enfin.

— Un lamantin », le corrigea Elie.

Le lamantin avait maintenant sorti la tête hors de l'eau, et dans ses prunelles rondes Baptiste pouvait voir trembler sa propre silhouette penchée en avant.

Baptiste ne croisa l'illustre James Bailey qu'une seule fois pendant qu'il était avec le cirque, par hasard, dans le train qui les menait de New York à Chicago. Arrivé depuis peu, Baptiste n'était pas tout à fait habitué au monstre d'acier haletant dont il n'avait jamais vu d'exemple avant de mettre les pieds sur le continent et à bord duquel il montait encore avec une sorte d'émerveillement en même temps qu'un reste de méfiance. En y embarquant, la première fois, il avait eu l'impression de pénétrer dans les entrailles d'un gigantesque serpent de métal.

Les déplacements en train avaient souvent lieu la nuit, et cela ajoutait à l'étrangeté du voyage que de traverser à si grande vitesse une obscurité si complète qu'elle en paraissait presque solide, trouée çà et là par les lumières vacillantes d'un lointain village, les lampes jaunes des petites gares de campagne éclairant des quais déserts. Baptiste avait parfois l'impression que le train restait immobile, tandis que le paysage se déroulait de l'autre côté des larges baies vitrées, comme une bobine de film — autre merveille qu'il avait découverte en terre d'Amérique —, image par image, dans le cadre de la fenêtre.

Ce soir-là, poussé par un besoin naturel, il s'était aventuré hors du compartiment qu'il partageait avec Chang et Eng, et avait suivi l'étroit corridor bringuebalant, dont un côté était percé de fenêtres par où défilaient les champs au milieu desquels se profilaient de temps en temps une ferme, un troupeau de vaches placides, quelques rares bosquets d'arbres ; de l'autre côté se trouvaient des portes toutes semblables, dont il croyait se rappeler que l'avant-dernière du wagon était celle des w.-c. L'ouvrant, il découvrit plutôt Rochester assis sur une banquette de velours cramoisi à côté d'un homme élancé, les manches de sa chemise blanche roulées jusqu'aux coudes, le haut du crâne chauve, manque auquel suppléait comme par désir de symétrie une courte barbe en collier, le nez droit, les traits volontaires, les yeux à la fois perçants et rêveurs.

Sur une table devant eux étaient étalées des photographies et des gravures où Baptiste eut le temps d'apercevoir un veau à cinq pattes et une curieuse créature au museau poilu et au corps recouvert d'écailles et muni de larges nageoires.

Les deux hommes levèrent le regard, surpris, en apercevant Baptiste, qui balbutia :

« P-pardonnez-moi, je me suis égaré... »

Rochester l'interrompit, ajustant sur son visage le sourire qu'il avait lors de leur première rencontre et dont il ne se départait, pour l'essentiel, qu'en se couchant, comme d'autres déposent leur dentier dans un verre sur leur table de chevet.

« James, permettez-moi de vous présenter Baptiste Cyparis, dont vous vous souviendrez, bien sûr.

— Bien sûr, répéta Bailey distraitement en tendant vers Baptiste une main aux doigts courts. Je suis enchanté de faire votre connaissance, Basile. »

Rochester toussota, mais Baptiste murmura : « Ce n'est pas grave », et les choses en restèrent là.

Bailey cependant n'avait pas levé les yeux de la table où il avait prestement recouvert les gravures d'un journal déplié qu'il fixait maintenant comme s'il tenait à s'assurer qu'elles n'allaient pas disparaître par quelque tour de magie.

« Puis-je vous être utile, mon cher ? » demanda Rochester comme Baptiste restait bêtement debout dans l'embrasure du compartiment, ne sachant comment prendre congé.

Intimidé, il dit la première chose qui lui passa par la tête, qui se trouvait être la vérité :

« Pouvez-vous m'indiquer où sont les toilettes ? »

Bailey leva un sourcil, mais Rochester, souriant toujours largement, fournit le renseignement demandé avec l'obligeance d'un guide touristique que l'on questionne sur l'âge du sphinx ou la hauteur de la tour Eiffel. Horriblement gêné, Baptiste le remercia, referma la porte, et ne revit jamais plus James Bailey, de la collection duquel il constituait pourtant l'un des joyaux les plus rares.

Quand il revint à son compartiment, Chang s'était endormi et dodelinait de la tête au gré des cahots alors que Eng, yeux grands ouverts, contemplait la nuit qui tombait au-delà des fenêtres, noyant les champs d'une pénombre bleutée qui gagnait les wagons petit à petit pendant que dans les autres compartiments on allumait des lampes. À les voir ainsi, côte à côte, à la fois identiques et différents, mêmes mais livrés à des états contraires, Baptiste se rappela les masques de carnaval dont certains, à partir d'une seule physionomie, exprimaient la fureur tandis que sur d'autres se lisaient l'hilarité ou le chagrin. Et puis, le train filant vers l'or du soleil couchant pour plonger dans la nuit, il ne tarda pas à s'assoupir à son tour, au son étouffé des roues sur les rails et bercé par le balancement qui lui rappelait la mer.

Le chapiteau sous lequel se déroulait le spectacle principal était lui-même une attraction, puisqu'il s'agissait de la plus vaste tente jamais fabriquée. Illuminée par plus d'un millier d'ampoules électriques — trois employés avaient pour unique tâche de les vérifier chaque jour une à une, de remplacer celles qui étaient brûlées et de s'assurer qu'on disposait toujours de suffisamment de lumières de rechange, lesquelles, soigneusement enveloppées dans de la paille tels des œufs, puis alignées dans des caisses en bois, occupaient presque tout un wagon —, la tente était, en terrain plat, visible à des kilomètres à la ronde, semblable à un paquebot scintillant dans la plaine, ou à quelque étoile monstrueuse tombée par terre.

Clowns, hommes forts, acrobates, prestidigitateurs, fauves et dompteurs, éléphants et chevaux offraient ensemble le programme principal, se partageant la piste en un ballet dangereux ; il ne se passait guère plus d'une semaine sans qu'on ait à déplorer quelques pieds écrasés, mains cassées ou genoux disloqués, sans compter qu'un soir un fauve qu'on avait oublié de nourrir prit une bouchée dans la cuisse d'un cheval et qu'on dut abattre les deux bêtes sous les yeux de la foule horrifiée.

Cette représentation était précédée par une reconstitution à grand déploiement de scènes de l'Antiquité et des temps bibliques et par l'exposition des Phénomènes — les prospectus parlaient tantôt de Monstres et tantôt de Merveilles — qu'avaient collectionnés Barnum et Bailey comme d'autres amassent les papillons ou les pièces de monnaie rares. Exil en terre d'Égypte, massacre des Innocents, noces de Cana, les tableaux religieux nécessitaient des dizaines, voire des centaines de figurants, pour l'essentiel interchangeables et qui le plus souvent restaient avec le cirque quelques semaines ou quelques mois avant d'aller tenter leur chance ailleurs. Ils voyageaient ensemble, empilés dans les wagons les moins confortables, dormaient entassés dans des tentes qu'ils montaient eux-mêmes et devant lesquelles ils préparaient leurs repas sur de petits feux qui brillaient dans la nuit.

Les Phénomènes avaient droit à un tout autre traitement, presque aussi bon que celui dont bénéficiaient les artistes et les dompteurs. On veillait toutefois à ce que les deux groupes ne se mêlassent pas, et Baptiste, la femme à barbe et les autres curiosités de la nature étaient toujours relégués à la périphérie du camp, non loin des animaux.

À chaque arrivée dans une nouvelle ville ou bourgade, tandis que les ouvriers, les machinistes et une partie des figurants s'affairaient à décharger les wagons et à monter tentes et chapiteau, le défilé se mettait en branle, parcourant la rue principale au son de la fanfare sous les regards éblouis des enfants et ceux, méfiants mais brillants de curiosité, des ménagères et des passants qui affluaient bientôt sur les trottoirs. Ce défilé n'offrait évidemment qu'un aperçu des merveilles du Greatest Show on Earth et que les spectateurs seraient amenés à découvrir plus tard, moyennant de légers frais d'entrée.

Comme il était l'un des clous de l'exposition, Baptiste ne participait pas à cette parade publicitaire ; on se contentait d'annoncer à la criée que les visiteurs auraient la chance unique de voir de leurs yeux l'« Homme le plus Extraordinaire du Monde, seul Survivant du Pire Cataclysme à frapper la Planète, un Homme dont le Nom s'écrit en Lettres de Feu » et, pour attiser davantage leur curiosité, on brandissait bien haut des images de volcans en éruption et de villes dévastées. Il profitait de ce moment pour aller saluer Numa qui toujours l'accueillait, œil mi-clos, par le même feulement rauque, et le blanc lamantin auquel il offrait de la laitue ou des épinards qu'il avait réussi à dérober aux cuisines et que l'animal mâchait d'un air mélancolique.

Il se mêlait peu aux autres phénomènes, dont certains le considéraient depuis le premier jour avec méfiance, comme s'ils avaient redouté que Baptiste tentât de leur voler leur place ou de les détrôner au haut de l'affiche. Il est vrai que la tente où il se produisait était l'une de celles devant lesquelles s'étiraient les plus longues files d'attente et que, peu après son arrivée, l'incroyable « Homme aux Légumes » (lequel avait le singulier talent de tailler plus vite que son ombre carottes, pommes de terre et humbles panais pour en faire d'exquises fleurs, des navires aux voiles éployées, des oiseaux dont on distinguait jusqu'aux pennes les plus fines), cet incomparable artiste, donc, avait été remercié. Mais on chuchotait aussi qu'il s'était servi du couteau dont il ne se départait jamais pour faire des menaces à Rochester et qu'il avait même osé, funeste témérité, sculpter dans un navet une caricature assez peu flatteuse de monsieur Bailey soi-même, lequel n'entendait pas à rire avec ce genre de choses.

Au milieu de cette foule hétéroclite composant le cirque et dont une partie restait toujours la même tandis que l'autre changeait quasi de ville en ville, Baptiste se trouvait aussi seul que dans son île au lendemain du 8 mai. Hormis les quelques mots qu'il échangeait tous les mois avec Rochester quand celui-ci lui remettait sa paye en argent comptant, détachant bien chacun des billets avant de les lui tendre, il n'avait de véritables conversations qu'avec Elie, Numa le lion et le lamantin dont, peut-être parce qu'il était si irréductiblement seul de son espèce, Baptiste ne s'était jamais avisé qu'il ne portait pas de nom.

Un après-midi, Elie l'emmena faire connaissance avec sa mère. Alice était frêle, blonde, et presque aussitôt rouge comme un coquelicot en apercevant Baptiste, que son fils avait invité pour le thé. Il l'avait entendue gronder le jeune garçon après qu'elle fut rentrée précipitamment dans la tente : « Je voulais dire un ami de ton âge, bêta ! » mais elle était bientôt réapparue, portant une théière et trois tasses dont une n'était pas du tout ébréchée.

« Monsieur, je suis enchantée », dit-elle doucement à Baptiste, qui serra sa main dans la sienne avec prudence, craignant de lui broyer les doigts. Elle avait au-dessus de la lèvre supérieure une mince cicatrice blanche, fine comme un fil, qui semblait tirer très légèrement sa bouche vers le haut quand elle souriait, ce qu'elle faisait souvent, et de bon cœur. « Sachez que c'est la première fois que mon fils daigne emmener un de ses amis à la maison. » Elle s'interrompit, regarda autour d'elle et fit un petit mouvement de la main, comme pour s'excuser, en répétant : « Enfin, à la maison... » Baptiste s'aperçut à ce moment que la tente n'était pas uniformément grise, mais qu'on l'avait raccommodée à l'aide d'innombrables pièces, certaines unies, d'autres aux motifs fanés, qui avaient fini par former, au contact des éléments, un camaïeu de beiges, de gris et de blancs sales qui rappelait la teinte des nuages de pluie.

Ils prirent le thé tous les trois assis dans l'herbe tandis que le soleil descendait lentement dans le ciel et basculait par-dessus l'horizon, plongeant le camp dans une pénombre bleutée. Ils étaient toujours là quand les premières étoiles apparurent. Sur un geste d'Alice, Baptiste souleva Elie endormi, qu'il alla déposer sur une paillasse où était étendue une couverture de laine, sous la tente. La lune était maintenant haute dans le ciel, ronde et crayeuse comme un masque de clown. Alice frissonna et Baptiste l'entoura de son bras pour la réchauffer.

Tout aussi naturellement, ils devinrent une famille, chose qu'aucun d'eux n'avait encore connue, Alice étant orpheline, enfant du cirque, et Elie n'ayant pas eu de père, bien que de mauvaises langues — et Jemma, avec une énergie particulière — affirmassent que ce garçon accusait, ma foi, une étonnante ressemblance avec Hector le dompteur.

Alice et Elie quittèrent leur tente pour la roulotte de Baptiste, laquelle, étrangement, lui parut plus vaste dès qu'elle fut habitée par la mère et le fils. Bientôt s'installa une routine rythmée par les déplacements continuels, le chaos des tentes sans cesse démontées et remontées, les représentations quasi quotidiennes, les foules de curieux et les paysages successifs qu'ils n'avaient jamais l'occasion d'explorer et qui formaient simplement comme une toile de fond changeante.

~

Ils se marièrent sans délai, Elie, droit comme un I, presque paralysé par la solennité du moment, servant de témoin à Baptiste, Ilsa de demoiselle d'honneur à Alice. La cérémonie présidée par Rochester eut lieu devant le chapiteau au petit matin, avant le défilé.

« Mais Rochester n'est pas un curé », s'était inquiétée Alice.

Baptiste avait haussé les épaules : « Je n'aime pas trop les curés de toute façon. »

Elle était jolie dans la robe blanche que lui avait prêtée Ilsa et que les deux jeunes femmes avaient passé la nuit à ajuster afin qu'elle aille à ses épaules étroites et à sa poitrine menue. Elie avait tressé pour sa mère une couronne de marguerites qu'elle avait glissée sur son front et d'où descendaient de temps en temps quelques minuscules fourmis rousses qu'elle écrasait entre le pouce et l'index. Baptiste portait le costume noir qu'il enfilait tous les soirs quand venait le temps d'endosser le rôle de survivant de l'Apocalypse, aussi ne pouvait-il s'empêcher de se sentir légèrement en représentation.

Devant eux était rassemblé un petit groupe ne comptant guère plus d'une quinzaine de personnes, Jemma ayant orchestré une véritable cabale contre cette union d'un Noir d'ébène et d'une Blanche de lait qu'elle qualifiait d'« aberration de la nature » sans remarquer que tous ceux à qui elle faisait valoir ses imparables arguments auraient pu être pareillement décrits.

La cérémonie fut brève. On signa un document que personne ne prit la peine de regarder de trop près, puis on sabla le champagne mais, comme il n'était pas encore midi et que la boisson était en outre plutôt tiède, la plupart des coupes restèrent à moitié pleines tandis que les invités, une fois les félicitations d'usage présentées, partaient se préparer pour la parade.

Baptiste, Alice et Elie se retrouvèrent seuls, endimanchés, devant le chapiteau où entraient et sortaient techniciens et machinistes, sous le soleil qui tapait dur. Baptiste suait à grosses gouttes dans son habit noir ; sur le front d'Alice les marguerites commençaient déjà à se flétrir, dégageant une odeur un peu acide. Elle retira la couronne dont l'empreinte resta sur ses cheveux tel un bandeau invisible, et qui presque aussitôt se défit entre ses doigts. Elie plongea par terre pour tenter de faire un bouquet avec les fleurs éparses, mais ne réussit à récupérer que trois tiges un peu pliées au bout desquelles il ne subsistait plus qu'un cœur jaune, rond comme un œil. Sur le sol, les pétales blancs éparpillés ressemblaient à de minuscules bateaux à la dérive sur le noir de leurs ombres qui avaient rétréci jusqu'à n'être plus que de petites flaques d'obscurité à leurs pieds.

Pour le onzième anniversaire d'Elie, Alice avait voulu préparer, comme tous les ans, un cake aux épices, mais Elie avait supplié que l'on commande plutôt des cuisines du Palace, où ils logeaient pendant que le cirque séjournait à San Francisco, un gâteau confectionné par le chef lui-même et dont le nom aperçu la veille sur le menu lui avait paru délicieusement mystérieux : *devil's food cake.*

La chambre qu'on leur avait assignée n'était pas particulièrement somptueuse, mais tout de même plus spacieuse que la roulotte qu'ils continuaient d'occuper quand ils s'arrêtaient dans de petites villes. Un lit recouvert d'un édredon brodé de bourgogne et de jaune moutarde trônait au milieu de la pièce, meublée en outre d'une coiffeuse aux pieds incurvés munie d'un miroir ovale où Baptiste, peu habitué à se regarder dans les glaces, mettait toujours une seconde avant de se reconnaître, d'un petit canapé et d'un lit pliant qu'on avait apporté pour qu'Elie y dorme, le tout posé sur une moquette épaisse qui étouffait le moindre bruit. Quelques gravures dans des cadres dorés étaient accrochées aux murs tendus de papier rayé, représentant des ruines romaines baignées de soleil.

Luxe rare, ils avaient tous les trois soupé au restaurant de l'hôtel, dans une salle à manger immense au plafond de laquelle pendaient une dizaine d'énormes lustres, où des serveurs en livrée serpentaient entre les tables en portant les plats recouverts de cloches d'argent. Si la plupart des sièges étaient occupés par des gens du cirque, c'est avec stupéfaction que les rares autres dîneurs attablés avaient vu arriver successivement Jemma, qui marchait en s'aidant de deux cannes, Ilsa, qui avait modestement couvert le bas de son visage d'un foulard laissant tout de même apercevoir la toison qui recouvrait son menton, et Eng et Chang, qui observaient la salle chacun de son côté. Baptiste, pour sa part, était toujours étonné de constater l'attention qu'on lui accordait au milieu de tant de phénomènes autrement plus spectaculaires. Mais on n'avait point l'habitude, en cette bonne ville de San Francisco, d'accueillir ainsi les gens de couleur dans les salles à manger des hôtels comme il faut, et les chuchotements qui avaient salué l'arrivée de Jemma se muèrent en bruyants commentaires quand il s'assit en compagnie d'Elie et d'Alice et qu'il posa sa main noire sur le bras blanc de celle-ci.

«Je ne pensais pas que c'était ce genre d'établissement», renifla à sa gauche une dame au visage chevalin, qui fit un instant mine de se lever mais interrompit son mouvement comme Hector entrait à son tour dans la pièce d'un pas martial, promenant sur les convives un regard de conquérant.

Le potage était tiède, le rosbif, trop cuit et les mets manquaient généralement de sel, mais Elie, peu accoutumé à un tel festin, dévora avec appétit tout ce qu'on déposait devant lui, tandis qu'Alice avait soin de reprendre sa fourchette délicatement dans la main droite une fois qu'elle avait fini de couper sa viande à l'aide de son couteau et de se tamponner les lèvres de sa serviette de table amidonnée après chaque bouchée. Apercevant du coin de l'œil le mari de la dame anguleuse, laquelle se tordait maintenant le cou pour tenter d'apercevoir Bailey assis à l'autre bout de la salle, Baptiste lui trouva une ressemblance avec Louis XVIII, sans arriver à se rappeler où il pouvait avoir vu le visage du monarque français.

Quand ils rentrèrent dans leur chambre, le gâteau les attendait, trônant sur la coiffeuse, une douzaine de fines bougies fichées dans le glaçage blanc. Ravi, Elie se retourna vers Alice et, sur un ton où perçaient à la fois le reproche et le soulagement, s'écria :

« Je pensais que tu avais oublié ! »

Pour toute réponse, elle lui ébouriffa les cheveux. Il saisit la pelle posée près des assiettes, mais elle l'empêcha d'entamer tout de suite le gâteau.

« C'est toi qui oublies quelque chose », rappela-t-elle doucement en sortant de son sac à main une petite boîte emballée dans un papier blanc. « Tu dois d'abord souffler les bougies. »

Il s'empara de l'écrin, qu'il ouvrit avec précaution : à l'intérieur, sur un coussin de satin bleu ciel, reposait un lourd briquet d'argent richement ouvragé, portant, au milieu d'arabesques compliquées, un E et un C stylisés entrelacés.

«Ce sont tes initiales, maintenant», expliqua-t-elle tandis qu'Elie saisissait l'objet entre ses doigts, faisant jouer le couvercle qui s'ouvrait et se refermait avec un claquement sec, s'essayant à faire tourner la roulette au pourtour creusé de minuscules sillons jusqu'à ce que jaillisse une étincelle, puis une flamme bleutée. Il alluma une à une les bougies, puis elle le pressa :

«Fais un vœu. »

Il regarda autour de lui la chambre dorée, riche et chaude, sa mère et Baptiste souriants, et ne sut que désirer, si ce n'était que les choses continuent juste comme elles étaient à cet instant. Il ferma les yeux, souffla, ouvrit les paupières : les douze flammes s'étaient éteintes, les mèches noircies des bougies n'émettant plus qu'une faible fumée. Les *douze* flammes.

«Il y en avait une de trop ! » cria-t-il, alarmé, en tendant la main pour l'arracher. «Est-ce que ça veut dire que mon vœu ne se réalisera pas ? »

Alice et Baptiste riaient de bon cœur.

«Non, le rassura sa mère. Ça veut dire, au contraire, que ton vœu sera bon pour deux années. »

Mais Elie, peu convaincu, les dévisageait tous deux, flairant le mensonge.

«Moi aussi, j'ai quelque chose pour toi », fit Baptiste en plongeant le bras sous le lit pour en ressortir une longue et large boîte enveloppée dans du papier journal que le garçon déchira avidement, révélant un emballage de carton où l'on voyait, en couleur, un long train traversant sur des rails brillants un paysage vert émeraude. Tout à sa joie, Elie passa les minutes qui suivirent absorbé dans la contemplation admirative des diverses composantes du train sagement rangées dans leurs compartiments d'où il n'osait les sortir. Outre la locomotive rutilante, il s'y trouvait huit wagons en fer dont cinq étaient fermés, munis de fenêtres, de marchepieds et de roues en tout point semblables à ceux de vrais wagons, ainsi qu'une quantité suffisante de bouts de rails droits et courbes pour former, une fois emboîtés, un anneau de bonne dimension au milieu du tapis de la chambre.

Posée sur ces rails triples, la locomotive se mit lentement en marche et accéléra la cadence, avançant bientôt avec un cliquetis survolté, manquant quitter la voie ferrée dans un virage, retombant de justesse sur ses roues pour reprendre de la vitesse et dérailler pour de bon au tournant suivant, suivie de ses wagons dont les roues continuèrent de tourner, inutiles, longtemps après avoir quitté les rails.

« Ce n'est pas grave, assura Baptiste, on réessayera tout à l'heure. »

Elie coupa le gâteau après en avoir déraciné les onze bougies restantes, des larmes de cire figées le long des tiges étroites, découvrant sous le glaçage blanc une pâte rouge vif à laquelle il refusa de goûter. Pendant de longues minutes, il s'amusa à rallumer à l'aide de son briquet la plus courte des bougies et à l'éteindre en pinçant la mèche entre le pouce et l'index. Dans l'air flottait une odeur d'ozone, métallique et acidulée, comme après un éclair.

Dans certaines bourgades poussiéreuses du centre des États-Unis, il arrivait qu'on n'ait jamais vu un Noir autrement qu'en gravure ou en photographie — et ceux-là, qui étaient le plus souvent des repris de justice, avaient la mine si patibulaire que les bonnes gens ainsi informés des caractéristiques malheureuses de la race étaient bien décidés à se méfier de tout homme dont la peau avait la couleur du café.

Un soir, alors qu'il était debout, bras croisés, un pied légèrement en avant (pose qu'il avait empruntée aux dompteurs), devant la toile encore un peu fripée où était peinte la montagne Pelée en train d'exploser en projetant haut dans le ciel des pierres enflammées et une fontaine de fumée noire, Baptiste surprit une conversation entre une petite fille aux boucles blondes et sa mère coiffée d'un chapeau de bonne envergure qui avait vraisemblablement coûté la vie à plus d'un oiseau et qui en outre empêchait de voir son visage. À l'évidence, la dame était un personnage de quelque importance dans la petite ville où ils s'étaient arrêtés, peut-être s'agissait-il de l'épouse du maire, car les autres spectateurs se tenaient respectueusement en retrait et coulaient dans sa direction des regards à la fois curieux et intimidés.

«Maman, demandait l'enfant d'une voix flûtée, pourquoi le monsieur il est noir?»

Baptiste put voir, de l'endroit où il se trouvait, qu'on retenait son souffle autour de la dame au chapeau, laquelle répondit sans s'émouvoir :

«Parce qu'il est brûlé, ma soie. Tu vois bien, il a été dans un incendie, et maintenant il est noir comme le charbon. Allez, ma colombe, tu veux voir l'hippopotame ?»

Il arrivait souvent que des spectateurs ne restent pas jusqu'à la fin du numéro, qui consistait pour l'essentiel en un récit hésitant de l'éruption de la Pelée telle que vécue depuis l'intérieur d'une cellule en pierres, impatientés par le bégaiement et le débit trop lent de Baptiste ou bien, dans le cas de certains ayant mal compris les publicités, déçus de ne pas le voir lui-même cracher le feu.

Un autre soir, un homme et une femme âgés, tout de noir vêtus, et dont il était impossible de dire s'ils étaient mari et femme ou frère et sœur tant ils se ressemblaient, mais davantage par l'attitude que par les traits, partageant tous deux la même roide posture et une expression de désapprobation identique, narines et bouche pincées, se mirent à le traiter à voix basse de suppôt de Satan, chuchotant que s'il avait survécu au jour du Jugement dernier, c'est que Dieu, dans Son infinie sagesse, n'avait pas voulu de lui dans Son royaume, et poursuivant, mais d'une voix de plus en plus forte, que la couleur de sa peau était le reflet de son âme obscure.

«Comment ose-t-on, continua l'homme sur le ton de la bruyante lamentation, nous présenter ici un de ces infidèles venus d'un pays où l'on ne connaît pas Dieu, comment ose-t-on corrompre de la sorte notre innocente jeunesse?»

Regardant autour de lui, Baptiste constata que le public, ce soir-là, était constitué de fermiers, de petits commerçants et de ménagères qui avaient tous largement dépassé la quarantaine. Faisant fi de ce détail, il voulut néanmoins défendre l'honneur de son île, mais quand il ouvrit la bouche, la compagne de l'homme entonna une série de «Amen» stridents qui rendirent inaudible toute rectification. Dans la foule, on se mit à faire le signe de la croix et à regarder d'un air inquiet vers le plafond de la tente, comme si l'on s'attendait peut-être à ce qu'une réponse vienne de là.

Profondément gêné, ne sachant que faire, Baptiste chercha à attirer l'attention de l'un des ouvreurs qui contrôlaient l'entrée de la tente, mais ceux-ci, pour l'heure, étaient trop pris par leur discussion pour se rendre compte qu'il avait besoin d'aide.

L'homme criait toujours ce que Baptiste croyait être des passages de l'Apocalypse; une femme se jeta à genoux, deux autres éclatèrent en sanglots, une quatrième se mit à pousser des hululements. Voulant calmer l'hystérie qui menaçait de s'installer pour de bon, Baptiste, incapable de penser à autre chose, entreprit de réciter à voix haute et intelligible le Notre Père, la première prière qu'il eût apprise enfant, celle que lui avait fait le plus souvent répéter le père Blanchot en guise de pénitence et la seule dont il se souvenait dans son entièreté. Cependant, comme il le fit en français, langue que n'avait jamais entendue le vieil homme, celui-ci se mit à vociférer de plus belle, que « le monstre essayait de leur jeter un mauvais sort en en appelant aux démons de l'enfer d'où il venait et en utilisant pour ce faire leur langage maléfique ». Il émettait, en criant, des postillons dont la trajectoire semblait imiter celle des projectiles crachés par la bouche du volcan, figé derrière Baptiste dans une furie spectaculaire et immobile.

Les préposés aux billets, se rendant enfin compte que quelque chose n'allait pas, entrèrent précipitamment dans la tente et voulurent escorter l'homme vers la sortie, mais celui-ci se débattit tant et si bien, la femme qui l'accompagnait piaillant cette fois qu'on voulait les assassiner, qu'ils en vinrent aux coups. En quelques secondes, la mêlée fut générale.

Profitant du chaos, Baptiste tira de toutes ses forces sur une mince déchirure que présentait la toile entre le volcan et la mer, l'agrandit suffisamment pour réussir à y glisser la tête, les épaules, un pied levé bien haut puis l'autre, et il disparut par le ciel constellé d'étoiles et de tisons enflammés.

Puis il arriva ceci de curieux à Baptiste, alors qu'il avait miraculeusement échappé au feu meurtrier ayant anéanti tout et tous ceux qu'il connaissait, alors qu'on était venu des États-Unis pour l'inviter à se joindre au plus grand spectacle de la planète — chose pour quoi on le payait grassement —, alors qu'il avait trouvé la famille qu'il avait depuis longtemps cessé de chercher, il arriva ceci de curieux qu'il eut tout à coup l'impression que sa vie était finie, advenue, consommée, et pour la première fois il lui sembla véritablement connaître la peur.

Il se mit à souffrir de longues périodes d'insomnie. Il se réveillait au plus profond de la nuit, déplaçait le bras d'Alice qui pesait lourd sur sa poitrine, se levait et passait la chemise et le pantalon qu'il portait à son arrivée. Il en possédait d'autres, désormais, plus qu'il n'en fallait pour en enfiler des différents chaque jour de la semaine si l'envie lui en prenait, et il lui arrivait, en ouvrant l'armoire où ils étaient suspendus, de rester un instant interdit devant tant d'opulence inutile, après quoi il tendait invariablement la main vers les hardes qui lui étaient le plus familières. Puis il sortait avec autant de précautions qu'il en avait mis un an plus tôt à se glisser hors de sa cellule, et allait marcher seul sur le site déserté, livré aux ténèbres.

La première fois qu'elle l'avait ainsi vu s'habiller à gestes lents, comme mécaniques, pour s'en aller en pleine nuit, Alice s'était levée et l'avait appelé doucement :

« Baptiste, tu es somnambule.

— Quoi ? » Jamais il n'avait entendu ce mot.

« Tu marches dans ton sommeil, reviens te coucher. » Et, debout près de lui, elle avait tenté de le ramener vers le lit. Il s'était dégagé d'un mouvement distrait. C'était exactement ce qu'il lui semblait depuis quelques semaines et qu'il n'avait pas su nommer : il avait l'impression de marcher en rêve, ou sous l'eau, le jour comme la nuit, mais surtout le jour.

« C-comment fait-on pour arrêter ?

— Arrêter quoi ? » demanda-t-elle en l'examinant. Il avait les yeux bien ouverts ; peut-être ne dormait-il pas, peut-être souhaitait-il simplement aller se promener.

« D'être somnambule. Comment arrête-t-on ?

— Il n'y a qu'un moyen, c'est de se réveiller. »

Cela ne lui était d'aucune utilité : n'était-il pas déjà éveillé ? Après un moment, elle lui demanda, pour en être bien sûre :

« Tu dors ?

— Je ne sais pas », répondit-il en toute honnêteté, puis il sortit.

Désormais, Alice, que le moindre mouvement réveillait, se levait quand il avait passé la porte et elle le regardait s'éloigner, le front appuyé sur la vitre froide.

～

À les voir tous les uns à côté des autres : la montagne de bourrelets tremblotants qu'était Jemma, dont chacun des gestes se répercutait longuement dans ses chairs blanches veinées de turquoise comme un caillou tombé dans l'eau y dessine mollement des cercles qui vont s'atténuant au fur et à mesure qu'ils s'éloignent de l'épicentre ; le corps que se partageaient Eng et Chang, leurs deux crânes posés chacun sur une épaule, deux oranges sur une table ; les courtes silhouettes du couple de nains hauts comme des enfants, mais des enfants affligés de têtes d'adultes, avec du poil dans les oreilles et des sexes velus dans leur caleçon, qui agitaient leurs membres courtauds comme certain poisson sorti de l'eau remue comiquement ses nageoires ; la silhouette gracieuse, parfaite d'Ilsa, jusqu'à ce qu'elle se retourne pour montrer son visage d'ourse qui semblait d'abord une plaisanterie de mauvais goût sur un cou aussi délicat ; jusqu'à la masse musculeuse d'Ulrich l'homme fort, dont les biceps et les triceps saillaient sous la peau comme s'il s'agissait de corps étrangers qui se seraient glissés là, entre l'os et la chair ; à les voir tous horribles et fascinants, à savoir qu'il était l'un d'eux, Baptiste avait l'impression d'avancer dans un cauchemar éveillé. Mais sa vie depuis la Pelée lui semblait se dérouler dans une sorte de demi-sommeil où les objets pourtant dotés de leurs contours familiers n'offraient aucune résistance et se laissaient traverser quand on tendait la main pour les attraper. Il tirait de cette inconsistance le sentiment de sa propre irréalité. Sans doute était-il toujours étendu sur le sol de ce cachot de Saint-Pierre et tout cela n'était qu'un songe.

Des mois plus tard, de nouveau seul dans une cellule, Baptiste se rappellerait l'après-midi où il l'avait vue pour la première fois, suspendue entre deux chevaux qui galopaient autour de la piste en soulevant des nuages de poussière dorée, flottant quelques pouces au-dessus des dos noirs et luisants. Elle avait quitté le premier et n'avait pas encore saisi la crinière du second, aussi en pensant à elle garderait-il toujours cette image : elle volait.

Cheveux aussi lustrés que la croupe des chevaux qui obéissaient au moindre de ses claquements de langue, lèvres rouges, taille de guêpe dans son costume de paillettes argent qui réfléchissait la lumière des ampoules électriques, elle était seule avec les étalons sous le chapiteau. Elle s'était dirigée vers Baptiste sans hésiter, comme s'ils se connaissaient déjà. Au-dessus de sa lèvre scintillaient de minuscules perles de sueur qu'il aurait voulu lécher avec le même désespoir qu'un homme assoiffé qui tend la langue quand il sent sur son front tomber les premières gouttes de pluie.

« C'est toi, l'Apocalypse ? » lui demanda-t-elle en l'examinant de la tête aux pieds sans animosité mais sans chaleur, avec une sorte de curiosité détachée.

Regrettant de n'être pas plus spectaculaire, il ne put qu'articuler péniblement :

« Ou-ou-oui.

— Comment c'était?

— J-je ne sais pas. Chaud. Et puis… j'ai perdu connaissance. »

D'un geste vif, elle délaça ses fines bottes de peau qu'elle retira comme on enlève la pelure d'un fruit, révélant des pieds blancs aux ongles de coquillage. Continuant son chemin pieds nus, elle laissa tomber les bottes dans le sable où Baptiste se pencha humblement pour les ramasser, pressant le pas pour la rejoindre tandis qu'elle s'éloignait sans regarder par-dessus son épaule, certaine qu'il la suivait. Il avait eu l'impression de s'éveiller d'un rêve.

Du bout de ses doigts blancs, elle traçait un chemin sur son dos où les cicatrices entremêlées formaient comme une couronne d'épines. Elle lui avait enlevé sa chemise sans un mot, ils s'étaient aimés debout, appuyés contre un des poteaux soutenant la tente où clapotait le lamantin dans son bassin d'eau tiède. Puis, elle avait doucement retourné Baptiste et avait écrit sur sa peau brûlée quelque message qui paraissait gravé dans sa chair plus profondément que la blessure qu'y avait laissée le feu de la montagne, comme une invocation.

« Ça fait mal?

— N-non », avait-il menti. Mais ce n'était mensonge qu'à demi, car pour sentir ses doigts sur ses épaules, son souffle dans son cou, il aurait souffert mille autres douleurs.

Stella vivait avec Rochester, et il ne devait pas espérer que ce qui était arrivé cet après-midi-là se reproduise jamais, lui avait-elle expliqué froidement en rajustant son costume où brillaient les paillettes. Mais, bien sûr, cela s'était reproduit — à la nuit tombée, alors que seuls les animaux étaient éveillés et tournaient en rond dans leur cage ; pendant le défilé, quand il ne restait sur le terrain du cirque que les ouvriers et les figurants ; dans le wagon où Stella voyageait seule lorsque Rochester avait été envoyé par James Bailey recruter quelque prodige inédit ou une nouvelle monstruosité.

Quand il rentrait, Alice sentait dans son haleine l'eau-de-vie qu'il avait bue avec elle, et son parfum sur ses doigts, dans ses cheveux, sur ses longues jambes et au creux de ses bras. Il lui semblait que si elle regardait assez longtemps, elle pourrait distinguer le reflet de l'autre femme dans les yeux de Baptiste. Mais elle gardait les paupières closes, et attendait qu'il se soit endormi pour quitter la roulotte sur la pointe des pieds et aller se savonner et se rincer à grande eau.

Baptiste se mit à assister aux représentations dès qu'il le pouvait pour avoir le loisir de l'admirer en même temps que des centaines, des milliers d'autres, éprouvant à la partager ainsi un mélange de jalousie et de fierté.

Il régnait le plus souvent une chaleur infernale dans le chapiteau ; sous le ciel d'ampoules, les visages étaient luisants et rouges où s'ouvraient, sous l'effet de la stupeur, des bouches noires dentelées de chicots. On entendait des hoquets et des cris de ravissement lors de l'arrivée en piste des dompteurs vêtus de cuir, sanglés de chaînes, que menait Hector, tenant à la main un trident tel un antique gladiateur ou quelque demi-dieu romain plus ancien et plus redoutable encore. De la piste montaient des odeurs de sueur, de paille, d'excréments et de poudre de craie.

Les spectateurs s'émerveillaient bruyamment de l'intelligence des chevaux mathématiciens comme de l'intrépidité des dompteurs, frémissant en levant les yeux vers les équilibristes suspendus à leurs minces trapèzes, suivant du regard le funambule qui avançait lentement sur un fil de fer, une tige sur laquelle étaient posées une soucoupe et une tasse pleine de thé fichée en équilibre sur son menton. Mais ces exploits étaient trop éloignés du quotidien pour éveiller dans le public autre chose qu'une émotion passagère et superficielle. Les rires atteignaient leur paroxysme quand les clowns, après quelques pirouettes et cabrioles inoffensives, élisaient parmi eux un souffre-douleur sur lequel ils s'acharnaient, multipliant les crocs-en-jambe et les esquives jusqu'à le faire tomber dans le sable, feignant de l'aider à se relever pour mieux le piétiner, leurs lèvres monstrueuses, rouge vif sur un visage grimé de blanc, leur ouvrant jusqu'aux oreilles de grotesques sourires.

Les spectateurs se reconnaissaient enfin dans les bourreaux comme dans la victime et d'instinct choisissaient leur camp. Les rires s'élevaient, semblables à des ricanements de hyènes.

Ces pauvres gens venaient au cirque pour être émerveillés, étonnés, pour jouer à avoir peur sans avoir à se mesurer au danger, pour oublier pendant quelques heures ou quelques minutes leur existence insoutenable ou simplement morne et sans espoir, mais surtout ils y venaient pour le privilège, enfin, de montrer du doigt et rire de l'infortune de plus malheureux qu'eux. Pour s'emplir les yeux de ces erreurs de la nature qu'ils observaient de loin, une main sur la bouche comme pour étouffer un cri. Ils frissonnaient d'horreur, dans le cas de certains, mais aussi de curiosité et d'excitation, et d'une sorte de joie brève qu'ils ne connaissaient que trop peu souvent et qui provenait de ce que, pour une des rares fois de leur vie, ils étaient du bon côté des choses : du côté des rieurs plutôt que de la risée, du côté des gagnants, des vertueux, de ceux qui avaient pour eux la force terrible de la majorité. Comme une traînée de poudre parmi la foule, les rires se répandaient, se répondaient, enflaient et se nourrissaient les uns des autres. De ces rires au cri d'effroi ou de haine il y avait peu de chose, en vérité, et qui aurait pris un cliché photographique de ces visages tordus, bouches grandes ouvertes, yeux plissés, aurait eu bien du mal à dire s'ils grimaçaient sous l'effet du plaisir, de la douleur ou des deux. Une foule n'est jamais si laide que lorsqu'elle rit.

«Pars avec moi», dit Baptiste, étendu sur le dos, la tête de Stella dans le creux de son épaule, les longs cheveux couleur de miel répandus sur la chair noire où les cicatrices faisaient des méandres roses.

Elle eut un rire cristallin et dur.

«Pour aller où?

— N-n'importe où.

— Pourquoi les gens parlent-ils toujours de partir et ne se soucient jamais de savoir où et quand ils arriveront?»

Il lui semblait que ce n'était pas à lui qu'elle posait cette question, aussi ne répondit-il pas. Ils étaient couchés sur une couverture de laine rêche, dans une clairière à quelque distance du camp. Le ciel était piqué d'étoiles, auxquelles venait s'ajouter de temps en temps le clignotement des mouches à feu. La forêt toute proche fourmillait de sons inconnus.

«D'où viens-tu? demanda-t-il, car il venait juste de s'aviser qu'il n'en savait rien.

— D'un trou perdu au Texas, la petite ville la plus grise du monde, et c'est bien le dernier endroit où j'aie envie d'aller. Et toi? Tu rêves de retourner là où tu as grandi?

— L-là où j'ai grandi n'existe plus», fit-il observer d'un ton neutre.

Il n'y avait rien à répondre à cette évidence. Du doigt, elle traça le dessin de sa mâchoire et de ses lèvres. Il avait de nouveau envie d'elle et cette envie était comme une soif dévorante ; il aurait voulu boire la nuit.

« Pars avec moi », reprit-il en l'enserrant dans ses bras.

Elle se dégagea, se haussa sur un coude, le dévisagea et dit, d'une voix sérieuse cette fois :

« Ma vie est ici, avec les chevaux, et Richard — et toi. Si tu veux. »

C'était tout naturel de venir après les chevaux auxquels elle tenait plus qu'à la prunelle de ses yeux, mais de figurer après Rochester lui porta un coup au cœur. Il sentit physiquement un poing se durcir dans sa poitrine et se demanda si c'était là ce qu'on appelait la jalousie. Puis tout à coup il comprit : il n'avait pas échappé à l'Apocalypse ; il y avait succombé, comme tous les autres, et ceci était son châtiment.

Elie voyait bien que depuis des semaines sa mère avait les traits tirés, les paupières rougies, qu'elle tressaillait au moindre bruit et était toujours à regarder par-dessus son épaule comme si elle s'attendait incessamment à ce qu'un orage éclate et s'abatte sur elle.

Pour l'avoir vue heureuse les derniers mois, il savait reconnaître l'envers du bonheur, même s'il en ignorait la cause. Il avait surpris la veille une discussion brusquement interrompue à son approche, où Alice parlait de «cette sirène, cette sorcière, cette créature maudite qui t'a ensorcelé» d'une voix qui ne ressemblait pas à sa voix, tandis que Baptiste, impuissant devant elle, avait un geste comme pour chasser un insecte. Il avait l'air coupable, mais aussi, étrangement, presque heureux, comme s'il était habité par une flamme qui pouvait enfin se faire jour.

～

Il régnait une chaleur écrasante sous le lourd drap de coton de la tente où l'on gardait le lamantin. La sueur se mit à perler sur le visage de Baptiste, à couler dans son cou dès qu'il fut entré. On avait disposé dans un coin des blocs de glace censés rafraîchir l'air, et dont il sentit le froid en passant le bras au-dessus. La glace fondait presque à vue d'œil, faisait une flaque d'eau s'écoulant hors de la tente en minces ruisselets. Il posa la main, doigts écartés, sur la surface translucide qui se bosselait et se crevassait sous l'effet de la chaleur. D'abord bienfaisant sous sa paume, le froid se changea bientôt en morsure, puis en brûlure insupportable, mais Baptiste se força à ne pas bouger sa main qui, peu à peu, devint insensible. Quand il la retira enfin, il avait l'impression qu'elle ne lui appartenait plus.

Penché au-dessus du bassin d'eau trouble, il plongea les doigts dans l'eau tiède, qui lui sembla brûlante. Il scruta son reflet, à la surface, déformé par une série d'ondes qui s'accentuaient tandis que le lamantin affleurait, narines closes, yeux de velours grands ouverts, comme pour le saluer. Il tendit la main pour toucher la peau lisse de la créature, qui s'esquiva d'un fluide mouvement de nageoires, puis il posa son front sur ses bras croisés et ferma les paupières. Après un moment, il eut l'impression de sentir sous ses doigts gourds la présence du lamantin qui s'était rapproché en silence.

Dans l'entrée, silhouette noire contre la clarté aveuglante du dehors, Elie, qui s'apprêtait à venir nourrir l'animal, recula à pas de loup, le cœur battant la chamade, en prenant garde de ne pas faire de bruit, et alla plutôt brosser Numa le lion.

Il reviendra à la nuit tombée, serrant dans son poing le briquet qui tout à coup lui paraîtra infiniment lourd. Il disposera des bottes de foin aux quatre coins de la tente, imbibées d'alcool blanc dont il a dérobé une bouteille à l'entrepôt. Puis, d'une chiquenaude, il soulèvera le couvercle, fera tourner la roulette sous son pouce et, d'une main qui ne tremble pas, il allumera une à une les bottes de foin qui s'embraseront avec un bruit ressemblant à un profond soupir.

Les flammes s'élèvent dans la nuit, jaunes et violettes sur le noir du ciel, comme on les voyait sur le drap servant de toile de fond au numéro de Baptiste. Des étincelles soufflées par le vent enflamment bientôt les tentes voisines, qui prennent feu en un instant. On accourt de toutes parts à moitié vêtu pour en faire sortir les animaux terrifiés et pendant un moment la scène a des allures de fantasmagorie ou de carnaval. Le feu crache, gronde et se répand en langues longues et fines qui déploient leurs cent pointes fourchues. La tente où l'on garde les chevaux flambe du sol jusqu'à son fragile toit de toile ; un étalon affolé déchire à coups de dent le drap d'une paroi et trouve l'air libre. Toujours aveuglé par la fumée, il court droit devant lui, comme s'il était guidé par un cavalier invisible, sa crinière enflammée le suivant telle la queue d'une comète prise de folie ; renversant sur son passage les seaux d'eau qu'on se passe de main en main et deux machinistes qui prétendaient l'arrêter. Sa silhouette ourlée de feu finit par disparaître dans les ténèbres. On le cherchera pendant des heures à l'aube, sans le retrouver ni sa dépouille. Les autres chevaux, paralysés par la peur, restent aussi immobiles que des statues, cou tendu, naseaux frémissants, roulant des yeux effarés. Numa le lion sort tranquillement de sa cage dont la porte a été laissée entrouverte et s'éloigne d'un pas souverain ; on ne le reverra pas non plus, et Rochester, peu désireux d'annoncer au monde qu'un fauve s'est échappé de sa ménagerie, taira sa disparition quand les policiers et les pompiers viendront l'interroger. Partout autour les animaux émergent de leur sommeil sans rêve pour joindre leurs cris aux plaintes de ceux qui brûlent, et bientôt une cacophonie s'élève où se mêlent les vociférations des hommes, les hurlements des femmes et les gémissements des bêtes. Les flammes montent en dansant telles de longues chevelures comme jadis au fond de l'eau les algues bercées par le ressac. Le rougeoiement de l'incendie se voit de loin, monstrueux simulacre de lever de soleil, halo de lumière brasillant semblable aux auréoles dorées des saints qui ornaient autrefois les murs de la cathédrale de Saint-Pierre et qui reposent maintenant ensemble pêle-mêle sous les gravats.

Baptiste, hagard, voit le feu dévorer le monde.

Nul ne sait si le lamantin est mort à cause de la chaleur ou étouffé par l'épaisse fumée, mais, une fois les flammes maîtrisées, on trouva la créature flottant entre deux eaux, inerte, sa peau blanche aussi tiède qu'un épiderme humain.

Presque immédiatement, on découvrit parmi les cendres fumantes le briquet d'Elie, que le garçon avait lâché aussitôt la dernière botte de foin allumée, comme s'il avait voulu s'assurer qu'on le retrouverait sans mal. Le saisissant délicatement dans un mouchoir, Jemma l'avait brandi bien haut dans les airs, demandant d'une voix forte si quelqu'un le reconnaissait. Alice avait eu un hoquet et Baptiste s'était avancé comme un somnambule en annonçant : « Il est à moi. »

Outre le lamantin mort, l'étalon et Numa le lion mystérieusement volatilisés, deux ours avaient suffoqué et trois chevaux avaient subi des blessures suffisamment graves pour qu'on doive en abattre un sans délai d'une balle dans la tête, sous le regard des deux autres, flageolant sur leurs longues pattes au poil brûlé et à la chair noircie.

Dans la foule de visages hostiles, choqués ou stupéfaits, Baptiste cherche en vain à apercevoir Stella. Autour du cheval qui gît dans le sable, ses membres toujours agités d'un tressaillement, une flaque de sang se répand, dessinant sous l'animal une ombre liquide et rouge. Non loin, on continue de passer à la chaîne des seaux d'eau que l'on jette sur les flammes qui rampent encore dans l'herbe en crépitant. Il flotte dans l'air une odeur que Baptiste reconnaît sans pouvoir la nommer. Puis il l'aperçoit, immobile, telle une statue de sel. Sur son visage, pire que la haine, l'effroi ou le dégoût, il voit la triste satisfaction de ne s'être pas trompée, la méfiance récompensée. Tandis que les policiers lui passent les menottes, Alice et Stella ont un même geste : chacune pose les mains sur son ventre, comme pour y protéger une chose de prix ou y dissimuler une source de honte. Et puis on l'emmène, et tout cela bientôt est aussi lointain, aussi irréel que la ville ensevelie sous le feu de sa montagne.

Le cachot est glacial, comme si toute la chaleur de la terre en avait été retirée, comme s'il n'avait jamais connu la lumière du soleil. Couché en chien de fusil sur le sol de ciment, Baptiste entend les cris et les insultes qui fusent des autres cellules et se mêlent pour former un vacarme incompréhensible.

Un garde qui avance d'un pas d'automate, ses lourds souliers noirs battant la mesure comme un tambour funèbre, s'arrête devant la grille.

Machinalement, Baptiste plonge la main dans sa poche, d'où il sort la boule de cuivre qu'il transporte partout avec lui depuis sa première journée au cirque. La sphère glisse entre ses doigts et il la regarde, sans un geste pour la retenir, comme suspendue entre ciel et terre pendant une seconde qui n'en finit plus.

« Baptiste Cyparis ? » demande le garde.

La boule a touché le sol, elle roule dans le couloir, disparaît.

« Non. Vous faites erreur. Je m'appelle Numa, Numa Lazarus », dit Baptiste sans bégayer.

L'harmonie des sphères

Augustus Edward Hough Love ne fut pas tant un enfant précoce que différent. Et, à vrai dire, un rien inquiétant. Il prononça son premier mot à peu près à l'âge où ses frères et sœurs avaient dit le leur, mais alors que ses aînés avaient ânonné les traditionnels «papa» et «ma-ma», Edward claironna un «quatorze» retentissant et absolument net. C'est ainsi qu'entra dans la mythologie familiale le conte, pas tout à fait faux mais pas non plus rigoureusement vrai, voulant qu'il ait appris à compter avant de savoir parler, légende que sa mère entretenait avec une fierté tempérée de perplexité.

Pendant les mois suivant cette première et fondatrice exclamation, il refusa de s'exprimer autrement que par chiffres, assignant à chacun une ou plusieurs significations malheureusement connues de lui seul et qui semblaient varier selon la place qu'ils occupaient dans l'assemblage compliqué qu'élaborait l'enfant comme les autres construisaient des tours avec des cubes de bois. Quand enfin il accepta d'enrichir son discours de noms et de verbes, il continua de marquer sa préférence pour les nombres, qu'il prononçait lentement en les faisant rouler dans sa bouche avec délices.

Bambin, il traversa plusieurs phases sibyllines au cours desquelles il s'appliquait à créer des ensembles qui lui permettraient d'organiser à sa convenance le monde qui l'entourait. Sortant au jardin s'assurer qu'il ne faisait pas de bêtises, la nurse le découvrait sagement assis dans l'herbe, en culottes courtes, ses jambes étendues de part et d'autre d'un butin hétéroclite fait de plumes d'oiseaux, de petits cailloux, de morceaux de charbon, d'un vieux boulon, d'un bout de lacet et de ce qui ressemblait fort à une crotte de lapin séchée, objets qui n'avaient en commun que d'être tous noirs comme de l'encre. Une autre journée, il se mettait en tête de ramasser tout ce qu'il pouvait trouver de rond — y compris les pièces de monnaie laissées par son père sur son semainier et le cerceau d'une crinoline appartenant à sa sœur, extrait de son enveloppe de tissu à coups de ciseaux, exploits qui lui valurent ce soir-là d'aller se coucher sans souper, ce qui le priva d'ajouter à sa collection assiette, bol et soucoupe.

Contrairement à tant de petits garçons, Edward ne cherchait cependant pas à éventrer les objets pour voir ce dont ils étaient faits, mais avait pour habitude de presser son oreille contre ce qui l'intéressait, comme s'il tentait d'en percevoir le souffle ou la palpitation intimes.

Sa mère, le voyant pour la première fois ainsi immobile, la tête contre le ventre d'une poupée de chiffon, se fit la réflexion qu'il avait peut-être — il n'est pas de sot métier — une âme de médecin. Toutefois, quand elle le découvrit une semaine plus tard dans la même pose absorbée, mais la tempe appuyée cette fois sur une grosse pierre qui se trouvait au fond du jardin, elle ne sut plus que penser.

« Edward, qu'est-ce que tu fabriques ? lui demanda-t-elle avec une certaine impatience.

— J'écoute, répondit-il à voix basse, comme pour ne pas effaroucher un oiseau.

— Tu écoutes quoi ? insista-t-elle.

— Ce qu'il y a en dessous. »

Elle tint bon, déterminée à en avoir le cœur net.

« En dessous de quoi ? »

Il lui répondit, comme si c'était la chose la plus naturelle du monde :

« En dessous de la roche. »

Elle ne lâcha pas prise, présentant, sur le ton de la froide constatation :

« Mais, Edward, en dessous de la roche, il y a la terre. »

Ce fut au tour du garçonnet de demander :

« Et en dessous ?

— En dessous de quoi ? »

Son impatience malgré elle allait grandissant.

« En dessous de la terre », lui rappela l'enfant.

Il persistait. Elle se demanda d'où son fils pouvait diable tenir pareille obstination.

« En dessous de la terre, jeune homme, il y a encore de la terre. »

Puis, pour couper court à cette discussion qui manifestement n'allait nulle part et dont elle n'avait plus guère espoir de sortir victorieuse ni même mieux renseignée sur ce petit personnage qu'elle avait mis au monde, elle ajouta d'un ton tranchant :

« Et la terre, c'est sale. Regarde-toi un peu. Cours vite te changer si tu ne veux pas être en retard pour le thé. »

~

Il était sans doute préférable, tout compte fait, que le petit Augustus Edward n'ait pas rêvé de devenir un disciple d'Esculape, car il était d'une maladresse telle qu'il représentait souvent une menace pour lui-même et pour les autres. Pendant les dix premières années de sa vie, il :

— faillit se noyer quand, à neuf ans, il tomba tête première dans la mare aux canards. Il faut dire qu'il était à ce moment-là occupé à lire *De motu corporum in girum,* de sir Isaac Newton, et que, le visage enfoui dans le gros volume qu'il peinait à maintenir à la hauteur de ses yeux, il avançait mécaniquement, sans regarder où il allait. (Incidemment, il manqua se noyer une seconde fois quand, un jardinier l'ayant repêché *in extremis,* il poussa un cri désespéré et replongea à la recherche du volume, lequel — ainsi que le veut le théorème d'Archimède, « plongé dans un fluide au repos, entièrement mouillé par celui-ci ou traversant sa surface libre, subit une force verticale, dirigée de bas en haut et opposée au poids du volume de fluide déplacé » — coula à pic.)

— se fit écraser quatre doigts alors qu'il s'efforçait de mesurer la circonférence d'une roue de chariot en mouvement.

— teignit les cheveux de sa sœur cadette d'un fort vilain vert en voulant lui donner les reflets blonds dont elle rêvait à l'aide d'une concoction qu'il avait préparée à partir de divers ingrédients dont quelques-uns seulement étaient comestibles.

— se foula au moins trois fois la cheville gauche et une fois la droite dans les escaliers qu'il montait et descendait distraitement, scandant ses calculs au son de ses pas sur le marbre.

— prépara dans la cuisine une mixture mauve qui bouillonna, écuma et fuma avant de se mettre à produire une mousse abondante que le chien, passant par là, eut le malheur de goûter d'un coup de langue imprudent ; l'animal resta deux journées entières entre la vie et la mort, et refusa par la suite obstinément de mettre ne serait-ce qu'une patte dans la pièce maudite.

— faillit s'éborgner en se livrant dans le miroir de la coiffeuse de sa mère à une mystérieuse expérience d'optique impliquant un mouchoir de poche, deux cuillères en argent et une lampe à huile, et au terme de laquelle il manqua aussi mettre le feu au manoir familial.

Il fut une époque où il comptait tout : le nombre de coups de peigne qu'il donnait chaque matin dans sa tignasse noir corbeau, le nombre de petits pois qui se trouvaient dans son assiette, le nombre de dalles dans le grand hall (opération qui présentait un défi supplémentaire, car celles qui longeaient les murs avaient été coupées, et il fallait réconcilier ces fractions de carreaux), le nombre de pas séparant la maison de la mare aux canards et celle-ci de la chapelle. Puis il s'attaqua à des questions plus difficiles, s'efforçant d'estimer au moyen de formules complexes combien il y avait de poils sur le chien et de gravillons dans les allées du jardin, pour enfin passer des semaines, nez levé vers le ciel, à essayer de calculer la quantité d'étoiles dans le firmament. Ce fut vers la même époque qu'il se mit à souffrir de migraines.

Même une fois qu'il eut abandonné cette manie de tout comptabiliser pour se colleter avec des problèmes à la fois plus vastes et plus ardus, il conserva l'habitude, dans les moments de tension nerveuse, d'inquiétude ou de doute, de réciter à mi-voix de longues séries de chiffres qui n'avaient de sens que pour lui et qu'il semblait calculer ou inventer au fur et à mesure qu'il les psalmodiait :

0, 1, 1, 2, 3, 5, 8, 13, 21, 34, 55, 89, 144, 233…

1 4 1 5 9 2 6 5 3 5 8 9 7 9 3…

… ou alors, dans les cas d'extrême détresse :

6, 28, 496, 8128, 33 550 336, 8 589 869 056, 137 438 691 328…

~

La famille Love réunie au grand complet eut pour la première fois un aperçu de l'habileté singulière que possédait son fils cadet à l'heure du souper un soir d'avril 1894, alors qu'il était âgé de douze ans. Il y avait au menu du mouton, viande qu'Edward détestait parce qu'il lui trouvait un goût de laine, et dont il remplissait par conséquent ses poches discrètement, pour pouvoir refiler plus tard sa part de gigot au chien.

Theresa Love mettait son colonel d'époux au courant des dernières nouvelles de la maisonnée, auxquelles il prêtait une oreille distraite, peu intéressé par la visite d'un marchand de drap — on avait fait l'acquisition de plus de dix mètres de soie italienne, qui serait utilisée pour confectionner de nouvelles tentures pour le petit bureau — et moins encore par les discussions avec le jardinier au sujet de l'emplacement des différents rosiers — un arbuste censé produire des fleurs rouges s'étant plutôt couvert de boutons jaunes l'été dernier, il fallait ce printemps réaménager une plate-bande entière. On en était maintenant aux questions d'intendance, toujours soumises au maître de maison afin qu'il entérine les décisions prises par son épouse, ce qu'il faisait presque systématiquement, trop heureux qu'elle s'en chargeât, mais tenant tout de même à avoir le dernier mot.

« Mary m'a demandé son samedi afin d'aller assister aux noces de l'une de ses sœurs dans le Yorkshire, racontait Mrs. Love. Je lui ai dit : "Ma pauvre fille, j'ignore combien de sœurs vous avez, mais si elles se mettent en tête de se marier l'une après l'autre et chacune dans une région plus reculée que la précédente, vous feriez aussi bien de boucler vos bagages pour de bon." Pensez, il y a dix-huit mois à peine qu'elle est avec nous et elle s'est déjà absentée deux fois pour de semblables fariboles. J'espère bien qu'elle a compris qu'elle ne peut pas ainsi abuser de notre bonté.

— Vingt-deux, dit à ce moment Edward à mi-voix.

— Que marmonne-t-il? tonna le colonel, décidé à faire un homme de ce fils gracile et renfermé. Parlez, mon garçon.

— Il n'y a pas dix-huit mois que Mary est avec nous, mais vingt-deux.

— Mais, cela ne change rien à l'affaire », reprit Theresa qui n'entendait pas se laisser démonter pour si peu.

Le colonel, qui en toutes choses prisait l'exactitude, félicita Edward à la surprise générale, car les enfants n'étaient guère encouragés à se mêler à la conversation des adultes.

«Très bien, fils! Vingt-deux mois! Il importe en toutes circonstances de se montrer précis.

— En fait, poursuivit Edward, légèrement encouragé, elle est entrée à notre service il y a vingt et un mois, trois semaines et cinq jours exactement, mais il m'a semblé préférable d'arrondir. »

Autour de la table, on avait cessé de mastiquer. Le mouton se figea dans les assiettes.

Voulant dissiper le malaise qu'il avait provoqué, Edward ajouta, obligeant :

« C'était un lundi. »

Une fois la première surprise passée, le colonel se montra favorablement impressionné par ce talent inhabituel. Il envoya chercher des calendriers des années précédentes puis les vingt-deux volumes déjà parus de la neuvième édition de l'*Encyclopædia Britannica* et interrogea son fils puîné jusqu'à ce que ce dernier ait la bouche sèche et la tête qui tournait. Pas une fois cependant l'enfant ne fit une erreur. Sans coup férir, il sut dire quel jour de la semaine avait débuté la bataille d'Azincourt, quel jour étaient morts Shakespeare et la reine Elizabeth, quel jour Christophe Colomb avait pour la première fois mis le pied en terre d'Amérique, et même, après une très brève hésitation, quel jour était né Notre-Seigneur (un samedi), information qu'il fut toutefois impossible de confirmer.

Quand on finit enfin par se lever de table, le soleil avait depuis longtemps disparu derrière les collines. Edward se rendit alors compte qu'il n'avait pas pu dire la seule chose qui lui avait paru importante, raison même pour laquelle il était intervenu : les deux fois que Mary s'était absentée, c'était pour assister non pas aux noces de ses sœurs, mais à leurs funérailles.

~

Les fils Love avaient pour précepteur un long jeune homme mélancolique et fiévreux, qui passait ses journées à écrire en vers de brûlantes missives à celle qui l'avait quitté pour un fils de famille non seulement mieux nanti mais — suprême affront — horriblement beau garçon. Edward et ses frères étaient donc pour l'essentiel laissés à eux-mêmes, leur maître se bornant à déposer devant eux chaque matin des piles de volumes pris sur les rayonnages de la bibliothèque du manoir ou tirés de sa collection personnelle, des feuilles et des plumes, et à leur donner quelques instructions sommaires, après quoi, son front bombé appuyé sur sa main aux doigts fins et tremblants, il se mettait à la recherche d'un adjectif qui rimât avec « cruelle ».

C'est ainsi qu'Edward apprit le grec et le latin presque tout seul, en déchiffrant côte à côte le texte original de l'*Iliade,* la version latine de Lorenzo Valla et la traduction anglaise qu'en avait faite William Cowper. Par la suite, il prit un certain plaisir aux pièces de Sénèque, jusqu'à ce que son frère Philip s'avise de lui révéler un jour que rien de ce qui était imprimé dans ces ouvrages ne s'était réellement produit.

Habitué à trouver dans les livres une sorte d'harmonie dont le monde lui semblait trop souvent dépourvu, Edward crut d'abord à une boutade de son aîné ; mais, retournant à sa lecture, il ne réussit pas à chasser le doute de son esprit. Et si Achille et Ulysse

n'avaient jamais existé? Si Phèdre et Hippo-
lyte n'étaient que chimères?

«Monsieur?» demanda-t-il d'une voix faible.

Le long jeune homme pâle, surpris, leva
les yeux de la feuille sur laquelle il était
penché depuis le matin.

«Qu'y a-t-il, Edward?

— Monsieur, *Phèdre,* c'est bien vrai, n'est-
ce pas?»

Une rougeur monta aux joues du précepteur qui, en cet instant, vit se dessiner de
fascinantes et fertiles discussions telles qu'il
avait rêvé d'en avoir en acceptant ce poste —
ah! comme sa vie avait changé depuis! ah!
cruelle! — sur la nature de la vérité, du mensonge et la position trouble qu'occupait entre
les deux la littérature, fût-elle grecque. Cette
pensée fut cependant immédiatement chassée par l'image de son aimée dans les bras
d'un autre, et il renonça à creuser la question
pour le bénéfice de son petit élève qui le regardait, ses yeux ronds remplis d'une attente
inquiète, tandis que l'aîné assis un peu plus
loin riait sous cape.

«Non, Edward, ce n'est pas vrai, répondit-
il sans ambages.

— Mais…, voulut commencer le garçon.

— Ce n'est pas vrai, martela le maître. Sachez que ce n'est pas parce que des mots
sont prononcés, écrits même, qu'ils sont
vrais.» Puis, sur le ton qu'il aurait employé
pour semoncer un élève qui se serait montré

particulièrement insolent : « Que cela vous serve de leçon, jeune homme. » Après quoi il se mit en quête d'un adjectif qui rimât avec « traîtresse ».

Edward, penaud, referma Sénèque pour ne plus le rouvrir. À partir de ce jour, il s'en tint aux ouvrages d'algèbre, de calcul et de trigonométrie, dont il était certain qu'ils ne pouvaient lui mentir.

Autant il était gauche et mal à l'aise en présence d'autres enfants ou d'adultes, ceux-ci le considérant avec l'intérêt superficiel et momentané qu'on accorde à un phénomène (qu'il s'agisse d'une pomme de terre dont la forme rappelle un visage humain ou d'un homme fort qu'on exhibe dans une foire), ceux-là le tenant systématiquement à l'écart de leurs jeux avec cet instinct viscéral propre à tous les jeunes animaux et qui leur permet, au premier coup d'œil, de distinguer dans une foule celui qui est différent des autres, autant il se sentait chez lui au pays des mathématiques. La pureté tranquille des nombres, leur rassurante prévisibilité, leur élégance sage et sobre alliées à des possibilités infinies qui se révélaient petit à petit à la manière d'une ligne d'horizon qui semble tout près mais qui s'éloigne au fur et à mesure qu'on s'en approche, tout cela qui faisait l'essence même de la géométrie, de l'algèbre et du calcul meublait son temps et occupait son esprit en lui offrant à la fois un refuge et un voyage toujours renouvelé.

Vers l'âge où d'ordinaire les jeunes garçons cessaient de vouloir partager les jeux de leurs sœurs, insistaient pour qu'on leur fît tailler des pantalons longs qui remplaceraient leurs culottes courtes et se mettaient à suivre des yeux les servantes les plus jeunes et les plus accortes, Edward se replia — si telle chose était possible — encore plus sur lui-même. Il continuait de partager les repas de la famille mais le faisait de si mauvaise grâce et en gardant un mutisme si obstiné que sa mère, excédée, finit par l'en dispenser, pour peu qu'il daignât venir s'asseoir à table et se montrer civil quand des invités descendaient au manoir.

Pendant un automne et un hiver, il vécut la nuit, passant des heures solitaires à épier le cours des astres qu'il transcrivait, à l'aube, sur de grandes feuilles qu'il remplissait ensuite de notes et d'observations, s'absorbant des semaines entières dans des équations interminables dont il n'aimait rien tant que de mettre au jour la fondamentale et éclatante simplicité, couvrant pour ce faire des feuillets complets de sa délicate écriture où les d, les p, les q et les b ressemblaient à des notes échappées de quelque symphonie tandis que les g, les j et les y rappelaient les inflorescences des arbres au printemps. Souvent, après avoir rempli un feuillet, l'avoir retourné pour écrire à l'envers entre les lignes déjà tracées, il chiffonnait rageusement le papier avant de recommencer aussitôt sur une nouvelle feuille vierge, sans se lasser jamais ni se décourager, assuré qu'un jour lui viendrait ce qu'il cherchait et tentait de découvrir à tâtons dans les ténèbres qui baignaient le plus souvent son esprit où, de temps en temps, une brève fulgurance laissait apercevoir la forme de ce à quoi il avait travaillé sans le savoir depuis des semaines et qui se présentait maintenant à lui pleinement formé, comme un oiseau qui sort de sa coquille.

S'arrêtant un matin pour contempler l'exquise économie du théorème de Pythagore, il se donna pour défi de découvrir chaque jour une nouvelle preuve permettant de le démontrer. Il renonça au bout de quelques mois (après soixante-seize démonstrations) non pas faute d'inspiration, mais parce qu'il avait acquis la conviction qu'il pourrait continuer de la sorte pendant des années, et que des problèmes plus complexes — quoique, dans le cas de certains, tel le dernier théorème de Fermat, apparentés — requéraient son attention.

~

Il avait vingt ans quand il rencontra, chez un ami de la famille où elle séjournait pour l'été afin de parfaire sa maîtrise de la langue anglaise, celle qui était destinée à devenir sa femme. Alors que les invités arpentaient sagement les pelouses en discutant politique et courses de chevaux — pour ces messieurs — et dernières modes en matière de chapeaux — pour ces dames —, Edward quitta les jardins manucurés pour s'aventurer dans les bois voisins de la propriété, où régnait une fraîche pénombre. Il marcha quelque temps au hasard, songeant distraitement au meilleur moyen d'estimer le nombre de branches que comporte un arbre et le nombre de feuilles qu'elles portent ensemble, quand il découvrit une clairière où une forme était étendue par terre.

Vêtue d'une délicate blouse de soie écrue et d'une jupe de la même étoffe ceinte, à la taille, d'un bandeau pervenche, son ombrelle posée à ses côtés, elle était couchée de tout son long dans l'herbe, l'oreille plaquée au sol. Edward s'approcha prudemment et s'enquit d'une voix polie :

« Pardonnez-moi, vous allez bien ? »

La jeune fille — car c'en était une, aux yeux bleus comme le ciel, aux lèvres rouge framboise, aux dents comme des perles — lui lança un regard vif et souffla, un doigt sur les lèvres, pour lui intimer de ne point faire de bruit :

« Très bien, je vous remercie. J'écoute.

— Et qu'est-ce que vous entendez ? demanda-t-il, le cœur battant, lui aussi sur le ton du murmure.

— Je crois bien que c'est un *fa* dièse », répondit-elle sans se troubler, de la plus jolie voix du monde.

Ils se sourirent. Dès cet instant, sous le trop rare soleil de la campagne anglaise, il sut qu'il aimait et aimerait Garance (car tel était son nom) jusqu'au jour de sa mort.

Si George et Theresa Love eussent espéré que leur fils cadet fît un mariage plus brillant que celui dans lequel il entrait — avec ravissement, semblait-il — en épousant cette jeune Française à l'accent chantant et qui paraissait préférer de loin le piano à ses responsabilités de maîtresse de maison, ils ne s'y opposèrent pas non plus, conscients qu'Edward était lui aussi un parti imparfait et, au fond, étonnés sans oser l'avouer qu'il songeât même à convoler. Ils s'étaient toujours imaginé que leur benjamin finirait ses jours seul, entouré de collections de minéraux, de manuscrits rédigés dans des langues incompréhensibles, de bizarres instruments d'optique, voire d'animaux empaillés. Il était autrement plus réjouissant de le voir décrocher un poste tout ce qu'il y avait de plus respectable au King's College, dénicher une maisonnette non loin de l'université de Londres et s'y établir avec sa jeune épouse, que la perspective de cette existence austère ne semblait nullement rebuter.

Bien au contraire, Garance était enchantée.

Ils se marièrent à l'automne, par une journée ensoleillée. La voyant s'avancer vers lui, blonde et rose dans sa robe bleu myosotis, Edward eut l'impression que les planètes et les astres dont sa jeune épouse jurait entendre les secrets entonnaient pour eux une céleste marche nuptiale. Cette intuition se confirma le soir même, quand, échappant à leurs invités, ils sortirent par une porte dérobée pour se trouver seuls dans le parc du manoir, au milieu des arbres qui leur faisaient des témoins silencieux. Levant les yeux, ils découvrirent que le ciel était parcouru de couleurs chatoyantes, comme si un magicien sortait un à un des mouchoirs de soie de la manche noire de la nuit. Des voiles lilas, vert menthe, fuchsia et vermillon miroitaient, luminescents, telles des marionnettes dont on eût tiré les ficelles de très haut.

« Ce sont les nuages de la montagne Pelée, annonça Edward, qui ont traversé la moitié de la terre et sont maintenant au-dessus de l'Europe. » Puis, plus pragmatique : « C'est le soufre qui donne ces couleurs à l'atmosphère. »

Garance acquiesça d'un petit signe de la tête, mais elle n'était pas dupe : elle savait bien que c'était le cadeau que leur offrait le ciel pour leur nuit de noces.

Ils louèrent dans Pimlico une coquette maison en rangée à deux étages aux plafonds hauts et aux parquets de bois pâle, où la lumière du jour entrait par de larges fenêtres. Garance n'eut rien de plus pressé que d'y installer son piano, un instrument volumineux assemblé par Nicolas Blanchet lui-même, et qui avait remarquablement bien résisté à la traversée de la Manche. Comme s'il avait voulu offrir un compagnon au mastodonte qui occupait son vivoir, Edward ne tarda pas à acheter à la jeune femme une harpe, qui trouva rapidement sa place au milieu de la pièce. Les premiers mois, entrant dans le salon au petit matin, alors que la pièce s'emplissait des lueurs de l'aube, il avait l'espace d'un instant l'impression, en apercevant du coin de l'œil la silhouette massive des deux instruments, la courbe du cadre de la harpe à laquelle faisait écho la forme arrondie du couvercle du piano, de troubler le conciliabule entre un diplodocus et quelque dragon fabuleux.

Les autres pièces étaient meublées de bric et de broc, de vieilleries descendues du grenier du manoir familial où elles amassaient la poussière depuis des générations, et que Garance s'amusait à ramener à la vie comme on cultive un jardin. Elle avait en outre étendu au sol quelques kilims dégotés dans des brocantes, usés jusqu'à la corde mais dont elle assurait que les couleurs délavées offraient des camaïeux plus riches et plus profonds que les tapis turcs à la dernière mode, disposé devant les fenêtres des fougères touffues qui dessinaient des ombres claires sur les murs blancs, et, dans la chambre à coucher, installé côte à côte deux orchidées en pot dont les tiges sèches portaient chacune une seule fleur ventrue, opulente et veloutée, ocellée de rose et de pourpre, qui la nuit mêlaient leurs parfums capiteux.

~

Les premières expériences d'enseignement d'Edward — qui furent aussi, incidemment, ses dernières — se révélèrent plutôt décevantes. Le matin de son premier cours, il arriva en classe une heure à l'avance, disposa autour de lui les livres, les manuels, les calepins et jusqu'à la mappemonde qu'il avait apportés, et étudia le vaste amphithéâtre que viendraient bientôt emplir ses élèves. Les gradins y étaient aménagés en demi-cercle, montant depuis l'estrade en une pente escarpée ; une rangée de fenêtres s'ouvraient à sa droite, par où l'on apercevait les branches des arbres, la salle de classe étant située au deuxième étage d'un pavillon de pierres grises qui en comptait trois. Une fois son bref examen des lieux terminé, Edward retourna à une question particulièrement épineuse qui le taraudait depuis des jours et qui l'avait même réveillé à quelques reprises au cours de la nuit. Chaque fois il lui avait semblé que la solution était toute proche, quasiment à portée de la main, mais chaque fois, tandis que le sommeil se dissipait, elle lui avait échappé. Il se mit à griffonner dans l'un de ses calepins, dont il tournait les pages sans les relire dès qu'elles étaient remplies. Manquant de place, il finit par attraper un morceau de craie pour continuer à noter la démonstration au tableau, recouvrant de formules les mots *Augustus Edward Love, Philosophie naturelle* qu'il y avait tracés à l'intention de ses étudiants. Ceux-ci d'ailleurs commençaient à arriver par petits groupes, s'asseyaient dans les gradins, ouvraient leurs cahiers et attendaient neuf heures.

Neuf heures sonnèrent sans que rien ne se produisît. Tout à sa démonstration, Edward, qui s'était délesté de son veston et avait roulé ses manches, continuait de remplir les tableaux de signes dont certains étaient aussi incompréhensibles à ses étudiants de première année que l'aurait été l'alphabet d'une langue étrangère. Deux ou trois s'efforcèrent, pleins de bonne volonté, de transcrire ce qu'ils voyaient devant eux, et renoncèrent au bout de quelques minutes. On ouvrit des journaux, on commença des versions latines, puis, quand il fut dix heures, la soixantaine de jeunes hommes quittèrent silencieusement la salle tandis qu'Edward, qui ne s'était toujours pas retourné, continuait d'écrire, maintenant enveloppé d'un nuage de poussière de craie.

Le directeur du département de mathématiques vint le chercher et l'entraîna jusqu'au salon réservé aux professeurs, une pièce meublée de chaises et de canapés massifs recouverts de cuir, à l'éclairage tamisé, que dominait un immense foyer de pierre sur la cheminée duquel étaient gravés en lettres carrées les mots : Prove everything, devise qui lui parut un ordre à lui particulièrement adressé. Il vacilla un instant sous ce fardeau, s'assit en face du directeur qui demanda qu'on apporte du thé noir avant d'entreprendre de lui expliquer, d'un ton gentiment paternaliste mais où perçait une note d'impatience, qu'il entrait dans sa tâche de *s'adresser aux élèves* et de leur *expliquer* des *notions mathématiques et philosophiques* de sorte qu'ils les *comprennent* et puissent *réussir leurs examens.* Il prononçait certains mots lentement, en détachant bien les syllabes, comme si Edward avait été dur d'oreille ou simple d'esprit. Honteux, celui-ci acquiesça.

Le deuxième cours fut légèrement moins catastrophique. Seuls vingt-trois des jeunes hommes qui s'étaient présentés la semaine précédente revinrent ce mardi matin, et la plupart avaient la mine fort morose. Près de deux douzaines de paires d'yeux fixées sur lui, Edward procéda à l'appel, des mains se levant mollement tandis qu'il prononçait les noms inscrits sur sa liste et traçait un X à côté de celui des absents, remarquant sans y prendre garde que 62,666 pour cent de ses élèves manquaient.

Ceux qui étaient assis devant lui, vêtus du veston et du pantalon gris, de la chemise blanche et du nœud papillon réglementaires, semblaient résignés.

« Bienvenue dans ce cours de philosophie naturelle, où nous examinerons notamment les rapports qu'entretiennent nature et mathématiques », dit Edward sans reprendre son souffle. Dans les gradins, nulle réaction. Suivit une assez longue explication où il s'efforça d'exposer en termes simples la nécessaire relation qui unissait les mathématiques au monde naturel dont elles étaient issues et qu'elles savaient tout à la fois représenter, modéliser et expliquer. Un jeune homme dans la première rangée bâilla. Ceux qui avaient pris place près des fenêtres regardaient dehors, où des écureuils se poursuivaient dans les branches des chênes. Les autres le considéraient d'un regard vide.

« Très bien, conclut-il. Avant toute chose, un petit exercice qui me permettra de mieux évaluer vos connaissances et vos habiletés. » Et il traça rapidement au tableau une équation, sublime variation autour du théorème de Pythagore dont, enfant puis adolescent, il avait passé des heures à admirer la simple harmonie et à tenter d'explorer les ramifications apparemment sans fin.

$$a^n + b^n = c^n$$

« Certains d'entre vous connaissent peut-être le dernier théorème de Fermat... », hasarda-t-il. Si c'était le cas, nul ne pipa. Un étudiant assis dans la dernière rangée, grand et mince, fixait la porte avec une sorte de désespoir, comme s'il maudissait le moment où il l'avait passée. « C'est simplissime, continuait Edward en s'adressant à sa craie. Cette équation est vraie si *n* est égal à 1 ou à 2. Pour tout autre nombre entier autre que zéro, elle est fausse. Trouvez, si vous le voulez bien, messieurs, un moyen de le prouver. »

C'était impossible, bien sûr, à tout le moins en si peu de temps ; des générations de mathématiciens et de savants de toutes sortes s'efforçaient de découvrir une façon de démontrer ce théorème pour lequel Fermat avait noté à la hâte, dans son exemplaire d'*Arithmetica*, qu'il existait une preuve simple, mais qu'il ne pouvait exposer en détail parce que les marges étroites du volume ne lui auraient pas suffi à l'écrire. Edward s'y était essayé pendant des nuits entières, sans arriver à rien qui le satisfasse. Ce qui était étonnant, maintenant qu'il y repensait, c'est que personne n'ait jamais songé à mettre en cause la parole de Fermat. Peut-être était-il mythomane. Ou il avait voulu jouer un tour à quelqu'un, ou bien il s'était tout simplement trompé. Quoi qu'il en soit, Edward était curieux de voir ce qu'en feraient les vingt-trois élèves assis devant lui pendant l'heure qui leur était impartie.

À la fin de la leçon, tous vinrent déposer le fruit de leur travail sur son bureau, certains lui remettant d'épaisses liasses, d'autres une seule feuille. Les résultats étaient divers : un nombre plutôt inquiétant d'étudiants prétendaient, de façon plus ou moins fumeuse, mais certains apparemment sincèrement, avoir réussi à résoudre l'énigme (l'un d'entre eux ponctuant sa démonstration d'un C.Q.F.D. triomphant) ; d'autres s'étaient avoués vaincus après quelques minutes et s'étaient contentés de gribouiller pendant le reste de l'heure (parmi ceux-là, il en était un qui avait soumis un dessin assez réussi d'un écureuil occupé à manger une noisette), trois avaient remis une feuille complètement blanche, et, chose étonnante, deux avaient réussi à prouver comment l'équation était fausse lorsque n était égal à 2.

Au troisième cours, ils n'étaient plus que quatorze devant Edward. Chacun se vit remettre l'exercice de la semaine précédente, annoté et commenté. (L'étudiant ayant exécuté le dessin d'un écureuil reçut une note « passable » pour sa démonstration, mais, mû par un besoin de justice, Edward lui avait accordé un « très bien » pour son croquis.) Tandis qu'il entreprenait de leur expliquer pourquoi nul d'entre eux — quoi qu'ils pensassent —

n'avait réussi à démontrer le dernier théorème de Fermat, il lui vint soudain une intuition tout à fait nouvelle ; comme s'il avait toujours considéré le problème sous la forme d'une image en deux dimensions et que celle-ci en acquérait tout à coup une troisième, se levant en quelque sorte de la page pour se mettre à flotter dans les airs ; il pouvait maintenant observer la formule sous des angles dont jusque-là il n'avait jamais songé qu'ils pussent même exister. Laissant ses explications en suspens, il entreprit aussitôt de noter au tableau ce qui se présentait à son esprit. Dociles, les étudiants ressortirent journaux, versions latines et dessins d'observation de la faune, dans lesquels ils s'absorbèrent jusqu'à la fin de la leçon.

Le directeur était de retour quelques heures plus tard, de fort mauvaise humeur. « Je croyais que nous avions déjà eu cette conversation », dit-il à Edward qui, immobile, contemplait le tableau maintenant entièrement couvert de formules, de calculs et de notes. « Votre tâche est de préparer les élèves à *réussir leurs examens.* Pas de leur faire *perdre leur temps* sur des théorèmes *insolubles* pour ensuite les ignorer. Je n'aime pas en venir là avec mes professeurs, mais les choses ne peuvent durer ainsi... À moins que nous ne constations un *profond changement* dans vos méthodes d'enseignement, nous serons au regret de... » Constatant qu'on ne l'écoutait pas, il s'interrompit, leva lui aussi les yeux vers le tableau où Edward avait inscrit les premières étapes d'une démonstration à la fois simple et subtile, d'une parfaite élégance. Il eut un moment le souffle coupé.

Retrouvant ses esprits, le directeur prit une profonde inspiration, et suggéra d'un ton amène, comme si c'était là ce qu'il avait eu l'intention de proposer depuis le début : « Laissons les cours quelques mois, si vous le voulez bien, cher collègue, et consacrez-vous plutôt à la recherche, puisque cela semble vous convenir davantage. » À ce moment seulement Edward sembla s'apercevoir de sa présence.

« Pardon ? » dit-il en clignant les yeux.

~

Edward se souciait comme d'une guigne que Garance n'ait pas encore trouvé de domestique pour préparer leurs repas et faire le ménage du salon où tout, hormis les deux instruments, était couvert d'une mince couche de poussière. Jamais il n'aurait songé à lui reprocher de n'avoir pas vu à ce qu'on installe des tentures aux fenêtres, ou d'avoir négligé les courses, et c'est sans rechigner qu'il mangeait du jambon froid pour souper et pour déjeuner tous les jours de la semaine.

La maison d'Alderney Street était un joyeux capharnaüm où les calepins et les bouts de papier noircis de formules ou de fragments de partitions musicales encombraient les fauteuils, les tables, les comptoirs, voisinant avec les petits cailloux de formes et de couleurs diverses que collectionnait Edward et qu'il présentait à sa femme comme d'autres auraient offert à la leur un bête collier d'émeraudes ou une insipide bague à diamant : la tourmaline qui, chauffée, devenait à elle toute seule un aimant, l'œil-de-tigre aux rayures chatoyantes, l'orthose et le feldspath, qu'elle aima plus encore quand il lui apprit qu'ils avaient respectivement pour noms pierre de lune et pierre de soleil, minéraux qui chacun possédait sa propre voix cristalline. De toutes, sa préférée était cependant l'obscure obsidienne, morceau de lave vitrifiée d'un noir si dense qu'on aurait dit les ténèbres de cent nuits superposées en fines couches, aussi lisse qu'un miroir, tranchante, à la fois l'envers et la sœur de la glace, qui seule parmi les pierres était silencieuse, comme si le feu qui avait donné naissance au minéral avait en même temps éteint le souffle qui habitait la matière.

Ces pierres se retrouvaient sur les commodes, sous les tapis, jusque dans leurs chaussures ou au creux de leurs draps où Garance les cueillait et s'amusait à les faire briller au soleil en les retournant dans sa paume, les sentant se réchauffer lentement jusqu'à ce qu'elles aient précisément la température de ses doigts, tandis qu'Edward déchiffrait les feuilles sur lesquelles couraient les portées semées de petits signes noirs comme autrefois il avait étudié les équations d'Euler et de Gauss, avec l'impression qu'elles décrivaient un phénomène dont il avait l'intuition qu'il menait, sinon à la réponse, du moins à la question qui depuis l'enfance le taraudait sans qu'il sût, à vingt ans passés, la nommer encore. Comme ses occupants, la maisonnette restait suspendue entre ciel et terre, entre musique et minéral.

De toute chose, Garance percevait le chant secret, la voix intime, cachée ; le vivant comme l'inanimé, le multiple et le singulier, l'infiniment grand et le minusculissime pareillement. Si elle aimait tant la musique, ce n'était pas comme délassement ou distraction, ni vraiment comme un plaisir pour les sens, mais bien parce qu'elle lui offrait un répit, substituant une suite de sons organisés, prévisibles, au fourmillement perpétuel dans lequel elle vivait du matin au soir et qui la suivait jusque dans ses rêves : le bruissement soyeux de l'aile de l'oiseau à quoi on le reconnaît aussi bien qu'à son cri, l'appel silencieux de l'escargot, l'infime froissement du brin d'herbe qui s'incline dans le vent, le crépitement des gouttes de pluie dont chacune diffère des autres comme les flocons de neige tous sont uniques, menue empreinte sonore de l'eau sur la terre, l'infime craquement que fait sous le soulier le gravillon sur lequel on pose le pied et qui n'est pas tant dû au frottement du caillou sur la semelle qu'aux tensions intérieures qui traversent la roche et la tiennent ensemble, forces semblables à celles qui animaient les étoiles, au-dessus de leurs têtes, chacune réverbérant dans la nuit son chant unique auquel faisait écho celui de toutes les autres, et aux mouvements souterrains des planètes qui elles aussi résonnaient sourdement.

À Edward qui lui demandait un jour de décrire cette harmonie des sphères, elle répondit par une question :

« As-tu déjà entendu chanter une baleine ?

— Non.

— Moi non plus, avoua-t-elle. Mais on me l'a décrit. C'est un cri étrange, où l'on dirait que se mêlent plusieurs voix, et où l'on entend tout ensemble l'eau, le sel, l'os et la chair, un cri qui est à la fois une plainte, un chant d'amour et comme un appel au jeu.

— Mais les baleines sont vivantes, objecta Edward. Les astres sont inanimés.

— Ils n'en tournent pas moins tous, non ? Ils s'attirent et se repoussent, ils sont nés et mourront un jour.

— Je voulais dire qu'ils ne sont pas doués de vie.

— Je sais ce que tu voulais dire. Mais peut-être a-t-on une définition trop étroite de ce que c'est que la vie. »

Elle réfléchit un instant, puis alla chercher dans le vaisselier une huitaine de coupes de cristal que leur avait apportées Mrs. Love mère, horrifiée par l'absence de verrerie digne de ce nom chez son fils et sa bru. Elle remplit chacune des coupes à une hauteur différente et les fit tinter l'une après l'autre en les frappant délicatement de l'ongle.

« Imagine qu'au lieu de huit coupes il y en a des millions, dit-elle. Et qu'elles tintent toutes à la fois, et que le chant de chacune fait résonner chez toutes les autres de nouvelles harmoniques.

— C'est ce que tu entends dans le ciel?

— C'est ce que j'entends dans la terre. »

~

Elle lui mettait entre les mains, avec un malin plaisir, des textes de Pline l'Ancien dont il ne savait que faire, car, manifestement dictés par un sincère élan vers la connaissance mais truffés d'erreurs, de méprises et d'affabulations, ils lui semblaient appartenir à parts égales à la science qu'il révérait et à la littérature dont il avait tôt appris à se méfier. Incapable pourtant de les condamner en les associant au mensonge une fois pour toutes, il ne pouvait évidemment pour autant leur accorder crédit, bien qu'il lui arrivât de découvrir dans certains une sorte de vérité dont il devinait qu'elle avait peu à voir avec la rigueur et l'exactitude qu'il prisait habituellement plus que tout.

La couleur des planètes se modifie suivant leur altitude : elles prennent une ressemblance avec les hauteurs dont elles ont traversé l'air, et en approchant elles se teignent, suivant le côté par où elles viennent, de la teinte du cercle qui ne leur appartient pas. Un cercle plus froid les rend plus pâles, un cercle plus chaud les rend plus rouges, un cercle venteux leur donne un aspect sinistre. Le Soleil, les nœuds des apsides et l'extrémité de leur orbite leur ôtent leur éclat. Chaque planète a pourtant sa couleur, blanche pour Saturne, claire pour Jupiter, ignée pour Mars, blanchissante pour l'étoile du matin, flamboyante pour l'étoile du soir, radieuse pour Mercure, douce pour la Lune, ardente pour le Soleil quand il se lève, puis rayonnante.

À ces causes se rattache la contemplation des étoiles fixes que renferme le ciel : tantôt on les voit former une multitude pressée autour de l'orbe à demi plein de la Lune, à la douce lueur d'une nuit paisible ; tantôt, comme si elles avaient pris la fuite, elles deviennent rares, cachées qu'elles sont par la pleine lune, ou lorsque les rayons du Soleil ou des autres planètes ont ébloui nos regards. La Lune elle-même éprouve, sans aucun doute, des différences, suivant la manière dont elle reçoit les rayons du Soleil.

On ignore généralement que par une observation attentive du ciel, les maîtres de la science ont établi que les trois planètes supérieures projettent des feux qui, tombant sur la Terre, ont le nom de foudres. Ces feux proviennent surtout de la planète intermédiaire, peut-être parce que, recevant un excès d'humidité du cercle supérieur, et un excès de chaleur du cercle inférieur, elle se débarrasse de cette façon ; c'est pour cela que l'on a dit que Jupiter lançait la foudre.

Beaucoup ont essayé de déterminer la distance des astres à la Terre ; et ils ont dit que le Soleil lui-même est dix-neuf fois plus éloigné de la Lune que la Lune elle-même ne l'est de la Terre. Pythagore, homme d'un génie sagace, a conclu qu'il y avait de la Terre à la Lune 126 000 stades, de la Lune jusqu'au

Soleil le double : cette opinion a été celle du Romain Gallus Sulpicius.

Mais Pythagore appelle parfois, d'après des rapports musicaux, un ton la distance qui sépare la Lune de la Terre ; de celle-ci à Mercure, il compte un demi-ton ; de lui à Vénus à peu près autant, de Vénus au Soleil un ton et demi, du Soleil à Mars, un ton, c'est-à-dire autant que de la Lune à la Terre ; de Mars jusqu'à Jupiter un demi-ton, de Jupiter jusqu'à Saturne un demi-ton, et de là jusqu'au zodiaque un ton et demi.

Cela fait sept tons, dont l'ensemble est appelé diapason, c'est-à-dire accord universel.

Garance, riant, tentait de lui expliquer l'intérêt qu'il pouvait prendre à ces inventions :

« C'est comme pour la musique, suggérait-elle.

— Pas du tout, rétorquait Edward, piqué au vif : la musique au contraire est ordonnée et rigoureuse, elle ne tolère pas l'erreur. De tous les arts, y compris sans doute l'architecture, elle est l'incarnation la plus mathématique.

— Certes, elle répond à des règles, procède de calculs et d'harmoniques… Mais tu crois vraiment que c'est la mathématique dans la musique qui nous fait aimer Mozart et Bach ?

— Je ne connais pas suffisamment Mozart pour le dire, avouait-il. Mais Bach, très certainement. Tu sais sans doute mieux que quiconque qu'il faisait grand usage de la séquence de Fibonnaci et du nombre d'or. Mieux, féru de numérologie, il a eu soin d'inscrire son propre nom dans *L'Art de la fugue,* comme pour signer son œuvre de façon indélébile, mais cachée au profane : B (*si* bémol) A (*la*) C (*ut*) H (*si* bécarre)...

— Je sais tout cela, l'interrompit Garance avec un geste d'impatience, mais cela te cache justement l'essentiel.

— Qui est ?

— Imagine un instant que tu traduis *L'Art de la fugue* en nombres, et que tu lis cette suite de chiffres — ou, plus facile encore, imagine que rien n'a jamais existé d'autre que la partition, qu'elle n'a jamais été jouée et ne le sera jamais, qu'elle se suffit à elle-même... Le génie de Bach est-il encore là ?

— Bien sûr que si.

— Comment le sais-tu ?

— Il est là à l'état virtuel, en tant que potentialité, mais tout entier.

— Tu vois, la musique, c'est ce qui se met à exister une fois cette virtualité exprimée, et qui disparaît tout de suite après. Les mathématiques ne sont rien d'autre que ses actes de naissance et de décès. »

Il lui plaisait d'avoir tort au terme de semblables discussions, car peu importait la façon dont elles se concluaient, il lui semblait que c'était Bach qui en ressortait gagnant.

~

Le dimanche et les jours où Edward n'allait pas à l'université, ils exploraient la ville ensemble, sillonnant les rues à pied, longeant la Tamise jusqu'à ce qu'ils découvrent, épargnés de la cité qui les entourait de toutes parts, d'anciens hameaux qui semblaient miraculeusement hors du temps, où comme aux siècles passés on vivait encore de la pêche à la carpe dans les eaux brunes du fleuve. Fuyant les grandes artères, ils traversaient des quartiers populaires où du linge décoloré pendait hors des fenêtres et où les enfants les regardaient avec des yeux agrandis par la curiosité ou par la faim. En rentrant, ils admiraient la majestueuse façade de l'opéra et celle du Royal College of Music. Mais leur promenade préférée les menait au British Museum, où ils passaient des après-midi entiers, se perdant ensemble dans les salles d'exposition qui abritaient des artéfacts romains, égyptiens ou asiatiques, avant de terminer la journée dans l'une ou l'autre des bibliothèques, la Grenville Library avec ses étagères élancées de bois sombre derrière les portes vitrées desquelles les livres semblaient eux-mêmes des trésors qu'on ne souhaitait pas tant exposer que protéger des regards indiscrets, ou bien la gigantesque salle de lecture au plafond céruléen doucement incurvé.

Là, ils se plongeaient dans des ouvrages inconnus dont la seule existence leur paraissait parfois quasi miraculeuse. Garance butinait au hasard, demandant un volume à la tranche dorée qui l'attirait comme un bijou, en feuilletant un autre dont les pages friables dégageaient une poussière blanche et une légère odeur de moisi, en consultant un troisième écrit dans une langue indéchiffrable mais aux gravures suffisamment éloquentes pour lui permettre de reconstituer ou d'inventer le récit. Dans les mots comme dans ce qu'ils taisaient, elle puisait matière à des symphonies compliquées qu'elle notait sur du papier à musique. À l'inverse, les lectures d'Edward respectaient depuis l'enfance un même principe auquel il n'avait jamais dérogé, et qui avait l'inconvénient, dès lors qu'il avait fini un livre, de lui en imposer cinq, dix nouveaux, ce qui faisait en sorte que son ignorance grandissait à un rythme infiniment plus rapide que ses pauvres connaissances : chaque fois qu'un volume en mentionnait un autre — que ce soit pour le contredire, le louanger, l'étayer, le désavouer, le citer, le railler —, il notait le titre de ce deuxième ouvrage sur la liste toujours croissante des titres qu'il lui fallait lire, liste qui, avec les années, avait pris l'allure non pas simplement d'un arbre dont le tronc se scinde en branches de plus en plus abondantes, lesquelles se divisent à leur tour en rameaux innombrables, mais d'une forêt entière, touffue, luxuriante, où des sentiers serpentaient entre les inflorescences, marquant les divers rapports unissant ces différentes œuvres et l'importance relative de chacune. Perdant la notion du temps, il ne relevait la tête, étonné, qu'en entendant le gardien annoncer la fermeture de l'édifice, pour découvrir que la lumière qui filtrait par les hautes fenêtres percées dans la voûte bleue avait changé, et que le soir était là. Ils rentraient alors, un peu hébétés, avec l'impression de revenir ensemble chacun d'un voyage sur un continent différent et qu'ils se racontaient en marchant dans le soleil couchant.

Un après-midi qu'ils revenaient d'une promenade aux Victoria Tower Gardens, Garance s'arrêta devant une minuscule vitrine où s'amoncelaient des rouleaux de papier de riz, un gros bouddha hilare, deux dragons dorés, quelques statuettes de jade et une potiche blanche à fleurs bleues. Ils entrèrent et furent salués par une minuscule Chinoise ridée, laquelle leur adressa un « *ni hao* » retentissant qui les fit sursauter et, faute de mieux, s'incliner légèrement, mains jointes à la hauteur de la poitrine, comme ils avaient vu des personnages le faire sur des gravures japonaises. Du geste, la vieille femme les invita à explorer la boutique où flottait une persistante odeur d'encens. Toussotant un peu, Garance se mit aussitôt à fouiller parmi le bric-à-brac, poussant des cris de ravissement en découvrant d'exquises figurines sculptées dans un ivoire blanc comme neige et s'extasiant devant une sorte de vase en bronze. Les flancs supportaient huit dragons, tête en bas, dont sept tenaient dans leur gueule entrouverte une bille en métal de la grosseur d'un œuf de caille au-dessus de grenouilles disposées dessous, celles-là la bouche béante, prêtes à recueillir chacune la sphère suspendue au-dessus d'elles. L'objet n'avait rien de particulièrement décoratif ; en outre, il était très lourd, comme le constata Edward quand il voulut le soulever après que sa jeune épouse eut exprimé le désir de le voir à la lumière.

Tentant de faire usage de diplomatie, il s'exclama sur un ton enjoué, montrant la potiche en porcelaine à peine ébréchée :

« Celle-ci est charmante ! Je te l'offre, si tu veux, elle irait à merveille sur le manteau de la cheminée. »

Mais rien n'y fit. Garance voulait l'urne malcommode et encombrante, qu'Edward dut porter jusqu'à la maison en s'arrêtant à tous les coins de rue pour la déposer un instant, le temps de procéder à d'énergiques exercices d'assouplissement sous le regard amusé des passants et celui, ravi, de son épouse, aussi admirative que s'il eût terrassé pour elle un authentique dragon de chair, d'os et d'écailles, ce qui valait bien le lumbago dont il savait qu'il serait affligé le lendemain.

L'intérêt de Garance pour la chose ne s'arrêta pas là. Une fois l'objet installé bien en vue au salon, elle chercha à apprendre par tous les moyens d'où il venait et à quoi il pouvait servir. Edward accepta d'interroger quelques collègues du département d'études asiatiques, qui tous se montrèrent également incapables de fournir quelque précision que ce soit sur l'urne aux dragons, l'un d'entre eux allant jusqu'à laisser entendre que, puisqu'il n'en avait jamais entendu parler, l'urne risquait fort de n'être pas authentique. Il n'en fallait pas plus pour pousser Edward à aller compulser, en ordre chronologique, tout ce que la British Library comptait d'ouvrages consacrés aux dynasties Jin, Yuan et Ming.

Quand, revenu bredouille de sa dernière séance de consultation, il songea enfin à faire appel à la vieille Chinoise qui leur avait vendu la chose, il se heurta à une porte close et à des volets fermés. Au dire de la mercière qui occupait la boutique voisine, chez qui Edward alla aux renseignements, la marchande avait disparu en emportant avec elle figurines, porcelaines et potiches, et avait été remplacée par un Italien faisant le commerce de gravures et de volumes anciens.

À la suite de cette série d'échecs, Garance, sinon satisfaite du moins apparemment résignée à ne jamais en savoir plus, réussit presque à le convaincre que les infinis questionnements entourant l'objet ajoutaient encore à sa valeur ; tant qu'ils ignoraient sa provenance, son usage et son fonctionnement, lui exposait-elle, il portait en lui une infinité de possibles dont il se trouverait fatalement dépouillé le jour où ils apprendraient de quoi il s'agissait et serait réduit à n'être plus que ce qu'il était. « Imagine un peu, conclut-elle, que quelqu'un vienne te démontrer par $a + b$ que c'est une vulgaire bouilloire, ou bien une sorte de balance, ou, que sais-je encore, rien de plus qu'un jouet pour amuser les enfants, peux-tu me jurer qu'il n'en aurait pas instantanément moins de prix à tes yeux ? » Tout implacable qu'ait été la logique de Garance (il est vrai qu'il aurait été moins admiratif de l'objet, de ces dragons sculptés de si exquise façon, de la délicatesse du mécanisme retenant les boules de cuivre au-dessus de la bouche des grenouilles, du mouvement qui semblait presque animer ces dernières, s'il avait appris qu'il contemplait là une simple toupie, un bête pot à fleurs), quelque chose dans sa nature le poussait malgré tout à vouloir élucider la question. Il se refusait à accepter que l'ignorance puisse être préférable à la connaissance. «Ce n'est pas de l'ignorance, c'est du mystère», protestait Garance en souriant. À cela, il ne savait répondre autrement que par un baiser.

À l'automne de l'an 1904, Edward et Garance accompagnèrent Mrs. Love mère lors du séjour qu'elle faisait depuis quelques années à Bath, dont les eaux, assurait-elle, étaient salutaires à sa sciatique, périple où l'escortait habituellement sa fille aînée (celle-ci souffrant de psoriasis et ne jurant que par les sources miraculeuses de la célèbre ville de cure), malheureusement cantonnée à la maison en raison d'une fin de grossesse épuisante. Edward et Garance bouclèrent donc leurs valises en craignant le pire. Le voyage fut à la hauteur de leurs attentes.

Tous les matins, ils suivaient Theresa Love aux bains où elle trempait pendant une heure, montre en main. Semblable à quelque immense caverne souterraine, la pièce répercutait le moindre bruit avec un effet d'écho qui donnait au plus petit son, à chaque parole, fût-elle susurrée, une présence multipliée et magnifiée. La lumière qui entrait par d'étroites fenêtres semblait émaner de l'eau aux propriétés médicinales pour se refléter sur le plafond. Chaque jour, ils y retrouvaient, étrangement dénuées de corps, les mêmes têtes baignant dans la lumière aquatique et flottant à la surface.

Le régime qu'imposait l'hôtel à ses invités était spartiate : en plus de l'eau à l'odeur soufrée, légendairement riche en minéraux, tirée de la Pump Room et que l'on servait tépide encore dans de longs verres entourés d'une délicate serviette blanche, les curistes se voyaient présenter un œuf bouilli le matin, des légumes bouillis le midi, un poisson poché le soir, mais de nouveau accompagné de légumes cuits à l'eau, végétaux dont Garance, rêvant de mouton rôti et de poule à la broche, en vint à se demander s'ils n'étaient pas, par une sorte d'osmose, la cause du teint verdâtre qu'elle trouvait aux baigneurs dans la piscine.

Dans cette ville de vieilles dames et de longues jeunes filles diaphanes, ils constatèrent bientôt que tout un chacun se promenait avec, à la main, un ouvrage de Jane Austen, jadis la plus célèbre de ses habitantes, comme s'il s'agissait là de quelque guide essentiel pour se retrouver dans la cité dont les rues étaient pourtant bien identifiées. Un matin, alors que sa mère, yeux clos, était immergée jusqu'au cou dans l'eau tiède, respirant profondément comme pour ne pas perdre un atome de la précieuse vapeur qui s'échappait du bassin, Edward remarqua, incrédule, trois dames qui ne semblaient pas se connaître mais qui, assises à des sièges voisins en bordure de la piscine, étaient toutes trois plongées dans la lecture de *Raison et Sentiments*. Surprenant son regard, Garance lui glissa, d'une voix à peine plus forte que ne l'exigeait la distance entre eux, de sorte que ses paroles furent immédiatement reprises et amplifiées par l'écho : « Tu sais, Jane Austen haïssait cet endroit. »

Il ne savait pas. Les trois dames non plus, apparemment, qui interrompirent un instant leur lecture et tendirent l'oreille malgré elles.

« Elle y trouvait la vie assommante, la société insupportable, les ragots et la fameuse eau également imbuvables. Elle serait horrifiée de se voir vénérée dans ce lieu qu'elle abhorrait, et à n'en pas douter par les descendants mêmes de ceux qu'elle méprisait. »

Lui qui depuis l'enfance n'avait plus jamais eu envie d'ouvrir un roman, n'ayant pas suffisamment d'heures dans une journée pour lire des ouvrages qui l'éclaireraient sur le monde tel qu'il était en vérité sans par surcroît se soucier de ceux qui renfermaient de pures divagations, se dit à ce moment qu'il ne lui aurait pas déplu de converser avec cette demoiselle Austen.

Profitant de la sieste quotidienne à laquelle s'astreignait Theresa Love, Edward et Garance décidèrent après quelques jours d'explorer tout de même la cité couleur de sable et de cendre dont les deux pôles d'attraction, impossibles à rater comme à confondre, étaient les thermes et le théâtre, le premier dédié au traitement du corps, le second, à ce qu'on disait, au délassement de l'esprit, bien que sa programmation fût le plus souvent décevante, car on avait soin de ne point imposer aux curistes de divertissements qui les eussent forcés à de trop grands efforts de réflexion.

Ils se rendirent d'abord admirer le Croissant royal, orgueil de la cité. Côte à côte au bout de la vaste pelouse verdoyante, devant l'immense construction déployant noblement ses volumes qui, étrangement, rappelaient certains palais d'hiver des villes du nord dont on aurait soumis la façade à une courbure pour lui donner la forme d'une demi-lune, ils se regardèrent, perplexes.

« C'est joli, tenta Edward.

— Oui, admit Garance. C'est très… comment dire… régulier. »

Il opina.

Mais c'est lorsqu'ils s'avisèrent de faire le tour de l'imposante structure qu'ils éprouvèrent pour la première fois de la sympathie pour la grise ville d'eau. L'envers de l'édifice offrait un véritable bric-à-brac architectural où se côtoyaient écoles, styles et époques divers et variés : si les façades des différentes demeures se fondaient pour ne présenter qu'une seule surface unie et lisse, le derrière de certaines était agrémenté de saillies, de pignons, d'encorbellements, de hublots aussi étonnants qu'un pan de jupon écarlate dépassant d'une austère robe de deuil. Même la ligne des toits était brisée par des versants accusant différents angles et une pléthore de lucarnes auxquelles succédait parfois une moitié de tourelle. Dès lors, ils s'efforcèrent de regarder la ville comme si elle était bâtie tout entière à la manière de ce célèbre croissant, comme un décor de théâtre dont on n'a peint que la face qui sera présentée au public mais dont l'envers recèle des découvertes autrement plus fertiles.

Faisant contre mauvaise fortune bon cœur, Edward se résolut à en étudier la particularité singulière — ces célèbres sources d'eau chaude, uniques au pays — avec la même attention et le même sérieux qu'il aurait consacrés à l'examen d'un phénomène d'envergure, car, ainsi qu'il l'exposa à Garance, « qui échoue à découvrir l'intérêt que présente une goutte d'eau ou un grain de sable ferait aussi bien de s'en prendre à son microscope ou, mieux encore, à son œil plutôt qu'à l'objet observé ».

Ce qui le fascinait n'était pas tant les vertus curatives de l'eau en question — pour dire le vrai, il entretenait quelques doutes à ce sujet — que la température à laquelle elle jaillissait de terre, qui était quasiment égale à celle du corps humain. Cette eau avait donc été chauffée au creuset dont était issue toute vie : elle venait du cœur palpitant de la planète.

Délaissant tout à fait les questions de calcul et autres problèmes essentiellement quantitatifs, lesquels auraient pu être résolus, il en était sûr, par une machine à compter suffisamment puissante, il se mit à cette époque à concentrer toute son attention sur des sujets plus complexes, qui avaient à voir avec les particularités spécifiques de la chose observée et les rapports qu'elle entretenait avec celui qui l'observait. Il avait cessé depuis longtemps de chercher à savoir combien de feuilles pouvait porter un arbre, mais avait maintenant soif de comprendre comment celles-ci étaient faites. Il passa un été tout entier à examiner et à dessiner à la loupe certaines frondaisons de fougères dont les dentelures semblaient se répéter *ad infinitum,* de plus en plus petites, sans qu'il fût possible de deviner quand ce mécanisme cessait d'opérer ni même s'il avait une fin. Il réfléchit ensuite à l'architecture propre à l'arbre, qui lui permettait de résister à des tempêtes capables de détruire des bâtiments de briques et de pierres, et chercha à comprendre lesquelles de ses propriétés étaient responsables de sa résilience, pour finir par conclure que sa force, paradoxalement, résidait dans sa faiblesse, c'est-à-dire dans sa souplesse, ou son élasticité.

Il relut d'un trait tout ce qu'avait jamais publié Robert Hooke qui, dans *De Potentia Restitutiva,* avait énoncé sous forme d'anagramme une démonstration qui était un modèle de clarté : *Ut tensio, sic vis.* Il étudia un temps la chimie intime des végétaux, distillant dans son laboratoire la chlorophylle, émeraude et translucide en son bécher, le système circulatoire des plantes lui rappelant celui du corps humain : cette chlorophylle irriguant l'arbre des racines aux rameaux était en effet presque en tout point semblable à l'hémoglobine portée par le sang qui circulait dans les vaisseaux. Le tout n'était pas sans rappeler cette curieuse intuition de William Stukeley, qui avait émis en 1750, dans un ouvrage intitulé *The Philosophy of Earthquakes,* l'idée que « Dieu tout-puissant ait couché des boyaux et des canaux dans la terre, à une grande profondeur, et jusqu'à la surface ; comme il a planté les veines, artères et glandes dans le corps animal ».

Fasciné par les découvertes de Newton, de Leibniz et de Laplace, dont il admirait particulièrement les observations sur la mécanique céleste, les inclinaisons et les excentricités des orbites de même que l'élégante résolution de problèmes par le recours aux harmoniques sphériques, Edward ne tarda pas à vouloir explorer pareillement les multiples facettes du monde à l'aide des mathématiques qui lui semblaient l'instrument même ayant forgé l'univers. À la manière de Laplace qui, interrogé par Napoléon lui faisant remarquer que nulle part dans son système il n'était question du Créateur de l'univers, avait répondu simplement : «Je n'avais pas besoin de cette hypothèse-là», il ne ressentait pas la nécessité de recourir à un architecte suprême pour expliquer le monde ; l'architecture lui suffisait.

S'il avait fallu, deux siècles plus tôt, une bonne dose de génie pour déduire de la chute d'une pomme la loi de la gravitation et plus encore pour offrir une représentation des forces qui gouvernent le système solaire tout entier, la majorité des observations de ses contemporains paraissaient à Edward platement descriptives et dénuées de toute originalité. Se promenant dans la campagne autour de Bath, calepin à la main, il se demandait comment exprimer, et par là même élucider, la créature qu'était un arbre, ou le problème épineux que posait la corolle d'une rose. Là, lui semblait-il, résidait le véritable, le seul enjeu : inventer des formules qui sauraient rendre compte, d'une manière ou d'une autre, de ce que c'était que d'être vivant sur cette planète.

Quelques mois après qu'ils furent rentrés à Londres, Edward obtint sans difficulté une modeste bourse couvrant leurs frais de déplacement et la location d'une chambre dans une pension de famille, et ils partirent pour l'Italie, les caldariums, tépidariums et frigidariums de Bath lui ayant donné envie de connaître ceux de Pompéi, qui venaient d'être mis au jour et dont il lui semblait qu'ils devaient, en raison de leur proximité avec le célèbre volcan mais aussi de leur parenté avec une époque si reculée qu'elle se perdait presque dans la nuit des temps, receler quelque mystère susceptible de l'aider à préciser des intuitions qui lui venaient par fulgurances et s'évanouissaient aussitôt sans qu'il ait eu le temps de s'emparer d'un crayon pour les noter. Alors qu'il avait toujours goûté des mathématiques la limpidité, la netteté et l'absolue précision que leur conférait leur caractère abstrait et théorique, délivré du réel et de ses contingences, voilà qu'il trouvait partout, dans le monde sensible, des applications aux formules et aux équations dont il avait noirci des rames de feuilles au cours de sa jeunesse et qui ne lui semblaient plus que l'équivalent des gammes et des arpèges que doit maîtriser un musicien avant que de s'attaquer à une symphonie. Revenu à ses premières amours, dont le souvenir avait été réveillé en lui par Garance et son harmonie des sphères, Edward se découvrait fasciné par la Terre et les forces invisibles qui se jouaient sous sa surface.

Arrivés à Naples au milieu de la matinée, sous un soleil de plomb, ils gagnèrent la pension de famille où on les attendait pour n'en sortir qu'à la fin de l'après-midi et aller faire quelques pas sur la plage déserte. Edward, qui avait pourtant passé sa vie entière dans une île, avait l'impression de voir la mer pour la première fois, car l'étendue grise et froide qui entourait l'Angleterre avait bien peu à voir avec cette masse verte frangée d'argent, presque vivante, qui s'étirait devant eux. D'un côté la grève de la baie de Naples était plongée dans l'or de la fin du jour, de l'autre la Méditerranée déployait ses longs rouleaux. L'air avait une odeur d'iode et de fruit mûr. Ils arpentèrent longtemps les galets tièdes, puis Garance avança vers le large sur une mince langue de terre presque invisible, comme si elle marchait sur l'eau. Edward la suivit à quelque distance, et tous deux s'arrêtèrent pour contempler l'horizon immobile alors que la mer devant eux montait et redescendait comme sous le souffle d'une gigantesque créature.

Se retournant après un moment, Edward découvrit que le chemin qu'ils avaient emprunté menaçait d'être englouti par l'eau qui le recouvrait puis se retirait un instant avant de le faire à nouveau disparaître.

« Il est temps de rentrer, dit-il. La marée monte. »

Mais Garance restait sans bouger devant les vagues qui maintenant semblaient l'entourer de toutes parts. Ses chaussures dans les mains, relevant sa longue jupe crème dont l'ourlet s'était trempé, elle remarqua, d'un ton sérieux :

« Est-on bien sûr que c'est l'eau qui monte ? Et si c'était la terre entière qui cherchait ici à se soulever pour se rapprocher un peu du ciel ? »

Amusé, il voulut lui expliquer les marées terrestres, les influences conjuguées de la Lune et du Soleil, la force de la gravité, mais, à cet instant, Edward, insulaire qui n'avait jamais bien vu la mer, eut l'impression qu'il n'avait non plus jamais vraiment vu le ciel. Il sortit de sa poche son calepin et y dessina à la hâte une planète vainement tendue vers un astre au milieu d'une page toute blanche, tandis que Garance laissait retomber sa jupe qui s'enroulait autour de ses jambes comme un ruban d'algues et revenait vers lui en faisant des éclaboussures.

Après une première nuit sans rêves, ils s'assirent pour déjeuner sur le balcon de leur chambre, qui donnait sur les flancs du Vésuve. On déposa sur la table du pain, des œufs au jaune presque rouge, du thé fort et un panier d'oranges et de pamplemousses de la région, qu'on nommait ici « fruits du paradis ».

Garance poussa un profond soupir de satisfaction, observa la vue de la campagne qui s'offrait à eux et la silhouette trapue de la montagne sur l'horizon. Puis, apercevant un petit nuage flottant si près du sommet qu'il aurait pu s'agir d'une volute de fumée, elle songea à s'enquérir :

« Edward, le Vésuve n'a guère changé depuis l'éruption de Pompéi, si je ne m'abuse ?

— Tu ne t'abuses, ma chère. Il est évidemment difficile d'en juger, mais les documents de l'époque laissent croire qu'il est identique à ce qu'il était il y a deux mille ans. Ces oranges sont délicieuses.

— Mais alors, Edward, qu'est-ce qui l'empêche d'entrer encore en éruption et de recouvrir la région de lave et de cendres une deuxième fois ? »

Il prit une gorgée de thé.

« Eh bien… à vrai dire… Rien. Il y a déjà eu une vingtaine d'éruptions depuis celle qui a enseveli Pompéi et même si la dernière remonte à près de vingt-cinq ans, pour ce qu'on en sait, le volcan est toujours aussi actif. »

Elle réfléchit à cela en se saisissant d'un pamplemousse qu'elle entreprit de trancher.

« Si cela peut te rassurer, continua Edward, les éruptions sont habituellement précédées de signes avant-coureurs : secousses sismiques, émissions de nuages de gaz, coulées de moindre importance, etc., ce qui laisse amplement le temps aux habitants de se mettre à l'abri…

— Je n'étais pas inquiète », répondit-elle, puis elle poussa un cri, laissa tomber son couteau sur le sol, se leva d'un bond, et, avec un hoquet, courut à l'intérieur, cependant qu'Edward, se penchant machinalement pour

ramasser l'ustensile, aperçut sur l'assiette de sa femme, dans la chair rose du fruit, une masse de pulpe noircie où se tortillait un ver.

Le matin même, ils mirent le cap sur le Vésuve, dont ils firent l'ascension dans le funiculaire en compagnie de deux scientifiques (l'un d'eux, ophtalmologiste de son état et observateur de volcans par inclination, portait le curieux nom de Tempest Anderson) et d'une dizaine d'autres touristes, parmi lesquels deux Allemands flegmatiques et une jeune Française dont le teint vira au vert à la seconde où la cabine s'ébranla et pour qui Garance déploya des trésors d'imagination afin de la calmer, l'époux de la dame, guère plus rassuré, ayant pour sa part choisi de se fermer les yeux hermétiquement et de se réfugier dans la prière, ses *Ave Maria* hachés rythmant leur montée. L'engin cliquetant sur ses câbles et ses rails de fer finit par atteindre sans encombre le sommet, où ils découvrirent un homme à la peau d'ébène qui arpentait, seul, le pourtour craquelé du cratère, yeux baissés, comme s'il cherchait quelque chose dans la terre grise et noire. Ses pas dessinaient derrière lui un labyrinthe compliqué dont on aurait dit qu'il s'efforçait en vain de sortir. Edward le salua poliment mais l'inconnu ne sembla pas le voir.

Les voyageurs restèrent des heures à contempler cet aperçu de ce qu'abritait le sol sous sa surface, levant de temps en temps les yeux pour découvrir, étonnés, la ville de Naples étendue à leurs pieds comme un jeu de construction miniature, qui se déroulait jusque dans la mer. Observant le sol durci, noir et craquelé, Edward crut un instant voir une fissure s'ouvrir au plus profond du cratère pour révéler un épais magma orange et bouillonnant qui lui rappela étrangement — était-ce la tenace odeur de soufre qui flottait au-dessus de ce paysage de feu comme dans la ville de cure? — l'eau trouble que l'on puisait à la Pump Room.

Edward s'éloigna, avançant péniblement dans la lourde poussière couleur de plomb, cherchant à se représenter les entrailles d'où avaient jailli deux mille ans plus tôt les flammes qui, si elles avaient anéanti la cité romaine, étaient néanmoins porteuses dans leur destruction d'une forme de vie éternelle, puisqu'elles flambaient, inchangées, depuis la nuit des temps, semblables au feu dont brûlait de toute éternité le Soleil et les étoiles qui les toisaient haut dans le ciel.

Après d'assez longues formalités, la présentation répétée de leurs passeports, la production de lettres de recommandation rédigées de la main de professeurs émérites des universités de Londres et d'Oxford, la signature d'innombrables documents écrits uniquement en italien mais où il ressortait clairement qu'ils s'engageaient à ne rien déranger et à ne pas essayer de rapporter avec eux de statues, de mosaïques ni même de cailloux, ils purent enfin partir à la découverte de Pompéi ensevelie et à demi sortie de terre, escortés par un guide trop heureux de s'étendre dans la fraîcheur relative de l'ombre quelque muret pour les laisser se balader tranquilles. Du matin jusqu'au soir, ils passèrent ainsi plusieurs jours à arpenter les rues de la ville fantôme dans une solitude absolue, les fouilles ayant été interrompues quelques jours plus tôt et devant reprendre à une date indéterminée.

Les thermes récemment exhumés qui ressemblaient étrangement à ceux de Bath, pourtant éloignés de milliers de kilomètres et séparés par deux mers, n'apportèrent rien de neuf à la compréhension d'Edward — si ce n'est la confirmation du génie romain, capable d'exporter art et techniques dans les coins les plus reculés de l'Empire —, mais ici, dans l'ombre du volcan, il avait le sentiment de s'approcher, presque à la toucher, de cette révélation qui continuait de lui échapper, et dont il savait qu'elle avait à voir avec les secrets de la terre et du feu.

Ils examinèrent, incrédules, la façade d'une ancienne boulangerie où se lisait, en caractères bien nets, la liste des pains offerts par la maison, s'émerveillèrent des graffiti qu'on eût dits tracés la veille par une main espiègle, passèrent d'un pas plus rapide, rougissant malgré eux, devant les menus agrémentés de mosaïques illustrant les différents services offerts par les péripatéticiennes partageant une même demeure dont chacune occupait une chambre. Leurs pas résonnaient à l'unisson sur les pavés inégaux comme devaient claquer, deux millénaires plus tôt, les talons des hommes et des femmes dont il ne subsistait plus que ces inscriptions dans la pierre.

Tous deux éprouvaient, à déambuler ainsi dans ce qui n'était plus que le spectre d'une cité, un sentiment où l'effroi se taisait pour laisser la place à une sorte d'apaisement. Lorsqu'il repasserait en souvenir ce séjour, des années plus tard, Edward y verrait les heures les plus heureuses de son mariage.

Garance cependant depuis une dizaine de jours éprouvait des accès de faiblesse qui l'obligeaient à s'asseoir pour reprendre son souffle, voire parfois à s'étendre quelques minutes, le rose de ses joues virait au carmin au moindre effort, et depuis l'incident du pamplemousse elle se plaignait de n'avoir plus guère d'appétit. Repoussant d'un geste de la main, avec un haut-le-cœur, les viandes rôties et les plats en sauce qu'on lui présentait, elle n'acceptait plus de se nourrir que de mets blancs : mie de pain, blancs d'œufs montés en neige, fromage de chèvre, chair de pommes auxquelles on avait enlevé la pelure, riz au lait.

Par une fin d'après-midi où le soleil projetait sur le sol des ombres longues et fines après avoir tapé dur toute la journée, elle s'immobilisa, vacillante, à l'angle de deux rues dans la cité déserte, devant une maison couleur de sable. Edward se précipita pour l'attraper, mais, enjambant une chaîne lâchement accrochée à deux poteaux en bois, elle entra dans la villa carrée, dont les murs étaient ornés de portraits de jeunes femmes portant des paniers débordant de fruits. Puis, sans hésiter, le pas aussi sûr que si elle était

dans sa propre demeure, elle traversa les premières pièces pour atteindre, à l'arrière, une petite chambre nue percée d'une seule fenêtre par où entraient les derniers rayons du jour, baignant la pièce entière d'une lueur rosée. Il s'y trouvait une couchette en pierre basse où elle s'allongea, puis elle croisa les mains sur sa poitrine. Edward la rejoignit, frissonnant au contact de la pierre fraîche sous sa nuque. Ils restèrent un moment étendus sans parler, tandis que le soleil disparaissait lentement, remplacé par la pénombre.

«Tu entends?» demanda Garance à mi-voix.

C'était un jeu dont ils avaient l'habitude. Au milieu de la foule se pressant à une intersection achalandée au cœur de Londres, dans la salle de lecture de la bibliothèque, sur l'étang où parfois ils allaient canoter, elle le forçait à s'arrêter et à tendre l'oreille. Les premières fois, interdit, il n'avait su répondre à sa question, en toute honnêteté, que : «Le bruit de centaines de roues sur les pavés, et un cheval qui hennit» ou «Plusieurs oiseaux», et Garance avait patiemment pelé une à une les strates de bruit recouvrant le son unique et quasi imperceptible (marchande offrant ses fleurs au milieu du vacarme des voitures et des chevaux, abeille bourdonnante prisonnière d'une vitrine, pêcheur malchanceux pestant entre ses dents et même — elle le jurait en tout cas — rire tranquille du poisson qui venait de lui échapper) qu'elle avait voulu lui offrir comme si elle venait de le faire apparaître pour lui, tel un prestidigitateur qui tire un lapin de son chapeau.

Les bruits de Pompéi étaient peu nombreux. Un rossignol solitaire lançait de temps en temps quelques trilles puis se taisait, comme confus de ses envolées ; un lézard à leur approche courait se réfugier sous une pierre ; les cigales emplissaient l'air de leur stridulation métallique qu'on finissait par oublier après un moment ; alors qu'ils entraient dans la villa, un souffle de vent avait passé sur la cité, léger comme la respiration d'un enfant endormi. Étendu sur le lit de pierre, Edward n'entendait cependant plus rien de tout cela, qui s'était évanoui dès qu'ils avaient pénétré dans la maison carrée. Il ferma les yeux, tendit l'oreille du mieux qu'il le put. Il ne distinguait plus que le battement sourd de son sang contre ses tympans.

« Qu'entends-tu ? demanda Garance.

— Rien », avoua-t-il.

Elle sourit : « Exactement. »

Elle s'endormit presque aussitôt et il la veilla jusqu'à la tombée du jour.

Quand ils se relevèrent, la cité avait pris vie. À l'extrémité est, là où les rues sorties de terre subitement s'arrêtaient, ne se poursuivant que sous des épaisseurs de roche, des gitans avaient installé leur camp, et leur mélopée montait dans la nuit. Frappant dans leurs mains, hommes et femmes assis autour d'un grand feu crépitant scandaient des chants qu'Edward et Garance comprenaient en partie seulement, où il était question de soleil et d'exil. Parmi les gitans, Edward remarqua l'inconnu à la peau noire. Celui-ci ne chantait pas. Au milieu du groupe, yeux mi-clos, il souriait doucement en regardant danser les flammes. Sur Pompéi endormie tombaient de fines cendres blanches.

Le lendemain, alors qu'ils étaient à la table à déjeuner donnant sur la silhouette maintenant familière du Vésuve, dont ils découvraient pour la première fois les flancs couverts de neige, Edward évoqua le départ. Il avait cru que Garance pourrait vouloir étirer le séjour, mais elle lui signifia son assentiment presque distraitement.

Il versa le thé, réfléchissant à voix haute qu'il descendrait au port après le déjeuner afin de voir s'il n'y trouverait pas un navire en partance pour Marseille au cours des jours prochains, quand Garance repoussa sa chaise d'un geste brusque et rentra précipitamment dans la chambre, une main plaquée sur la bouche. Inquiet, Edward la suivit pour la voir s'engouffrer dans les cabinets où il entendit des bruits d'eau. Ressorti sur le balcon, il examina la table. Peut-être Garance ne supportait-elle plus la simple vue d'aliments colorés?

Quand elle réapparut en se tamponnant les yeux, il l'aida à se rasseoir et lui tendit une tasse de lait froid. Sur son front perlaient des gouttelettes de sueur et ses mains tremblaient très légèrement quand elle porta le blanc liquide à ses lèvres.

«Garance, es-tu souffrante? demanda-t-il d'une voix pressante. Qu'as-tu donc?» Puis, soudain alarmé à la pensée qu'elle pût être atteinte de quelque mal grave qu'elle lui aurait caché, il implora : « Il faut me dire, je t'en prie… »

Plongeant dans le sien son regard bleu ciel, elle lui annonça d'une voix qui tremblait aussi un peu : « Je ne suis pas malade, Edward, je suis enceinte. »

Il cessa de respirer pendant un instant qui lui sembla durer un siècle et au cours duquel il vit la ligne d'horizon se mettre à danser jusqu'à se dresser presque à la diagonale avant de se recoucher non sans avoir effectué quelques soubresauts. La première pensée qui se présenta à son esprit fut celle de l'origine du mot *paradis,* qui désigne, en grec comme en hébreu, un enclos, une enceinte. Puis il se leva, renversant dans son geste le pot de confitures qui fit une tache rouge sur la nappe blanche, et alla serrer dans ses bras Garance, qui pleurait, mais de joie.

Les jours suivants, sur des billets de banque comme dans les marges des livres sur lesquels il n'arrivait guère à fixer son attention, sur des factures, des tickets, le moindre morceau de papier qui se présentait et même, quand il ne s'en présentait pas, du bout du doigt dans la poussière recouvrant un meuble ou la buée sur un carreau, il traçait, à la fois ébloui et incrédule, la même équation impossible, miraculeuse :

$$1 + 1 = 3.$$

~

Ils rentrèrent à Londres sans tarder. Edward refusait que Garance s'épuise à porter quoi que ce soit, fût-ce son ombrelle, qu'il tenait au-dessus de sa tête bouclée comme jadis les esclaves éventaient leur reine à l'aide de grandes feuilles de palmier. De retour à Alderney Street, elle reprit sa musique, mais, désormais, en entrant au salon, Edward pouvait l'entendre en expliquer à mi-voix les subtilités à une présence invisible.

Pendant ce temps, il faisait venir de la Sorbonne les poussiéreux ouvrages de l'abbé Pierre Bertholon de Saint-Lazare, qui, entre ses recherches sur l'électricité des plantes, des météores et du corps humain, avait élaboré une théorie originale sur les forces animant le cœur de la terre, allant jusqu'à suggérer qu'on plantât à une certaine profondeur des tiges de métal qui, faisant office de paratonnerre, empêcheraient les séismes qui agitent le monde souterrain de se répandre en les forçant à se concentrer en un point précis. Lui aussi avait fait fausse route, Edward en était convaincu.

Il se replongea dans la querelle qui avait opposé quelque deux siècles plus tôt les saturnistes aux plutonistes, les premiers estimant que les éruptions volcaniques étaient dues à la flambée de la houille enfouie dans la terre, laquelle prenait feu lorsque de la pyrite se trouvait en contact avec de l'eau, les seconds étant plutôt d'avis qu'il y avait au centre de la planète une masse de matière en fusion qui en jaillissait sporadiquement par le cratère de cheminées plus ou moins importantes. De ces modèles, il voyait surtout les lacunes, qu'il lui appartenait de les combler.

Des questions dont il n'aurait jamais cru qu'elles pussent être du ressort des mathématiques, étant absolument étrangères à la géométrie et même au calcul, se dessinaient tout à coup devant lui, qui avaient à voir avec la forme et le poids des continents, le mouvement et l'action des marées, les propriétés de la matière soumise à ces forces, dont la plus étonnante était sans doute l'élasticité, qu'il entreprit d'étudier, comme il le faisait toujours, de façon méthodique, en passant en revue les travaux de ses prédécesseurs pour en arriver à un constat désolant ; à la fin de l'an 1820, le fruit de l'entière réflexion consacrée aux problèmes élastiques pouvait être résumé comme suit : une théorie de la flexion inadéquate, une théorie de la torsion erronée, une théorie des vibrations des plaques non prouvée.

En un éclair, tandis qu'il traversait la rue, se brossait les dents ou laçait ses chaussures, tout s'emboîtait, les problèmes les plus épineux se résolvaient comme par magie, dans une symétrie et une harmonie qui étaient la preuve même de la validité de la théorie dans laquelle venaient s'inscrire tous les éléments et qui formait un tout infiniment complexe, dont les mille facettes se dispersaient telle l'image réfléchie d'un kaléidoscope dont on aurait tourné la bague pour en faire culbuter les paillettes dès qu'il croyait enfin pouvoir les saisir. L'impression disparaissait ; il tentait en vain d'en retrouver dans son esprit les traces qui se dissipaient juste hors d'atteinte de sa conscience ; mais il savait du moins que la Solution était à portée de la main.

Garance, marchant désormais à petits pas mesurés, les pieds par en dehors tel un canard, devenait de jour en jour plus ronde et s'en amusait. Allant un soir se tenir debout de profil à côté de la mappemonde dont son ventre épousait presque la courbe exacte, elle s'écria d'un ton mi-badin, mi-horrifié : « J'ai l'air d'un boa qui aurait avalé un ballon ! »

~

Du ballon, elle passa bientôt au melon d'eau, puis à la montgolfière, et elle finit par ne plus rien dire, elle-même étonnée de sentir cette vie étrangère enfler en elle.

Elle ressentit les premières douleurs à la fin de l'après-midi, mais la nuit était tombée depuis une heure quand elle accepta enfin qu'Edward aille chercher la sage-femme, partie dans la matinée accoucher sa propre belle-sœur à l'autre bout de la ville, raison pour laquelle personne ne répondit aux coups répétés qu'il asséna sur sa porte.

Il avait laissé Garance aux soins d'une voisine plus énervée qu'elle et qui n'avait cessé de répéter, tout le temps qu'Edward lui avait expliqué la situation : « Ah, mon Dieu ! Il faut faire bouillir de l'eau » en se tordant les mains et les traits du visage.

De chez la sage-femme, il était reparti au pas de course pour aller sonner chez le docteur Whitfield, un médecin bien en vue qui habitait, non loin, un coquet hôtel particulier de pierres blondes. Un majordome ouvrit à Edward qui, hors d'haleine, ne put que dire : « Ma femme… » Le domestique revint bientôt accompagné du médecin, qui tenait encore à la main sa serviette de table. Il toisa Edward, en nage et pantelant, d'un œil où se mêlaient la méfiance et l'ennui, comme s'il se fût agi d'un vendeur itinérant. On entendait en bruit de fond des rires et des cliquetis de coutellerie.

« Ma femme…, répéta Edward, incapable de poursuivre.

— Oui, mon garçon, votre femme…, l'encouragea le docteur Whitfield d'une mine rassurante et professionnelle.

— Elle va accoucher…, parvint enfin à articuler Edward en tentant de saisir le médecin par le bras pour l'obliger à se mettre en route sans tarder.

— Et elle est malade ? » demanda le bon docteur.

Edward arrêta son geste, interdit.

« Non, mais elle s'apprête à accoucher, répéta-t-il, craignant que le médecin ne l'ait mal compris.

— Mais c'est très bien, mon garçon. Je vous félicite de cet heureux événement. Maintenant, courez vite chercher la sage-femme et allez la retrouver sans perdre de temps. Bonne chance, ajouta-t-il en se retournant.

— Vous ne comprenez pas ! » s'écria Edward, paroles qui firent froncer les sourcils à son interlocuteur n'appréciant guère qu'on puisse lui manquer de respect de la sorte — qui plus est sous son propre toit. Le majordome frémit intérieurement et se redressa d'un geste machinal, aussi raide que les cannes à pommeau d'argent laissées dans une urne près de la porte. « La sage-femme n'est pas là ! Vous devez m'accompagner ! »

Voilà maintenant que cet énergumène hagard prétendait lui dire quoi faire. Avec toute la hauteur dont il était capable, le docteur Whitfield, médecin particulier de plusieurs membres éminents du Parlement, demanda :

« Madame est-elle une de mes patientes, monsieur… Monsieur ?

— Love, dit Edward.

— Love, reprit le médecin, comme s'il y avait là une faute de goût qui venait confirmer ce qu'il soupçonnait depuis le début. Eh bien, Mrs. Love est-elle de ma clientèle ?

— Non, avoua Edward, à qui il ne venait pas à l'idée de mentir.

— Fort bien, je suis certain que cette chère dame en parfaite santé accouchera sans problème. Rentrez vite la retrouver, je vous dis, et vous lui transmettrez mes félicitations. Allez, bonne soirée. »

Edward avait déjà tourné les talons. Il se mit à courir. Dans le ciel, la lune mince comme une faux se couvrit de nuages et une pluie froide commença à tomber.

La voisine avait bien mis de l'eau à bouillir, mais ne semblait pas avoir su ce qu'il convenait d'en faire ensuite, puisque les deux bassines fumaient, pleines, sur le poêle. Garance était à l'étage, dans leur chambre, ses gémissements filtrant à travers la porte fermée. N'osant frapper, Edward entreprit de faire les cent pas sur le palier où ses souliers laissaient des traces de boue.

Quelques secondes ou une heure plus tard, il n'aurait su dire, un hurlement déchira l'air et il ouvrit enfin la porte, découvrant Garance, à demi assise dans le lit aux draps tachés de sang, la peau plus blanche que les oreillers sur lesquels elle était appuyée, ses cheveux répandus autour de sa tête comme les vrilles d'une méduse. Elle le regardait sans le voir. La voisine, dans un coin, avait recommencé à se tordre les mains. D'une voix qu'il ne reconnaissait pas, Edward lui ordonna de courir jusque chez un médecin, n'importe lequel, et de le ramener de force s'il le fallait. Il fouilla dans ses poches et lui tendit la poignée de billets chiffonnés qu'il en avait tirés.

Il y eut une sorte de silence quand elle fut partie. Edward s'agenouilla près de sa femme et toucha précautionneusement sa peau trempée de sueur et froide comme le marbre. Il crut la voir sourire, puis elle poussa de nouveau un cri, auquel se mêla, grêle, une autre plainte.

Il accueillit lui-même sa fille en ce monde, coupa avec son canif le cordon violet qui la reliait à sa mère, la sécha de son mieux avant de se relever, euphorique, quand Garance, après un bref silence, se remit à gémir. Affolé, Edward répéta comme un automate les mêmes gestes pour le fils qui venait de lui être donné, et qu'il déposa en même temps que sa sœur, deux petits êtres parfaits et hurlants, sur la poitrine de Garance qui avait cessé de respirer.

La pièce, la fenêtre, le ciel et les étoiles au-delà tanguaient comme un bateau privé de gouvernail et parti à la dérive. Edward tituba, heurta la commode, tomba à genoux tel un homme en prière. Comme si la loi de la gravité avait pour un instant cessé de faire effet, il vit, lentement, vertigineusement, les boules de cuivre quitter la gueule des dragons pour s'abattre dans la bouche ouverte, noire et monstrueuse, des grenouilles affamées. Deux à deux elles s'écrasèrent, jusqu'à la dernière, orpheline, qui avait perdu sa vis-à-vis, cette ultime sphère fantôme semblant rester pour l'éternité suspendue. Ils avaient passé ensemble trois ans, huit mois, une semaine et deux jours.

Le médecin arriva bientôt et s'en fut, irrité sans oser le montrer, puis le pasteur. La voisine réapparaissait de temps à autre avec une tasse de thé, et une moitié du cerveau d'Edward, qui absurdement continuait de fonctionner même s'il lui semblait que son cœur avait cessé de battre, se demandait si elle avait trouvé là un usage à cette eau qu'elle avait cru bon de faire chauffer en si grande quantité. Des gens passèrent qu'il ne connaissait pas, d'autres qu'il connaissait, sans que rien de cela ne fît la moindre différence. Dans le ciel vide, le noir de la nuit fit place au gris de l'aube et une lumière de cendre entra dans la chambre.

Loin, très loin, un oiseau appelait.

C'est alors qu'il se tenait debout devant la fosse où était étendu, dans une somptueuse boîte en acajou doublée de soie et de velours, le corps de celle qu'il aimait, alors qu'il ne cherchait plus, qu'il croyait lui-même être mort, ses bébés silencieux dans les bras, qu'Edward saisit, dans un éclair dérisoire, ce qui lui échappait depuis toujours : rendre compte de ce que c'était que d'être vivant sur cette planète n'était rien si l'on ne rendait pas compte de la manière dont cette planète elle-même était vivante.

Une fois le trou refermé, quand tout le monde fut parti et qu'on eut emmené les enfants, il s'agenouilla sur la terre fraîchement remuée qui faisait une balafre brune dans l'herbe verte, puis s'y étendit sur le ventre, bras en croix, et colla son oreille au sol. Pendant une éternité, il n'entendit qu'un bourdonnement, lequel se mua progressivement en une sorte de tintement qui grandit et finit par devenir assourdissant. La Terre tout entière résonnait comme un glas.

Les jumeaux — on leur donna pour noms Hyacinthe et Violette — furent confiés aux soins de Mrs. Love mère qui, en sa cinquantaine désœuvrée, s'en amusa comme de poupées. Edward venait voir de temps à autre les bambins, qui l'appelaient «papa» comme ils

auraient plutôt prononcé «mon oncle» ou «monsieur le maire» si on leur avait dit que c'était là le nom de ce visiteur qui se contentait le plus souvent de les regarder sans dire un mot et leur laissait, en partant, de petits cailloux aussi jolis que des billes.

Il fit bien quelques tentatives pour apprendre à connaître ces menues créatures nées de Garance, mais elles firent toutes long feu. Alors que les jumeaux avaient quatre ans, il vint les chercher par une nuit du mois d'août pour leur faire admirer les Perséides, que Garance avait toujours appelées «larmes de saint Laurent» en l'honneur du malheureux saint né à la fin de l'été et dont elle assurait que les étoiles étaient les pleurs versés chaque année à la même époque. Maussades et frissonnants dans leurs vêtements de nuit, pieds nus dans l'herbe fraîche couverte de rosée, Violette et Hyacinthe refusaient obstinément de lever les yeux vers le ciel, la fillette maugréant que «Grand-mère ne nous laisse jamais sortir sans robe de chambre, elle dit que c'est dangereux d'attraper la mort» jusqu'à ce qu'Edward lève le doigt en chuchotant:

«Là, regardez.»

Hyacinthe aperçut le fin trait de lumière et demanda, d'une voix incrédule, comme s'il soupçonnait quelque tour de prestidigitation:

«Qu'est-ce que c'est?

— Une étoile filante.

— Elle tombe?

— Elle vole.»

Violette se mit tout de même à sangloter bruyamment, pressa ses poings sur ses yeux. Elle ne cessa de pleurer que quand il les eut tous les deux recouchés et bordés bien serré dans leurs lits si petits qu'ils ressemblaient à des meubles de poupée et s'en fut allé sur la pointe des pieds.

~

Il continua ses travaux, mais presque distraitement, avec par moments l'impression que quelqu'un d'autre à travers lui s'acquittait d'une tâche qu'il lui fallait mener à bien mais qui ne lui procurait plus ni joie ni satisfaction. Jour après jour, il couvrait des liasses de feuilles de sa mince écriture comme s'il notait équations et démonstrations sous la dictée.

À cette époque, il ne parlait plus guère qu'à lui-même, se répétant à voix basse les rassurantes séries de son enfance, auxquelles s'était ajoutée une nouvelle suite de nombres, finie, celle-là, d'une finitude qu'il refusait et dont le sens par conséquent continuait et continuerait toujours de lui échapper : 3, 8, 1, 2. Dans la rue, on s'écartait sur son passage, car il faisait peur et sentait mauvais.

À un moment, il avait cessé de se raser, de changer ses vêtements qui, raidis par la saleté, lui faisaient une sorte d'armure dont il ne se départait même pas pour se coucher, tombant le plus souvent endormi à sa table de travail pour se réveiller quelques heures plus tard, parfois en pleine nuit, et se rendre compte qu'il avait brouillé avec ses cheveux gras la dernière formule qu'il avait couchée sur le papier d'une écriture qui allait s'amenuisant et s'inclinant vers le bas tel un filet d'eau qui se tarit, et dont il portait sur la joue l'empreinte partielle et renversée. Il prenait des notes sur tout ce qu'il trouvait à portée de main et finit pour ce faire par utiliser ses mains elles-mêmes, constellées de chiffres et de signes qui se croisaient et s'enchevêtraient en un changeant labyrinthe.

Inaugurant un cahier neuf dont la couverture rigide laissa échapper un craquement sinistre quand il l'ouvrit pour la première fois, il entreprit enfin de transcrire le fruit de son travail, sa théorie achevée, et traça sur la première page les mots suivants à l'encre bleue : *Théorie Mathématique de l'Élasticité.* Il continua d'écrire jusqu'à ce qu'il ait noirci la dernière page, puis aussitôt celle-ci tournée ouvrit un nouveau cahier. Sous sa plume jaillissaient les volcans et les séismes qu'il pourchassait depuis des années et dont on aurait dit qu'il avait brièvement réussi à les capturer pour les emprisonner dans son encrier, d'où il les libérait et les fixait une fois pour toutes en les jetant sur la page comme on épingle sur le papier des papillons. Tout y était enfin : le feu et l'eau, la Terre et la Lune liées l'une à l'autre par les marées où se confondaient leurs souffles emmêlés, ces ondes qui faisaient trembler le sol et les êtres, la musique et le silence qui s'unissaient pour donner naissance à ce chant mystérieux du monde qui était leur incarnation la plus parfaite, Garance elle-même qui, dans ces lignes de la première à la dernière inspirées par elle, continuerait de survivre par-delà leur mort à tous les deux.

Puis un jour, sans avoir besoin de relire ce qu'il avait produit au cours des semaines précédentes, il sut qu'il avait fini ; et cette certitude lui fut un soulagement. Il déposa les milliers de pages manuscrites et les cinq cahiers sur la coiffeuse, à côté des dragons et des grenouilles qui attendaient, gueule béante, et se coucha tout habillé sur son lit dans le silence de la maison déserte comme il s'était allongé des années auparavant dans la villa italienne arrachée à la terre. On le retrouva au matin, les yeux grands ouverts, serrant dans sa main un grain d'obsidienne.

Love waves

Il neige à peine sur le mont Royal. Les érables dressent vers le ciel leurs branches écartées, grandes mains aux doigts largement ouverts. Le soleil d'hiver filtrant entre les nuages couvre les troncs des hêtres d'étain poli ; suspendue au bout d'une mince ramille, une feuille toute seule, couleur bronze, palpite au vent comme un minuscule pavillon. Au bord du sentier pousse un jeune bouleau dont le tronc d'un brun pâle presque rosé est recouvert d'un papier qui pâlit et blanchit au fur et à mesure qu'il s'éloigne de la terre pour plonger dans le ciel. Le sommet de la montagne est toujours en pleine lumière que la base est déjà noyée d'ombres.

Elle souffle devant elle des nuages de buée ; l'haleine qui s'échappe des truffes et des gueules ouvertes enveloppe les chiens d'une sorte de fin brouillard. Le froid est mordant. Le sentier est presque vierge encore, la neige trouée d'une seule piste, traces indistinctes mais régulièrement espacées, petits cratères dont les bords poudreux se sont écroulés, à moitié refermés sur eux-mêmes. Elle tente d'abord, sans s'en rendre compte, d'y mettre les pieds, mais le rythme de sa marche en est brisé : la distance entre les empreintes est trop grande. Paresseux et joueurs, Vladimir, Estragon et les autres attendent qu'elle leur ouvre la voie, heureux de creuser dans la neige folle d'où ils tirent parfois un bout de branche qu'ils se disputent avec des aboiements aigus et des grognements faussement menaçants. Damoclès ferme la marche, comme s'il s'était donné pour mission de les garder tous, appelant d'un jappement bref les retardataires. Les longues ombres du matin sont bleutées sur la surface blanche. Les écureuils ne se montrent pas, blottis dans leurs nids juchés dans les branches les plus hautes, qui ont l'air, au sommet de ces mâts noueux, de paniers de vigie. À la moitié de son ascension, les silhouettes des aulnes commencent à se découper sur la neige, tels les barreaux de plus en plus espacés d'une échelle qui mène du sombre jusqu'au clair.

Dénudés, les arbres apparaissent plus nettement comme ce qu'ils sont : le miroir et le reflet infini d'eux-mêmes, le plus petit branchage, le moindre rameau reprenant en miniature la forme fuselée du tronc, les branches se dressant vers le ciel dans le même mouvement et la même conformation que les racines plongeant dans le sol, comme mues par un élan semblable qui animerait chaque partie, copie fidèle du tout, celui-ci présent à l'état de possibilité dans celles-là, le pommier portant la pomme et la pomme dans le secret de son cœur le pommier.

Elle se demande un instant à quoi ressemblerait un univers où les êtres humains seraient ainsi faits que chacun de leurs gestes, chacune de leurs paroles, les contiendraient et les révéleraient tout entiers, puis réfléchit que rien ne prouve que ce ne soit pas le cas.

Un peu essoufflée, elle continue son ascension en creusant à côté de la première piste une deuxième série de pas dont le contour se brouille dès qu'elle lève le pied, comme un trou dans le sable se comble aussitôt formé. Alors qu'elle est arrivée à mi-chemin, à la clairière dont on ne voit plus que quelques tiges brunes, sèches et durcies qui pointent hors de la neige, elle s'avise distraitement que, s'il n'y a qu'une seule série de pas, c'est que quelqu'un est monté qui n'est pas redescendu.

~

Il verglace toute la soirée et toute la nuit ; au matin les arbres sont recouverts d'une fine pellicule brillante. Les tiges et les troncs les plus minces qui bordent le sentier s'incurvent doucement pour former une tonnelle où elle doit parfois courber la tête pour avancer. Les branches qu'elle écarte sur son passage, alourdies et assouplies par la glace, tintent comme des verres qu'on entrechoque. Un soleil blanc brille dans le ciel parfaitement bleu et ses rayons allument des étincelles sur la forêt de cristal fragile et dure, comme si quelqu'un s'était donné la peine de décorer jusqu'au dernier des sauvageons d'ornements scintillants. Au bord du sentier, sous une lisse couche de neige glacée, sont échoués de gros morceaux d'écorce qui ressemblent à du bois d'épave déposé sur la grève après une tempête. Quelques arbustes portent encore les fruits rouges de l'automne, maintenant prisonniers d'une coquille transparente. Ils ont l'air ainsi préservés pour l'éternité dans un ambre qui serait fait d'eau. En arrivant au sommet de la montagne, elle découvre, endiamanté, le hêtre dont chacune des branches est semblable à une guirlande d'argent et de verre.

Elle s'arrête un instant pour contempler le paysage qui s'offre à elle — toits plats couverts de neige, voitures fumantes pas plus grosses que des jouets, le clocher vert-de-gris de l'église Saint-Germain, les arbres étincelants dans le soleil, quelques minuscules piétons qui se hâtent. Mais sur la grosse pierre plate, sous le hêtre au pied duquel elle a l'habitude de s'asseoir quelques instants avant de poursuivre par le sentier rocailleux menant à l'université, se dresse ce jour-là un inukshuk, fermement planté sur ses deux courtes jambes bien écartées, son long bras unique parallèle au sol, sa petite tête carrée posée sur un cou solide. Il est d'un gris plus pâle que la pierre sur laquelle il est posé, constitué de roches ayant chacune une teinte un peu différente de celle de ses voisines. Elle l'embrasse du regard avant de siffler pour rameuter les chiens qui se pourchassent, truffe au sol, pattes enneigées.

Le lendemain, il flotte dans l'air une très fine poussière de neige qui brille au soleil d'un éclat d'argent et danse au gré de minuscules courants invisibles, comme ces bancs de poissons qui par milliers bougent à l'unisson, montrant tous en même temps leur œil noir ou l'éclair de leur ventre. Au bord de la clairière sont fichés des poteaux de métal de différentes tailles et hauteurs, et quelqu'un a laissé sur le sol une section de clôture à mailles losangées.

Au sommet, l'inukshuk de la veille a disparu, c'est un nouvel homme de pierres qui se dresse au pied de l'arbre, comme s'il y avait poussé pendant la nuit. Celui-ci est constitué de la même douzaine de cailloux, agencés cette fois de manière à créer une silhouette qui lui paraît aussi distincte de la précédente que peuvent l'être deux étrangers qu'on croise dans la rue. Elle se demande quand même un instant si ses yeux ne lui jouent pas des tours et si elle n'a pas simplement mal observé la petite sculpture la veille, ou mal retenu ses formes. Le lendemain, ses doutes se dissipent : un troisième inukshuk, plus élancé, curieusement presque aérien celui-là, est posé dans l'ombre des branches du hêtre comme s'il s'y était arrêté pour se reposer.

Dès lors, en montant le sentier sinueux menant au sommet parmi les chiens qui aboient, elle se demande quel nouveau petit personnage l'attend au terme de son ascension. Chaque jour elle le découvre, différent et pourtant toujours fait des mêmes pierres, avec l'impression de retrouver un ami depuis longtemps perdu dont elle reconnaîtrait les traits sous une série de masques.

Malgré elle, elle regarde maintenant avec une certaine curiosité ceux qu'elle croise en montant ou en redescendant, essayant de les imaginer agenouillés au pied du hêtre en train d'assembler les pierres comme les pièces d'un casse-tête. Les mêmes visages souvent reviennent : une comédienne qu'elle reconnaît pour l'avoir vue sur des publicités mais dont elle n'arrive pas à se rappeler le nom, et qui marche, toujours seule, en répétant à voix basse, avec différentes intonations, les textes qu'elle apprend ; trois ou quatre joggeurs vêtus de combinaisons noires et chaussés d'énormes bottes de randonnée qui leur font des pieds d'astronautes ; un homme d'une quarantaine d'années, caparaçonné, le corps entier recouvert d'une sorte d'armure de plastique ou de caoutchouc, la tête prise dans un casque qui l'enveloppe jusqu'au menton comme les heaumes du Moyen Âge, à cheval sur un vélo de montagne, traînant derrière lui un minuscule bichon blanc comme neige ; une vieille dame qui marche en s'appuyant sur un long bâton noueux, qui la salue chaque fois d'un sourire et qui salue aussi les chiens un à un ; d'autres encore, qu'elle ne voit que de loin en loin, de jeunes adultes, sac au dos, qui doivent se rendre à l'université ; des promeneurs en raquettes munis de bâtons de ski et parfois de walkies-talkies, portant des sacs manifestement remplis de barres nutritives, de bouteilles d'eau, voire de fusées de détresse ; des férus d'ornithologie traînant de lourds appareils photo et des objectifs qui ressemblent à des longues-vues. Veut-elle reconnaître un homme, une femme, elle l'ignore, et choisit bientôt de ne pas chercher à le savoir, satisfaite de découvrir chaque matin à l'ombre du hêtre une silhouette à la fois nouvelle et familière.

La plupart du temps, elle est seule sur la montagne avec les chiens, quelques rares oiseaux, les arbres immuables et le soleil capricieux d'hiver, comme en un royaume caché de la ville et qui n'appartiendrait qu'à elle. Sur le lavis du ciel, les branches noires semblent tracées à l'encre de Chine. Des voiles de neige les dissimulent un instant avant de les révéler à nouveau, nues, pétrifiées par le froid. Vu du sommet, l'ensemble de constructions bétonnées du Sanctuaire du Mont-Royal fait une balafre beige et boursouflée écrasant de sa masse les maisons qui l'entourent, gigantesque créature de ciment serpentant entre les arbres, dont les courbes rappellent la silhouette de quelque monstre marin qui hante les légendes des matelots.

Tandis que Vladimir, Estragon et Lili se pourchassent au milieu des buissons rabougris, soulevant des panaches de neige, et que les autres attendent sagement qu'elle donne le signal de la descente, pour la première fois elle se penche vers l'inukshuk, soulève sa petite tête, oblongue ce jour-là, son large cou, la pierre plate qui figure ses deux bras et une partie de son torse, ses jambes et jusqu'à son gros pied unique, et à l'aide des mêmes pierres disposées autrement à son tour elle érige une statue miniature à la large jupe, à la taille fine et au cou allongé.

Le lendemain, elle retrouve un petit homme de pierres à l'ombre du hêtre, mais près de lui se dresse un monticule de nouveaux cailloux, comme une invitation. Empilant machinalement les pierres, selon leur taille et leur pente naturelle, elle songe à ces silhouettes longilignes de Giacometti vues dans un livre et qui dégagent, en même temps qu'une fragilité presque frémissante, une force étrange, quasi magnétique, indissociable de leur apparente délicatesse dont elle est peut-être le produit.

Elle veut un instant assembler l'une de ces silhouettes graciles qu'on dirait juchées sur de longues pattes d'échassier, mais doit rapidement abandonner : les pierres ne sont pas faites pour épouser leur mouvement interrompu, et la frêle construction s'effondre avant d'avoir été complétée. Elle songe à faire plutôt un homme en bois, à l'aide de quelques-unes des branches cassées qui jonchent le sol et qui, elles, ressemblent aux membres décharnés qu'elle cherche à reproduire. Mais, regardant une dernière fois le petit monticule de cailloux, il lui vient une idée. Elle en choisit quatre de taille à peu près égale qu'elle dispose, deux par deux, appuyés l'un contre l'autre comme on incline face à face deux cartes à jouer pour commencer un château. Sur ces paires de pattes, elle place une longue pierre plate puis, au bout de celle-ci, en ajuste une dernière dont l'extrémité un peu pointue rappelle un museau de chien.

Cette innovation semble interprétée comme une invitation au jeu car, les jours suivants, elle trouve au pied du hêtre une lourde tortue à la carapace arrondie, un navire à trois cheminées dont la seconde est légèrement bancale, un animal à long cou qui pourrait

être une grosse girafe ou un mince dino-
saure, et, un matin, une petite silhouette en
pierres dotée d'une paire d'ailes un peu dif-
formes qui paraît la gardienne de tout ce qui
l'a précédée.

~

À la droite du sentier qu'elle arpente chaque
jour, elle découvre trois nouveaux poteaux
métalliques, à égale distance les uns des
autres, entre lesquels on a commencé de
dérouler la clôture en fer. Intrigués, Vladimir
et Estragon plongent la truffe dans les mailles
et tentent de voir au travers avec le regard
stupéfait des animaux de zoo. Non loin, sur
une pancarte blanche fraîchement plantée,
on peut lire en lettres noires :

> Le boisé Saint-Jean-Baptiste est la propriété
> du Cimetière Mont-Royal. Il est strictement
> interdit d'y faire des feux, d'y pratiquer le
> vélo de montagne et d'y marcher en de-
> hors des sentiers. Les chiens doivent être
> tenus en laisse en tout temps. Des travaux
> d'aménagement raccorderont le boisé au
> reste du réseau des sentiers du mont Royal
> dès 2011.

Au bas du texte, un feu et un vélo chacun
dans son cercle rouge barré d'un trait de
même couleur et, à côté, entourés d'un cercle vert cette fois, un chien et son maître
reliés en toute légitimité par une ligne noire
censée symboliser l'accessoire réglementaire.
Elle s'imagine un instant tenant les laisses
des six chiens gambadant autour d'elle et
voit un mât de mai, des paysans et des

pastourelles endimanchés sautillant joyeuse-
ment autour du poteau, chacun porteur d'un
bout d'un long ruban qu'ils y enroulent pour
créer une natte multicolore.

Damoclès cependant s'arrête lui aussi devant l'affiche, qu'il hume avec précaution,
l'air suspicieux. Après en avoir fait le tour
d'un pas lent, il lève la patte et entreprend
d'en inonder la base d'un jet puissant et
doré. Elle le laisse finir avant de l'appeler
doucement et de lui offrir un biscuit qu'il
avale d'un coup, imperturbable.

« Il neige à pierre fendre, il neige à tue-tête,
il neige à tire-larigot, à brûle-pourpoint et à
bouche que veux-tu », récite-t-elle en grim-
pant le sentier sous les flocons duveteux qui
font des manteaux blancs aux chiens.

Vladimir et Estragon ont des mitaines
identiques, rouge feu, et ils lèvent bien haut
les pieds à chaque pas, comme des chevaux
de cirque. Paillasson le basset, pareillement
chaussé mais de bleu, est si bas sur pattes
que la neige le recouvre jusqu'à mi-poitrail,
et il avance tel un sous-marin, sortant de
temps à autre sa truffe noire pour respirer.
Pour racler le maximum de neige folle, Damoclès se déplace la truffe au ras du sol,
gueule grande ouverte, comme une baleine
happant le plancton.

Alors qu'elle est rendue près du sommet
qui demeure invisible dans l'écran de neige,
un grand oiseau aux ailes blanches ocellées
d'un beige très pâle passe dans un froisse-

ment de velours au-dessus de sa tête. Il vole bas, à longs battements réguliers, les ailes presque aussi larges que le chemin. Elle lève les yeux pour apercevoir son ventre clair et tente de le suivre du regard à travers les flocons grands comme des peaux de lièvre qui remplissent le ciel, mais il disparaît bientôt, forme blanche qui se dissout dans le blanc de la forêt environnante. Elle cherche longuement sa silhouette au haut des arbres, scrutant les branches les plus élevées et celles d'où l'on a la meilleure vue. Elle l'aperçoit enfin un peu plus loin, posé, immobile, sur une stèle du cimetière vers laquelle elle se dirige à pas prudents. Les chiens la suivent en silence, comme s'ils avaient compris que l'oiseau risquait d'avoir peur et de fuir. Quand elle rejoint enfin la pierre où elle croyait l'avoir découvert, elle voit qu'il s'agit de la statue délicatement sculptée d'un ange de granit aux ailes repliées, le visage tourné vers le sol et couvert d'une mince couche de neige, fine comme un duvet, semblable à un voile qui, épousant ses traits, les révèle plus qu'il ne les dissimule.

Des paquets de blanc se détachent de la cime des arbres et viennent s'écraser au sol dans un bruit d'oreiller. Les épines des prunelliers sont molletonnées d'une ouate qui en masque les pointes. Tendant la main pour en effleurer une, elle se fait au pouce une estafilade qu'elle ne remarque que plus tard, en baissant les yeux, étonnée de découvrir sur la laine blanche de sa mitaine une délicate fleur de sang.

Elle laisse au sommet de la montagne une petite bonne femme de pierres éclopée, à qui il manque un bras et qui se tient de guingois sur ses deux jambes inégales. Quand elle la retrouve le lendemain, elle est appuyée sur un nouvel inukshuk qui lui sert de béquille.

~

Quelques jours plus tard, près du sommet, elle aperçoit une silhouette encapuchonnée, de dos, occupée à fixer à la grille du cimetière un nouveau panonceau où l'on voit un chien barré d'un trait rouge.

« Alors, vous avez décidé d'interdire la forêt aux chiens ? » Elle ne peut s'empêcher de crier, indignée. « Qu'est-ce que vous vous proposez de faire ensuite ? Traquer les renards qui oseraient mettre la patte sur votre précieux terrain ? Installer des pièges pour attraper les lièvres et les taupes qui abîment vos pelouses ? Est-ce que ça ne serait pas plus facile de simplement tout bétonner, une fois parti ? »

Les chiens qui ont perçu l'énervement dans son ton joignent leur voix à la sienne et la fin de la question se perd dans une cacophonie de hululements et de grommellements. La silhouette se retourne enfin. De son visage, on ne voit que les yeux, deux minces fentes bleues. Elle ne saurait dire pourquoi, mais elle jurerait qu'il est beaucoup plus jeune qu'elle ne l'aurait cru.

«C'est à moi que tu parles? demande-t-il à travers le foulard qui lui couvre le nez et la bouche. Tu me crois plusieurs?

— À toi et à tous ceux de ton espèce.»

Puis, incapable de résister:

«Au cas où on ne te l'aurait pas appris à l'école, la deuxième personne du pluriel est employée pour marquer le respect quand on s'adresse à un étranger, ou bien pour instaurer une distance.

— Alors pourquoi tu me tutoies, maintenant?

— Je ne... Là n'est pas la question. Ces pancartes qui annoncent l'aménagement d'un "chemin d'interprétation de la montagne", ces interdictions, ce balisage, tout ça est ridicule. Vous vous proposez de construire ici un tout petit Disney World du trekking? Vous installerez un tourniquet à l'entrée et imposerez le port du casque à quiconque est prêt, à ses risques et périls, à s'aventurer dans les bois d'où vous aurez chassé au préalable tout ce qui peut se trouver de vivant?»

Il la regarde sans ciller. Puis, ne la quittant toujours pas des yeux, il observe:

«Je pense que tes chiens ont froid.»

Elle baisse le regard pour découvrir Damoclès et Paillasson, misérables, sur trois pattes, la quatrième levée en l'air dans un geste de muet reproche. Elle les rappelle d'un sifflement et s'apprête à repartir quand il fait remarquer, sur le même ton de constatation:

« Tu as recommencé à me vouvoyer. C'est par respect ou tu veux marquer une distance ? »

Elle hausse les épaules et s'en va sans se retourner. Il crie, enfilant rapidement les paroles pour être certain qu'elle entendra :

« Le mois passé, un chien s'est enfui de chez lui et s'est retrouvé ici en pleine nuit. Il est tombé dans l'une des fosses qui ont été creusées à l'automne, s'est cassé une patte et n'a pas réussi à en sortir. On l'a retrouvé deux jours plus tard, complètement gelé. »

Elle s'est arrêtée pour l'écouter ; maintenant, elle fait volte-face, hors d'elle :

« Tu me prends pour une débile avec tes histoires de chiens perdus ! Tu crois que les toutous vont voir ta pancarte et rebrousser chemin ? N'importe quoi !

— Non, mais si leurs propriétaires cessent de les emmener ici pour les laisser gambader, ils ne chercheront peut-être pas à revenir tout seuls au beau milieu de la nuit… Tu ne penses pas ? »

Inexplicablement, elle ne sait pas quoi répondre, et repart d'un pas digne, la meute sur ses talons.

Que fait-elle quand elle n'est pas en train d'arpenter la montagne? Essaie de lire. Dessine, de mémoire ou d'après nature, ses arbres et ses chiens, en quelques coups de crayon rapides et jamais tout à fait satisfaisants. Se force à avaler un fruit. Fait de courtes siestes dont elle s'éveille avec sa fatigue et son angoisse inentamées. Se jure, une fois par mois environ, de mettre de l'ordre et dans sa maison et dans son existence. Commence par vouloir classer les livres de sa bibliothèque en ordre alphabétique. S'arrête invariablement à B, épuisée. Passe des nuits entières à regarder sans les voir de vieux films en noir et blanc ou bien des infopublicités vantant les mérites d'un exerciseur ou d'une rôtissoire — une fois même, sous le coup d'une curieuse impulsion, commanda par téléphone l'objet en question, qu'elle mit à la poubelle sans le déballer quand il arriva deux semaines plus tard —, passe des heures en silence à regarder des photos colorées, chasse les images qui depuis des mois la taraudent tel un essaim de mouches, entend malgré elle cette musique, toujours la même, en boucle, qui s'arrête d'un coup sec, écoute dans l'obscurité les battements irréguliers de son cœur, comme les ailes d'un oiseau éperdu, pose sa tête contre le flanc chaud de Damoclès.

Il lui semble qu'elle étouffe, prise de vertige, entre les murs de briques de la maison percée de trop rares fenêtres, et qu'elle ne recommence à respirer qu'une fois dehors, sous le ciel d'émail, sur la montagne de glace, entourée des chiens, se hâtant vers un petit homme en pierres.

Elle n'avait jamais vécu avec un chien avant Damoclès. Enfant, elle avait brièvement eu deux souris, disparues dans des circonstances mystérieuses, dont on avait retrouvé un matin la cage ouverte et vide, et une série de poissons rouges tous baptisés Bubulle, qui avaient pour fâcheuse manie de sauter hors de leur bocal, traçant des arcs gracieux et sans merci qui les menaient directement sur la moquette. Mais de chat ou de chien, qui faisaient des saletés partout en plus d'exiger des soins constants, répétait sa mère — laquelle, pour faire bonne mesure, se disait allergique aux poils, pelages et lainages de toutes sortes (hormis la douce laine de cachemire, qui étrangement ne déclenchait pas chez elle les terribles éternuements que provoquait ne serait-ce que la vue d'un caniche) —, il n'en était jamais entré dans la maison, et jamais il ne lui serait venu à l'esprit que cela pût lui manquer.

Elle l'avait aperçu pour la première fois dans la rue menant à la SPCA, au bout d'une laisse que tenait un jeune homme à l'air excédé. Tête renversée en arrière, campé sur ses longues pattes, le chien refusait d'avancer, se rasseyait, gémissait, avant de se relever pour faire trois pas et de reprendre son manège. L'homme s'efforçait en vain de l'amadouer en brandissant devant lui un biscuit, le chien se raidissait, tentait à nouveau de s'asseoir en soufflant bruyamment. Mufle rose, prunelles de velours, il ressemblait à un jeune veau.

Quand elle était passée près de lui, la bête avait levé légèrement la truffe et l'avait dévisagée de ses yeux marron où se lisait une tristesse sans nom. Elle s'était arrêtée, avait flatté doucement la tête noir et blanc qui lui arrivait presque à la hauteur des hanches. L'animal s'était détendu, avait accepté de faire quelques pas à ses côtés puis s'était cabré de nouveau quand elle l'avait dépassé. L'homme cependant s'impatientait, tirait de plus en plus brusquement sur la laisse qui se tendait, énervant le chien sans pour autant le convaincre d'avancer. Il avait grommelé quelque chose entre ses dents, avait donné quelques coups de pied par terre et fini par attacher la laisse autour d'un panneau d'arrêt avant de s'en aller sans se retourner. Incrédule, elle l'avait regardé monter dans sa voiture et démarrer sur les chapeaux de roues.

Le chien avait cessé de tirer sur la laisse et s'était couché, pattes de derrière dépliées de chaque côté de ses flancs, pattes de devant étendues, tel le sphinx, il avait posé le menton sur le sol et suivi des yeux l'auto jusqu'à ce qu'elle ait disparu, puis il avait fermé les paupières en poussant un long gémissement. Pendant un instant, elle l'avait cru mort. Elle s'était approchée, accroupie, il avait levé lentement le cou et appuyé sa tête formidable sur son coude. Elle s'était assise à ses côtés.

« Comment tu t'appelles ? » avait-elle demandé.

Le chien n'avait pas répondu, mais tourné les yeux vers elle comme si c'était lui qui attendait une réponse.

« Marmaduke ? Scoubidou ? »

Pas de réaction.

« Muguette ? »

Haussement de sourcils.

« Fido ? Médor ? Zeus ? »

Une oreille s'était dressée à demi.

« Elvis ? Victor Hugo ? Catastrophe ? Dumbo ? »

L'animal avait penché la tête de côté et émis quelque chose qui pouvait passer pour un barrissement.

« Dumbo, vraiment ? Je te propose Victor Hugo et tu choisis l'éléphant ? »

Doucement, elle avait dénoué la laisse et s'était levée en espérant que le chien l'imiterait. Il n'en avait rien fait, restant obstinément couché, la tête tournée dans la direction où la voiture avait disparu plusieurs minutes plus tôt, comme l'aiguille d'un compas qui refuserait de changer de cap. Résignée, elle s'était rassise près de lui, avait posé la tête sur son épaule et attendu.

De la bâtisse en briques étaient sortis une mère et son jeune fils, celui-là tenant à la main une laisse toute neuve à laquelle était attaché un petit chien blanc échevelé qui avançait par bonds. L'enfant et le chien poussaient tous deux des cris aigus tandis que la mère jetait un regard en arrière, comme si elle se demandait s'il était trop tard pour changer d'idée. Un couple s'en était allé, portant dans une boîte en carton percée de trous un chat miaulant furieusement.

On amenait des chiens, des chatons, des hamsters, des lapins, et jusqu'à un pigeon à l'aile cassée, que transportait avec précaution un policier ganté de blanc. Certaines personnes pleuraient en entrant et se séchaient les yeux en réapparaissant, s'éloignaient d'un pas plus léger. D'autres étaient stoïques en poussant la porte mais émergeaient effondrées. La plupart paraissaient simplement indifférentes. Les animaux, quant à eux, semblaient savoir où on les emmenait et, à quelques pas de l'entrée, les chats se hérissaient, queue dressée, crachaient et tentaient de s'enfuir tandis que les chiens continuaient d'avancer mais la tête basse, l'air suppliant.

Ils avaient passé la matinée et une partie de l'après-midi assis dans l'herbe au pied du panneau. À un moment, elle était allée acheter une bouteille d'eau, se pressant malgré elle, de crainte de découvrir à son retour que le chien avait disparu. Mais il était toujours là, démesuré, silencieux, immobile et, lorsqu'elle lui avait présenté le goulot, il avait aspiré le contenu entier de la bouteille en deux lapées avant de la remercier d'un coup de langue. Le soir approchait quand enfin le chien s'était levé et, au prix d'un effort qui semblait immense, avait détourné la tête de l'endroit où il avait vu pour la dernière fois l'auto dans laquelle il était arrivé. Elle s'était mise à marcher et il l'avait suivie sans difficulté, ajustant poliment ses longues enjambées à son pas.

Puis, imprudente, elle avait dit: «On s'en va à la maison.»

Le chien avait semblé quitter terre et l'avait entraînée dans un vol plané au terme duquel elle avait réussi à se rétablir grâce à des années de pratique du trapèze. Il galopait maintenant, ses oreilles molles battant l'air, et même en tirant de toutes ses forces sur la laisse, elle n'arrivait pas à ralentir son allure.

«Dumbo, je te rebaptise Damoclès», avait-elle annoncé en riant, courant à ses côtés.

«Et il faudra que je trouve un moyen de te ralentir», avait-elle ajouté presque tout de suite.

Ce matin la forêt couine, grince et craque dans le vent tel un bateau dans la tempête. Il flotte au-dessus du bois, venu de partout à la fois, comme s'il s'agissait du souffle des mille arbres qui se balancent, raides, dans la bourrasque, un chuintement semblable à celui qu'on entend en pressant contre son oreille un coquillage qui a gardé le souvenir de la mer.

Le soleil est un disque pâle dont la lumière peine à trouer le voile blanc du ciel. Aussitôt midi sonné au clocher de l'église Saint-Germain, les ombres s'allongent sur la montagne. Troncs et branches tracent sur le sol un enchevêtrement de lignes bleutées, la lumière tombe oblique et l'on sent déjà le soir qui approche. Sur un tronc frappé par la foudre quelques mois plus tôt et couché près du sentier, un grand pic tape durement du bec. Curieux, il tourne sa tête d'automate en entendant arriver les chiens, mais ne se dérange pas pour si peu et se contente de déplier sa huppe rouge, en signe d'avertissement, peut-être. Son long cou et sa silhouette étrangement désarticulée lui rappellent les dessins d'Audubon, ces volatiles abattus puis suspendus à des fils de fer dans des positions grotesques, comme si le peintre, n'ayant pu se résoudre à choisir, avait voulu révéler d'un coup les particularismes qu'ils offraient de face, de profil, de dos. L'oiseau continue de frapper le fût dont il ne semble pas tirer le moindre vermisseau. Sans trop y croire, elle attend que les chiens soient occupés ailleurs — Paillasson s'est mis en tête de creuser un trou dans lequel il disparaît presque entièrement et les autres observent, intrigués, la neige qui jaillit entre ses pattes — pour lancer quelques miettes de biscuit au pic qui se retourne lentement et la dévisage d'un œil plein de dédain avant de courber le cou pour les happer.

La neige a la texture du gros sel et roule sous le pied en milliers de billes transparentes. Le dégel et la fonte révèlent en couches successives les feuilles, brindilles, graines, fruits ratatinés, bouts d'écorces, gravillons, cocottes, samares, glands, brins d'herbe qu'elle découvre dans l'ordre inverse de celui où ils ont été ensevelis, minuscule archéologie saisonnière dont les strates correspondent aux tempêtes et aux chutes de pluie verglaçante. Les chiens retrouvent avec bonheur des bouts de bois disparus des mois plus tôt et qui, apparemment, n'ont rien perdu de leur attrait. De temps en temps, la neige meuble cède sous le poids de Damoclès, qui s'extirpe avec difficulté, une longue patte après l'autre, de la surface glacée sur laquelle il se souvient pourtant d'avoir marché tout l'hiver. Il y a au bout des branches des érables de légers renflements qui ne sont pas encore des bourgeons, et qui rappellent des écailles, formes ovales semblables à des olives couleur arbre.

Sur le versant le plus exposé au soleil, la neige a déjà fondu dans les sous-bois et les dernières plaques durcies forment d'éphémères continents séparés par des mers qu'on franchit d'un pas. Il ne subsiste plus que la longue langue blanche du sentier serpentant entre les arbres tel un glacier qui chaque jour rétrécit et recule davantage, laissant ici aussi dans son sillage une moraine de petites épaves traînées puis abandonnées par le gel, posées bien à plat dans la neige comme sur les pages blanches d'un herbier.

Ce jour de presque printemps, sur la roche plate à l'ombre du hêtre, elle découvre, au lieu du petit homme de pierres, un garçon de chair et d'os, les cheveux blonds en bataille, une grosse veste à carreaux ouverte sur un t-shirt sale, un jean informe et aux pieds des bottines de travail, plongé dans un livre épais. Elle en conçoit d'abord de l'impatience et une certaine déception; elle se rend compte que depuis le matin elle songe à la statue qu'elle laissera au sommet de la montagne au terme de son escalade, et elle en veut à cet intrus de l'empêcher de mener à bien cette minuscule activité quotidienne qui lui est devenue nécessaire. Elle s'attarde un peu, espérant qu'il s'en ira en lui laissant le champ libre, fait mine de rajuster un collier, d'inspecter une patte qui n'en a nul besoin, de chercher des chardons inexistants dans le long pelage de Lili. Sur la plus haute branche du plus haut érable, deux corneilles mènent un dialogue compliqué où les clics et les roucoulements répondent aux claquements et aux grincements de syrinx, noires commères qui se chauffent le plumage au soleil.

En entendant s'approcher les chiens, il n'a pas levé les yeux du livre dans lequel il est absorbé et ne semble pas davantage les remarquer qui tournent autour de lui, truffe en l'air, à une distance respectueuse. Après quelques longues minutes, il finit par se lever en refermant le volume, un vieil ouvrage de bibliothèque à la couverture bleue sur laquelle on lit en lettres dorées *The Last Days of St. Pierre: The Volcanic Disaster That Claimed Thirty Thousand Lives*. Puis, se retournant d'un geste presque distrait, il se penche pour balayer de la main l'inukshuk à côté duquel il était assis et compose en quelques secondes une nouvelle statue de pierres, qu'il contemple un instant après s'être redressé. À ce moment seulement, elle voit le bleu de ses yeux.

Elle tourne aussitôt les talons pour redescendre, sans même donner aux chiens le temps de souffler, comme si on l'avait surprise en train de commettre quelque méfait.

Elle entend les deux femmes avant de les voir, car elles parlent haut et fort, et à leur approche les oiseaux se taisent, surpris, et même les écureuils interrompent un instant leur besogne d'écureuils pour tendre le cou et tenter de voir qui va là. Ce sont deux amies à l'âge incertain, mais qui manifestement n'ont plus les trente ans dont elles s'efforcent d'afficher les signes extérieurs. Chaussées de souliers de sport coûteux, sanglées dans des survêtements ajustés qui moulent leurs poitrines rondes et dures, elles avancent d'un pas lent mais excessivement décidé, comme si elles voulaient mimer la marche plutôt que la pratiquer. Toutes à leur conversation, elles n'oublient pas pour autant de lever haut les poings à chaque enjambée, ainsi que le leur a sans doute enseigné leur entraîneur personnel. Maquillées, abondamment bijoutées, tintinnabulant comme le chariot du père Noël ; on pourrait croire de prime abord avoir affaire à deux sœurs, voire deux jumelles. Mais en les observant un peu plus attentivement, force est de constater qu'elles n'affichent ni la même carrure, ni la même silhouette, ni les mêmes traits, et qu'elles n'ont en commun que la couleur de leurs cheveux — un blond rose tirant sur le roux dont il n'existe aucun exemple dans la nature mais qui trône bien en évidence sur les palettes des coloristes — et un même nez, petit, parfaitement droit, dans leurs visages fardés à la peau tendue. À l'évidence, ces deux-là partagent les mêmes fournisseurs.

À la vue de Damoclès, elles s'extasient avec des piaillements de fillettes mais s'arrêtent tout de même prudemment.

« Oh, what is it ? demande la plus grande d'une voix nasale, comme si elle croyait se trouver en présence d'un dromadaire ou d'un dragon.

— Oh, I know what that is ! s'exclame l'autre d'une voix plus aiguë mais qui rappelle aussi le coin-coin du canard. It's a great danish, isn't it ? »

Elle répond poliment :

« Yes, madam. He's what we call in French a dacquoise. »

Et elle s'éloigne en sifflotant.

Il y a deux semaines qu'elle le découvre chaque jour au sommet, parfois parmi les pierres tombales où il s'affaire à quelque tâche invisible, mais le plus souvent au pied de l'arbre en bourgeons où il s'installe pour lire, et elle s'est à ce point accoutumée à l'y trouver qu'elle sent ce jour-là son absence avant de la constater, comme on sait en poussant la porte que la maison où l'on s'apprête à entrer est vide.

Elle s'assoit sur la pierre d'où elle voit la montagne et le paysage en contrebas par ses yeux à lui. Puis une silhouette apparaît derrière le hangar, qu'elle reconnaît sans avoir besoin de tourner la tête. Elle regarde, au pied de la pente, le ballet des étudiants qui se hâtent vers le pavillon de musique, personnages miniatures dont certains portent des étuis noirs aussi grands qu'eux.

Il s'assoit à ses côtés, gratte derrière les oreilles Damoclès qui s'est approché au trot. Sort d'un sac à dos un thermos de thé, verse un peu de liquide brûlant dans un gobelet d'étain qu'il lui tend sans la regarder ni dire un mot, se sert pareillement. La boisson chaude a un très léger arôme de fleur et de fumée. Le soleil qui ne filtrait faiblement qu'à travers un voile de nuages blancs depuis des jours ose un rayon, puis un autre, dorant le paysage de l'éclat du lointain été qui s'annonce.

Une fois le thé bu, elle pose le gobelet sur la pierre et se prépare à s'en aller. «Merci», dit-elle, et il lève le visage vers elle, clignant de l'œil à cause de la lumière. Elle s'éloigne en sifflant pour appeler les chiens, et il les suit longuement du regard avant d'ouvrir son livre et de retourner aux mondes souterrains de Pompéi et d'Herculanum.

Au dix-huitième siècle, lors des premières fouilles suivant la redécouverte fortuite des villes enfouies, les hommes travaillaient sous terre comme des taupes, avançant péniblement dans un réseau de tunnels et de galeries qu'ils creusaient au fur et à mesure. La plupart des boyaux reliant un site d'excavation (boulangerie, thermes, chambre ou atrium d'une villa) à un autre (restaurant, moulin) n'étaient pas suffisamment larges pour qu'on s'y déplace debout, ni même à quatre pattes, aussi les ouvriers rampaient-ils tels des vers de terre aveugles entre les pièces et les bâtiments de ce qui, quelque deux mille ans plus tôt, avait été la ville de Pompéi. Quand ils atteignaient le mur extérieur d'une nouvelle construction, plutôt que de la longer en en dégageant les abords jusqu'à trouver une fenêtre, une porte ou une autre ouverture, ils se hâtaient d'abattre une partie de la cloison pour y pénétrer sur-le-champ. Une fois entrés, après avoir grossièrement déblayé la pièce, il leur arrivait de constater qu'ils avaient fatalement endommagé une fresque désormais irrécupérable. Qu'à cela ne tienne, on révélait mosaïques et peintures en nombre suffisant pour qu'ils puissent continuer de choisir, parmi celles qu'ils mettaient au jour, lesquelles étaient dignes d'être remontées à la surface. Des manières de grottes étaient sommairement aménagées où les ouvriers venaient présenter au contremaître des fragments de ce qu'ils avaient trouvé. Dans le cas où l'œuvre était jugée de qualité ou d'exécution inférieures, elle était le plus souvent réduite en morceaux sans plus de cérémonie. Les fresques par trop communes, ou celles dont on estimait posséder suffisamment d'exemples sans avoir besoin de s'encombrer d'en hisser de nouvelles à l'air libre, subissaient le même sort. Les divers objets extraits de la lave figée et de la poussière volcanique compactée jusqu'à être aussi dure que le roc — amphores, meubles, urnes, et jusqu'aux victuailles qu'il arrivait qu'on retrouve intactes sur la table où venait sans doute de les poser une maîtresse de maison ou un esclave morts dans les heures qui avaient suivi, tels ces quatre œufs miraculeux dont la mince coquille avait survécu au feu du géant et qui étaient quasi fossilisés — étaient pareillement soumis à un examen rapide. Les bijoux et les autres articles faits de métaux précieux étaient mis de côté pour être remontés à la fin de la journée, et tout ce qui relevait davantage de la curiosité que du trésor était rejeté sans délai. Quand il arrivait que les dépôts accumulés dans une pièce ou un bâtiment donnés ne puissent être entamés au pic ou à la pioche, on abandonnait la zone impraticable pour passer à une autre. Une fois l'inventaire dressé et les objets de valeur emportés, on remplissait à nouveau en vitesse les pièces des débris dont elles avaient été vidées de manière à pouvoir progresser sans avoir besoin de sortir du souterrain des tonnes de terre, de gravier et de lave noircie que l'on se contentait donc de déplacer d'une maison à l'autre au gré de la progression des équipes d'ouvriers, de sorte qu'il n'y avait jamais, hormis les couloirs servant à la circulation, que trois ou quatre maisons libres de décombres, comme si l'on avait résolu, telle Pénélope, de défaire à la nuit tombée l'ouvrage réalisé pendant la journée. Ainsi, des mois après qu'on eut commencé les travaux, Pompéi demeurait enfouie, et même doublement, une première fois par le volcan, une deuxième par les hommes.

On descendait dans les ruines par un puits semblable à l'embouchure d'une mine, mais qui, plutôt que de mener à des veines de métaux précieux ou à des gisements de minéraux rares, donnait sur une époque disparue, dont on remontait, intacts — presque vivants encore —, des vestiges vieux de vingt siècles comme les pêcheurs ramènent à la surface, le matin, leurs filets pleins de poissons brillants.

Les hommes travaillaient jour et nuit dans les galeries où la lumière et l'air étaient également rares. Il régnait dans la cité ensevelie par le feu un froid qui faisait claquer des dents ces ouvriers et ces paysans habitués au soleil napolitain. Après quelques heures, leurs yeux s'acclimataient à la pénombre que trouaient çà et là des lampes, mais ils continuaient de tousser longtemps après avoir regagné la surface. Se mouchant dans la manche de leur chemise, ils y découvraient une suie fine et noire qu'on aurait dite tout juste sortie de la bouche du volcan.

Des ruines de Pompéi et d'Herculanum on a ainsi exhumé presque tous les objets de la vie quotidienne, des assiettes aux bijoux en passant par les instruments du boulanger et ceux de la péripatéticienne. Tout ce qui manquait, mais cruellement, c'étaient les hommes, les femmes, les enfants qui habitaient ces murs, les marchands et les prêtresses, les voleurs et les pêcheurs, les magistrats et les esclaves.

Il y a cent cinquante ans à peine, Giuseppe Fiorelli a imaginé un moyen de les extraire eux aussi de la ville ensevelie, ainsi que leurs chiens, leurs chats et leurs poules, les rats qui hantaient leurs greniers et les carpes qui garnissaient leurs tables, tous fragiles chaînes de carbone soufflées par les gaz, momifiées dans la lave et tombées en poussière au cours des siècles.

Il s'agissait simplement de couler du plâtre dans les vides qui correspondaient en tout point à la forme de la créature fixée pour l'éternité dans son écrin de magma pétrifié. On obtenait ainsi des silhouettes chaque fois différentes, toutes uniques, copies creuses ayant exactement l'apparence extérieure d'un être vivant, formées autour de l'absence même de ce qui leur avait donné naissance.

Sur certains de ces moulages, on distingue encore les traits du visage, l'expression — horrifiée, sereine, indifférente, stupéfaite, résignée — qu'avaient il y a deux mille ans les habitants de Pompéi au moment de l'éruption du Vésuve. Ces personnages figés pour l'éternité dans l'abandon du sommeil ou l'urgence de la fuite semblent tous offrir un avertissement muet. Il en est qui lèvent les bras vers le ciel d'où vient la mort, tandis que d'autres se replient sur eux-mêmes en tentant de protéger ce qu'ils ont de plus précieux : leur enfant ou leur or. D'autres encore sont pétrifiés en une course désespérée et immobile, semblables à ces mimes et à ces pierrots enfarinés qu'on voit au coin des rues où ils gardent pendant des heures une même pose en attendant qu'on leur jette une pièce.

~

Il y a au moins un millier de volcans actifs sur terre (sans doute davantage sous la mer) ; à tout moment, une vingtaine sont en éruption.

Le volcan toujours en activité situé le plus au sud de la planète a pour nom mont Erebus. Il fut baptisé (comme son frère, maintenant éteint, le mont Terror) en l'honneur des deux navires de l'expédition commandée par sir James Ross qui, secondé par Francis Crozier, les découvrit en 1841 lors d'un long voyage d'exploration antarctique visant à reconnaître et à étudier le magnétisme terrestre. Chez les Grecs anciens, Érèbe, incarnation des ténèbres, était frère de la Nuit. De leur union naquirent Éther et Héméra (le Jour), qui à leur tour donnèrent naissance à Thalassa, la Mer.

Les monts Terror et Erebus se dressent tels des navires échoués sur l'île de Ross, dans la mer du même nom (toutes deux témoignant d'un certain manque d'imagination — à moins que ce ne soit d'un incorrigible narcissisme — de la part du capitaine). Francis Crozier ne connut point semblable honneur, mais, quelque cent ans plus tard, on donna son nom à un cratère lunaire voisin de la mer de la Fécondité, et qui pourrait avoir jadis abrité un volcan.

Il demeure que la plupart des cirques et des cratères qui grêlent la surface de la Lune ne sont pas le fait de volcans, mais ont été creusés par des astéroïdes qui se sont écrasés à la surface : par un feu venu de l'extérieur plutôt que de l'intérieur.

Il y a dans l'air une douceur qui n'y était pas la veille et qui laisse deviner que l'hiver touche à sa fin. Au-dessus des toits plane une brume bleutée donnant l'impression que le ciel s'est penché un instant sur la terre pour voir ce qui s'y passait.

Le sentier dont la neige fond le jour pour geler toutes les nuits brille au soleil comme une patinoire. Prudents, Vladimir et Estragon avancent en zigzaguant entre les arbres, là où la surface dure offre encore quelque prise. Damoclès s'étale de tout son long, pattes largement écartées, comme Bambi, une, puis deux fois, et se relève en poussant un gémissement indigné. Il en gardera pendant des mois la peur des surfaces luisantes et refusera obstinément de poser le pied sur un sol de marbre poli. Sur la glace flottent au matin, comme sur toutes les rivières, de minuscules brindilles, des bouts de feuilles sèches, des samares rousses qui semblent descendre le courant jusqu'en bas de la montagne.

Une fois le thé servi et la première gorgée bue, il désigne d'un mouvement du menton les chiens qui se pourchassent dans ce qui reste de neige fondante.

« Ils ne sont pas tous à toi ?

— Non. Un seul.

— Lequel ?

— Devine. »

Les deux labradors, l'un blond et l'autre chocolat, le premier la copie conforme du second, courent en rond en faisant jaillir, derrière leurs pattes courtaudes, des gerbes de neige humide. De temps en temps l'un pousse un aboiement aigu auquel l'autre répond sur le même ton. Un peu en retrait, un long basset est occupé à creuser un trou boueux dans lequel il disparaît presque entièrement et dont n'émergent brièvement qu'une patte griffue et une oreille à la volée.

Il hésite, continue son examen.

Un braque au pelage argenté renifle prudemment le tronc d'un arbre dont il fait le tour à pas délicats et mesurés. Il tressaille en entendant une brindille se rompre non loin sous le pas d'un écureuil, se retourne pour révéler deux yeux ronds dont la couleur métallique est la même exactement que celle du poil ras et soyeux de sa face.

« Juliette », présente-t-elle. « Et lui — geste du bras en direction du trou où frétille un pinceau blanc au bout d'une queue noire —, c'est Paillasson. Les deux, là, ce sont Vladimir et Estragon. Et voici Lili et Damoclès », finit-elle en montrant un bichon bouclé à la truffe noire, vêtu d'un manteau rouge d'où sortent ses petites pattes blanches, qui vient d'arracher un bâton de la gueule d'un énorme animal, lequel laisse échapper un soupir déchirant avant de se coucher et de se couvrir les yeux de sa patte immense comme s'il voulait signifier qu'il en a assez de cette vie cruelle.

« Lili ? » demande-t-il en regardant la forme allongée, les longues pattes ramenées près du corps en une posture peu naturelle telle qu'on en voit aux animaux empaillés par des taxidermistes trop pressés ou mauvais observateurs.

« Ça, c'est Damoclès », corrige-t-elle.

Entendant son nom, la bête lève les yeux et incline les sourcils en une expression d'extrême attention. Le bichon pendant ce temps ronge énergiquement son butin.

« Qu'est-ce que c'est?

— Un mélange de dogue allemand, de lévrier irlandais, de ridgeback de Rhodésie et de mâtin de Naples », répond-elle le plus naturellement du monde.

En l'observant plus attentivement, par zones, en quelque sorte, il reconnaît effectivement chez l'animal l'ossature puissante du dogue, la tête et la mâchoire massives du mâtin, la curieuse épine à rebrousse-poil qui donne son nom au ridgeback et une barbiche rêche qui doit être l'héritage de ses ancêtres irlandais. Mais il entre aussi du chameau dans ce chien, du dragon et sans doute de l'hippogriffe.

« Combien pèse-t-il? s'informe-t-il, décidant de commencer par le plus facile.

— Je ne sais pas. Quand il avait autour de huit mois, il a cassé la balance chez le vétérinaire. À l'époque, il faisait soixante-quinze kilos.

— Et quel âge a-t-il maintenant?

— Trois ans.

— Intéressant. »

~

Vladimir et Estragon sont deux labradors trapus et enjoués appartenant à un professeur d'université sans grand goût pour la marche et qui n'est que trop heureux que quelqu'un passe tous les jours chercher les chiens pour leur faire dépenser une partie de l'énergie qu'ils utiliseraient autrement à se pourchasser follement, leurs griffes cliquetant sur les planchers vernis de son cottage jumelé. À vrai dire, le professeur en question est aussi sans grand goût pour les animaux ; les deux labradors ont été achetés sur les instances d'une ancienne flamme, de vingt ans sa cadette, qui avait un temps menacé de vouloir un enfant, velléité qu'il avait habilement su détourner et combler tout à la fois en lui offrant deux adorables petites boules de poil, boucles au cou, dans un panier.

Comme elle se proposait de les baptiser Nougat et Nutella, il avait dû intervenir pour leur donner des noms qu'il ne rougirait pas de prononcer quand, par extraordinaire, il lui reviendrait de rameuter les bêtes. Car, tout le temps qu'avait duré le couple, Marie-Lune — c'était là aussi un nom ridicule, mais cette fois il n'avait rien pu y faire — avait été heureuse de prendre en charge les chiens, veillant à leurs moindres besoins, les promenant matin, midi et soir, les nourrissant des meilleures croquettes biologiques enrichies d'oméga-3 — « ces bêtes mangent mieux que nous », maugréait-il invariablement en acquittant les notes astronomiques de l'animalerie, paroles où elle voyait, avec raison, davantage une critique de ses piètres habiletés culinaires qu'une condamnation des sommes investies en alimentation animale —, les amenant scrupuleusement tous les ans chez le vétérinaire afin qu'ils y reçoivent vaccins, traitements préventifs contre les puces et le ver du cœur ainsi qu'une panoplie d'autres prophylaxies essentielles, les traînant en outre tous les deux mois au salon de toilettage d'où ils revenaient les griffes taillées et poncées, parfumés d'une eau de toilette dont elle lui avait expliqué le plus sérieusement du monde qu'elle avait été élaborée spécialement pour les chiens et avait pour nom *Oh my dog!*

Mais, surprise, lorsqu'elle lui avait annoncé qu'elle le quittait, ayant sans doute trouvé un homme qui ne grinçait pas des dents à la mention des mots *fonder une famille* — cette intuition fut confirmée quelques mois plus tard, quand il la croisa par hasard dans la rue, enceinte jusqu'aux yeux et parfaitement épanouie —, elle avait obstinément refusé de prendre les chiens avec elle. Ç'aurait été trop douloureux, avait-elle d'abord expliqué, que d'avoir toujours devant elle un souvenir, un témoin de leur relation ; puis, comme il paraissait peu convaincu, elle avait déclaré d'un ton sans appel que les chiens avaient besoin d'une maison et d'un jardin, qu'ils seraient malheureux comme les pierres dans un petit appartement au deuxième étage du Plateau-Mont-Royal et qu'elle ne pouvait se résoudre à leur imposer ce martyre. Devant ce double argument qui reposait à la fois sur son bien-être à elle et sur celui de Vladimir et Estragon (Dieu merci, il avait su se montrer ferme ; au moins ne se retrouvait-il pas coincé avec

Nougat et Nutella), il n'avait pu que s'incliner. Et chercher une promeneuse de chiens.

Lili appartient à une dame au nom imprononçable, qu'elle a donc baptisée pour elle-même « dame Lili » et à laquelle elle s'adresse en l'appelant simplement « madame ». Dame Lili habite le rez-de-chaussée d'une maison en briques de trois étages, elle a les cheveux d'un blanc argenté, comme la neige sous la lune, de petits yeux bleus qui ces derniers temps se voilent. Il lui arrive aussi d'avoir du mal à reconnaître sa promeneuse de chiens, qu'elle appelle parfois « Anna » et parfois « Martha ». Souvent la vieille dame la prie d'entrer et lui offre des biscuits qu'elle garde dans une vieille boîte en fer-blanc sentant le renfermé. Elle accepte poliment, glisse dans ses poches les biscuits qui s'effritent pour les refiler plus tard à Damoclès, qui les hume avec prudence avant de les engloutir d'une bouchée.

L'appartement de dame Lili est encombré d'objets de toutes sortes, petites figurines en porcelaine représentant des bergères ou des joueurs de pipeau, jardinières où se fanent des plantes-araignées aux feuilles jaunissantes, jetés recouvrant les bras et les dossiers des fauteuils, assiettes décoratives accrochées au mur de la cuisine, près d'anciennes photos en noir et blanc où des gens regardent droit dans l'objectif sans sourire. Tout est en plusieurs exemplaires : les carpettes bon marché qui parsèment la moquette beige, les trois téléviseurs qui s'alignent, du plus grand au plus petit, dans le meuble en imitation chêne du salon, jusqu'aux rouleaux d'essuie-tout dans la cuisine, qu'elle aperçoit tandis que dame Lili, qui a insisté pour préparer du thé, cherche la bouilloire. Il règne dans l'air une faible odeur de roses, de poussière et de laine mouillée. Damoclès et Lili sont étendus de tout leur long entre la cuisine et le salon, le petit chien blanc et bouclé entre les énormes pattes du mastodonte.

Elle se lève pour observer les livres qui forment une collection dépareillée autour des écrans de télé. La plupart sont en anglais, quelques-uns, des catalogues de tricot et un dictionnaire, sont en français, et une dizaine d'autres, imprimés dans une langue à ce point étrangère qu'elle est incapable d'en reconnaître les caractères. Il lui semble que ce sont des romans, mais elle ne saurait dire pourquoi ; les couvertures ne portent nulle illustration. Elle en ouvre un, le feuillette : le texte y est imprimé de droite à gauche, de haut en bas. Un coucou soudain se fait entendre, qui marque la demie de l'heure.

« Prendrez-vous du sucre, Anna, ma chère ? demande dame Lili depuis la cuisine au-dessus du gargouillis de la bouilloire.

— S'il vous plaît », répond-elle en remettant aussitôt le livre sur la tablette.

Puis elle aperçoit, couché, un ouvrage à la couverture de cuir bordée d'or, dont le titre se lit en solides lettres carrées : PHILOSOPHIE DES TREMBLEMENTS DE TERRE.

« Qu'avez-vous trouvé là ? » demande la vieille dame, qui arrive en portant un plateau où s'entrechoquent une théière en porcelaine à petites fleurs jaunes, tasses, soucoupes et pot à lait et sucrier assortis.

Elle lui montre le livre, que dame Lili examine soigneusement, le tournant et le retournant entre ses doigts tremblants comme si elle le voyait pour la première fois. Pendant ce temps, elle verse le thé dans la tasse de la vieille dame et dans la sienne, ajoute à cette dernière une petite cuillérée de sucre.

Dame Lili lui tend le livre : « Prenez, Anna, il vous sera plus utile qu'à moi. » Elle proteste, mais la vieille dame ne veut rien entendre, et elle glisse le livre dans la poche de son manteau qui sèche sur le calorifère. Dame Lili semble ravie, s'enquiert de gens dont elle n'a jamais entendu parler et que la vieille dame semble avoir perdu de vue depuis des lustres. Elle pépie comme un oiseau, a de petits gestes saccadés pour replacer coquettement une mèche qui retombe sur son front ou saisir sa soucoupe. Plusieurs fois, elle répète : « Anna, il y avait si longtemps que je ne vous avais vue, cela me fait tellement plaisir », sans qu'elle ose la détromper.

Elle prend une gorgée de thé, a le réflexe de recracher le liquide mais se retient et réussit à avaler, et même à sourire poliment. Le sucrier était rempli de sel.

～

Le lendemain, assis au pied du hêtre, ils empilent les pierres chacun leur tour, comme s'ils construisaient un château de cartes qui s'écroule régulièrement sous les coups de queue des chiens ou lorsque Damoclès au galop passe trop près, son pas faisant trembler la roche.

Il sort de son sac un sandwich, avalé en trois bouchées. Elle devine à l'intérieur une nouvelle pile de livres dont certains des titres sont à moitié visibles : *Considérations sur les montagnes volcaniques, De Vesuviano incendio nuntius.*

« Alors, dit-elle, tu ne lis que des trucs sur les volcans ?

— Non.

— Quoi d'autre ?

— Ben… Les tremblements de terre… »

Elle médite un instant cette réponse, veut dire quelque chose, y renonce. Soupire, puis demande :

« Très bien, raconte-moi.

— Te raconter quoi ?

— N'importe quoi, raconte ce que tu as lu ce matin.

— Pas de chance, ce matin j'ai épluché un manuel de jardinage où l'on expliquait comment transplanter un buisson de houx. Je peux partager ma science avec toi, si tu veux : il faut d'abord choisir un emplacement pas trop ensoleillé, où le sol retient bien l'humidité…

— Je suis sérieuse, raconte-moi quelque chose qui me ferait aimer les volcans.

— Qui te les ferait aimer ? »

Cette idée semble l'étonner prodigieusement. Il plonge à nouveau la main dans son sac à dos pour en sortir une orange, qu'il pèle avant d'appeler doucement Damoclès, lequel s'approche, intrigué. Il lui tend un quartier de fruit et le chien secoue la tête comme s'il avait été arrosé puis le regarde d'un air à la fois déçu et insulté.

« O.K., alors, poursuit-elle, quelque chose qui me les ferait comprendre. Au fait, les chiens ont horreur des agrumes. Apporte plutôt un biscuit, la prochaine fois.

— Mmm. »

Il semble soupeser le conseil avec attention, puis il lui tend timidement, à elle, un morceau d'orange, qu'elle accepte en l'observant du coin de l'œil. Il a la peau dorée à force de passer ses journées dehors, les mains rougies couvertes de cals et d'égratignures. Il se ronge les ongles. Peut-être a-t-il surpris son examen ; il replie les doigts et annonce :

« Très bien. Les pires éruptions volcaniques, les plus meurtrières, sont nommées en l'honneur de Pline », commence-t-il en s'étirant, comme s'il avait besoin de s'échauffer avant d'entamer la question.

Elle est à la fois heureuse et surprise de reconnaître le nom. Peut-être ne sera-t-il pas uniquement question de magma en fusion et de plaques tectoniques.

« C'est un Romain, non ? Un philosophe ?

— Deux, même. Il y a Pline l'Ancien, auteur d'une histoire naturelle en pas moins de trente-sept volumes, celui-là même qui a donné son nom à ces éruptions qui produisent peu ou pas de coulées de lave mais dont le cratère libère, en explosant littéralement, des nuages de gaz toxiques ; et puis il y a Pline le Jeune, son neveu.

— Et lequel des deux est le volcanique ?

— L'Ancien.

— J'imagine qu'il a été le premier à observer l'une de ces éruptions ?

— Peut-être bien. Mais ce n'est pas pour ça qu'on leur a donné son nom. Lors de l'éruption du Vésuve, en 79, Pline est allé retrouver des amis qui vivaient à Stabies, à quelque distance du volcan. Si l'on en croit le témoignage de son neveu, Pline le Jeune, qui raconte dans une lettre à Tacite les dernières heures de son oncle illustre, ils ont dîné copieusement puis sont allés se coucher le ventre plein. Ils n'ont jamais revu le soleil se lever.

— Que s'est-il passé ?

— D'après toi ?

— Le Vésuve était finalement plus près qu'on ne le croyait ?

— Tout juste. Les vents ont tourné et les vapeurs du volcan ont asphyxié la ville. Pline et ses amis ont voulu s'enfuir par la mer, mais ils sont morts sur la plage. Quand on a retrouvé son corps, à la fin du dix-neuvième siècle, il tenait encore une liasse de documents à la main.

— Mais comment sait-on que c'est bien son corps qu'on a retrouvé, presque vingt siècles plus tard? Ils disaient quoi, ces documents?

— Je n'en sais rien. Mais c'est tout de même en son honneur que les volcans pliniens ont été baptisés.

— Ça n'a aucun sens de baptiser un volcan en l'honneur de quelqu'un qui y croyait si peu qu'il est allé mourir au beau milieu d'un nuage empoisonné alors qu'il aurait pu rester tranquillement chez lui. Tu es sûr qu'il n'y a pas d'autre explication?

— J'ai bien peur que non.

— Et ça ne te dérange pas plus que ça qu'on donne aux choses le nom de ceux qu'elles ont tués?»

Elle se rend compte de ce que sa question peut avoir d'accusateur, et ajoute, d'un ton radouci :

«Ce n'est pas grave.»

Il a la curieuse impression qu'elle lui pardonne, et qu'il vient de réussir une sorte de test.

Elle sort de son sac le livre que lui a donné dame Lili.

«Tiens, j'ai trouvé ça pour toi», dit-elle en lui tendant le vieil exemplaire de *Philosophie des tremblements de terre*.

Il le prend avec soin, tourne délicatement les pages friables d'où monte une légère odeur de moisi et d'iode, cherche la date de parution en veillant à ne pas abîmer la reliure. Tandis qu'il feuillette le livre, quelque chose en tombe. Curieuse, elle se penche pour ramasser un rectangle de papier jauni aux couleurs fanées sur lequel on voit des chevaux attelés à des traîneaux aux formes arrondies qui s'élancent sur un sentier bordé de sapins et de quelques grands bouleaux, dans un paysage de neige. Elle croit d'abord reconnaître, à l'allure raide et compassée des chevaux qui ont l'air de bêtes de cirque — patte levée bien haut, pliée à quatre-vingt-dix degrés, crinière sagement peignée —, aux petits personnages emmitouflés qui prennent place dans les traîneaux, et surtout à la froidure qui se dégage de l'ensemble, une huile de Krieghoff, mais en déchiffrant le titre elle constate qu'il s'agit plutôt d'une ancienne carte postale colorisée où les bleus, les jaunes et les marrons appliqués à la main donnent au cliché une aura d'irréalité plutôt que d'ajouter à la vraisemblance. Balade en traîneau sur le mont Royal, février 1910, peut-on lire en caractères d'imprimerie sous l'image. Au verso, une main de femme a tracé à l'encre violette :

> *4 octobre 1943. La première neige est tombée et Arthur est parti aujourd'hui pour la guerre.*
>
> *A.*

« Au fait, demande-t-elle après avoir réfléchi un instant et considéré le paysage qui les entoure, est-ce que le mont Royal n'est pas un ancien volcan ?

— Non, pourquoi ?

259

— Pourquoi est-ce qu'il n'est pas un volcan? Mais ce serait plutôt à toi de me le dire, non?

— Je me demandais pourquoi tu croyais qu'il s'agissait d'un ancien volcan. J'imagine que même si tu l'arpentes tous les jours, tu n'as jamais été personnellement témoin d'une éruption? Une petite coulée de lave, peut-être, un petit nuage de fumée?

— Très drôle. J'ignore d'où je tiens ça. C'est le genre de choses que tout le monde sait sans savoir d'où ça vient, j'imagine.

— Alors c'est le genre de choses dont il faut se méfier plus que de la peste.

— Et tu la connais personnellement, la peste? Tu en as fait l'expérience, peut-être? Les rats? Les bubons?»

Vexé, il réplique:

«Mais ça n'est pas du tout la même chose. On sait que la peste a existé, on sait par quoi elle était causée, transmise, on en connaît les symptômes, on a pu compter le nombre de morts qu'elle a faits.

— Toi, tu sais peut-être. Moi, mettons que je choisis de te croire. Comme je choisis de croire que le mont Royal était autrefois un volcan, et qu'on marche aujourd'hui à la périphérie d'un ancien cratère qui crachait jadis le feu et la pierre.» Des doigts, elle mime une spectaculaire explosion en miniature. «D'ailleurs, quand tu regardes la montagne depuis l'avenue Dunlop, ou de Vimy, tu ne trouves pas qu'elle ressemble à une sorte de grand dragon endormi?»

Il la dévisage, perplexe.

« Tu crois aussi que le mont Royal est un ancien dragon?

— Pas ancien. Endormi. »

La ville s'est formée autour de la montagne qui se dresse au milieu de l'île de toute éternité, ou du moins depuis le Mésozoïque, alors que des roches ignées intrusives se sont insinuées dans les couches sédimentaires avoisinantes, pour être isolées par l'érosion à la fin du Crétacé, créant les Montérégiennes, «montagnes royales», seuls témoins subsistant de cette lointaine époque. Les Amérindiens y cultivaient la courge et le maïs et y cueillaient la pomme de mai, prisée pour ses vertus toniques; ils gravaient dans l'écorce des arbres des signes mystérieux que certains vieillards affirment avoir vus, enfants, sur les ormes séculaires dans l'ombre desquels baignent leurs maisons; mille ans après la venue au monde et l'exécution de Jésus-Christ, les Iroquoïens y enterraient déjà leurs morts. C'est sur l'un de ses sommets que Paul de Chomedey, sieur de Maisonneuve, planta en 1643 la croix de bois par laquelle il souhaitait rendre grâce à Dieu d'avoir épargné la toute nouvelle Ville-Marie des inondations qui avaient fait des ravages dans les environs. Quelque trois cents ans plus tard, on érigea une nouvelle croix, de métal celle-là, en mémoire de la première, pour se souvenir du souvenir. Elle s'illumine encore à la nuit tombée, traçant dans le ciel de la ville une manière de crucifix à la fois grêle et trapu, rappelant ceux qu'on accrochait jusqu'à tout récemment, avec des images saintes et des rameaux de buis, aux murs des appartements de la ville.

Elle est à la fois parc — aménagé par Frederick Law Olmsted, aussi responsable de la création de Central Park au cœur de l'île de Manhattan — et forêt, abrite sur ses flancs trois hôpitaux, deux universités, un ancien séminaire de philosophie qui cédera bientôt la place à des condominiums, de coûteuses écoles privées aux élèves vêtues d'uniformes vert et bleu; des demeures cossues dont la pierre et la brique sont recouvertes d'un lierre centenaire, des culs-de-sac bordés de cottages à toit pentu et à larges galeries qu'on dirait transplantés de la campagne anglaise; elle compte un lac artificiel qui n'a jamais vu l'ombre d'un castor mais qui est peuplé, été comme hiver, de colverts bruyants, et qui fut creusé au pied de la piste appartenant jadis au Toboggan and Ski Club dont les poteaux de la remontée mécanique sont toujours debout, larges troncs de métal portant leurs poulies comme des noix de coco rouillées; un restaurant tout en angles, souvenir des années cinquante, orange, argent et jaune; une multitude de gros et gras écureuils gris, des suisses aux gestes rapides, quelques renards, des moufettes, des mulots, des ratons laveurs par centaines; des antennes de radio et de cellulaires fichées dans des socles de ciment qui ont l'air de bunkers antiatomiques; une route serpentante donnant sur deux belvédères, une voie taillée dans le roc que parcourait jadis un tramway et qu'on ferme aujourd'hui à la circulation quelques fois l'an quand on tapisse les bas-côtés de ballots de foin pour la tenue de championnats de vélo ou de luge de rue; des boisés pleins d'herbe à puce, d'autres où poussent par milliers des trilliums blancs qui virent au rose puis à l'incarnat au fur et à mesure que la saison avance. À sa base a lieu tous les dimanches un rassemblement où, au rythme des tam-tam et des djembés, une faune bigarrée chante, danse et fume de fines cigarettes parfumées, fête à laquelle s'en est ajoutée une seconde, il y a quelques années, qui voit affluer des quatre coins de la ville des jeunes gens curieusement vêtus d'armures en cuir ou en caoutchouc et portant au flanc des épées de gros carton, qui mettent pacifiquement en scène, dans les sous-bois, d'épiques combats entre le Bien et le Mal. Sur leurs placides percherons, les policiers contemplent les deux spectacles avec une égale incompréhension. La montagne abrite encore la demeure de pierres grises d'Hosea B. Smith, qui a légué les terres lui appartenant pour qu'on en fasse un parc — impensable, ses flancs sont imprenables, s'étaient objectés les esprits chagrins, ce qui avait poussé le colonel Stevenson à l'escalader à deux reprises, en 1862 puis en 1863, en traînant un canon jusqu'au sommet d'où il tira une série de salves qui prouvèrent hors de tout doute qu'il était non seulement possible de gravir le mont, mais que cela pouvait être fait en catimini, même si l'on transportait avec soi des pièces d'artillerie, ce qui ne manqua pas d'inquiéter les autorités de la ville, lesquelles résolurent de garder un œil attentif sur la montagne afin d'éviter qu'elle ne se transforme pour ainsi dire en cheval de Troie — et, au détour d'un sentier, un pavillon au toit d'ardoises tout en pignons, qui ressemble à une maisonnette de conte et qui date de la même époque que le funiculaire, aujourd'hui disparu, qui conduisait à l'un des belvédères ; au sommet, une immense construction Art déco que l'on appelle, apparemment sans ironie aucune, le «chalet» de la montagne et dont l'intérieur, rigoureusement vide à l'exception d'un casse-croûte d'où montent des odeurs de graillon et l'arôme sucré des saucisses trempant dans l'eau tiède, offre un spectacle saisissant, avec son haut plafond supporté par des cariatides qui sont d'énormes écureuils ; elle cache en son sein un réservoir d'eau de près de mille mètres cubes dont la présence, à la surface, n'est annoncée que par de fins tuyaux se dressant hors de terre tels des périscopes. On y trouve, en toutes saisons, de discrets ornithologues, des joggeurs tout de Lycra vêtus, des amoureux qui viennent y partager de furtives étreintes. Des familles entières d'immigrants y pique-niquent l'été, de la grand-mère parcheminée aux cheveux en chignon enveloppée dans ses châles jusqu'aux petits-enfants piaillant autour du barbecue où rôtissent des brochettes d'agneau au cumin. L'hiver, ses flancs sont envahis par des nuées de petites silhouettes aux foulards et aux mitaines de toutes les couleurs, à plat ventre sur des tapis de plastique ou des traîneaux de bois à l'ancienne, qui se lancent en retenant leur souffle jusqu'au bas de la pente.

On parle d'elle — car il va de soi, il a toujours été entendu qu'elle est, par sa nature, féminine — au singulier, mais elle a, tel quelque dragon mythologique, trois têtes dont chacune semble monter la garde à tour de rôle. Elle compte encore des labyrinthes de sentiers, d'escaliers et de ravins escarpés, comme un gigantesque jeu des serpents et échelles.

Ses terrains les plus agréables, ceux dont les pentes sont les plus douces et qui offrent à l'œil le relief le plus harmonieux, sont occupés par quatre cimetières, tranquilles cités des morts au cœur de la ville des vivants.

C'est dans le plus ancien et le plus boisé de ceux-ci qu'il travaille.

Certaines des tombes sont si vieilles qu'on n'y distingue plus le nom de celui ou de celle à la mémoire de qui elles ont été plantées, pas plus que le moment de sa naissance ou l'heure de sa mort. Couchées dans l'herbe, leur surface autrefois lisse maintenant recouverte d'une sorte de fin lichen noirâtre, elles ressemblent à des dalles traçant un chemin sinueux qui s'égare dans l'ombre des ormes centenaires, jardin peuplé d'arbres et d'âmes.

Quand elle l'aperçoit, au loin, parmi les stèles, les croix et les anges aux ailes repliées, il est le seul être vivant, hormis les oiseaux et les écureuils qui sont les véritables habitants du lieu. À ce moment précis, elle a l'impression en voyant sa longue silhouette se découper sur le bleu du ciel qu'il est la vie même, qu'il empêche le jardin tout entier de sombrer dans un sommeil semblable à celui où la belle au bois dormant a cédé pour y passer cent ans, ou est-ce mille ans, que si par malheur il lui prenait l'envie de s'étendre parmi les morts, la Terre s'arrêterait de tourner sur son axe, le cours des astres se déréglerait, le Soleil et la Lune entreraient en collision.

Il la regarde arriver, une main en visière pour se protéger de la lumière trop vive. Il s'est barbouillé la joue et le front de terre brune comme d'une peinture guerrière. À ses pieds, des fusains de fortune attendent d'être plantés, leurs racines enveloppées dans du jute humide. On entend le carillon cuivré de l'église Saint-Germain sonner douze coups.

« Regarde ce que j'ai trouvé en creusant ce matin », dit-il en sortant de sa poche une pierre plate, grise, qu'elle accepte sans comprendre. Puis, la retournant, elle y découvre, miraculeux, un poisson venu du fond des temps, du ventre d'une mer asséchée depuis des millions d'années et dont on distingue pourtant encore chacune des fines arêtes et jusqu'au souvenir de son œil rond.

« Je vais l'appeler Bubulle », annonce-t-elle en suivant du doigt le contour dentelé d'une nageoire.

∼

Assis au pied du hêtre, ils mangent chacun une moitié du sandwich qu'elle a apporté. Les chiens tournent autour d'eux, l'air innocent, pour bondir, mâchoires claquantes, quand on leur lance un bout de pain en l'air.

« J'ai un souffle au cœur, annonce-t-elle sans le regarder.

— Et puis ?

— Et puis il paraît que je dois maintenant éviter les exercices violents et les émotions fortes.

— Tu es sérieuse ?

— Ben, oui…

— Et tu arrives à vivre comme ça ?

— Ben, comme tu vois…

— Mais qu'est-ce que c'est, d'abord, un souffle au cœur ? Il y a comme un courant d'air qui le traverse, c'est ça ?

— Pas tout à fait. Apparemment, c'est un truc congénital. Une histoire de valve et d'oreillette. Du sang qui entre quelque part alors qu'il devrait en sortir, ou l'inverse, en tout cas quelque chose qui circule à contre-courant.

— Tu veux dire qu'il y a une partie de ton sang qui refuse d'aller où elle devrait et qui préfère n'en faire qu'à sa tête ?»

Un peu froissée, elle rétorque :

«Je n'avais jamais vu les choses comme ça.»

Le silence tombe entre eux. Damoclès mâche consciencieusement un minuscule bout de jambon oublié par Lili. Mais il réfléchit encore, et fait une nouvelle tentative :

«Ou bien qui continue de lutter, même si c'est perdu d'avance…»

Oui, cela lui semble plus acceptable. Ils échangent un sourire et, pour la première fois, elle découvre qu'il a une dent de devant très légèrement ébréchée.

~

Le cœur de la Terre est fait d'un mélange de fer et de nickel. Aujourd'hui encore, la proportion exacte des éléments qui le constituent, son comportement, les effets qu'il a sur le reste de la planète et sur les satellites terrestres demeurent relativement mal connus. On sait que la température du noyau externe se situe à environ quatre mille degrés Celsius, que celui-ci est liquide et non pas épais et visqueux comme du magma, mais d'une consistance qui se rapproche de celle de l'eau. C'est des vagues et des secousses qui l'animent que découle le magnétisme terrestre. Mais ce noyau en cache un autre, dur, celui-là, l'équivalent de l'amande au cœur du fruit, dont la température est plus élevée encore de quelque mille degrés. La Terre est ainsi, à la façon d'un oignon, composée d'un certain nombre de strates plus ou moins épaisses, dont on a postulé l'existence grâce aux instruments de séismologie, qui permettent, en mesurant la vitesse et la force de propagation des ondes à l'intérieur de ces différentes couches, d'en déterminer la densité et la composition.

Ce qui se cache au centre du cœur, nul ne le sait. On a toutefois découvert que sa vitesse de rotation n'est pas exactement la même que celle de la planète, constatation vertigineuse : le cœur et le corps célestes tournoyant ensemble dans l'espace, dans un même mouvement, mais à un rythme différent.

Au bord de la clairière pousse un bouquet de bouleaux, leurs troncs minces rassemblés comme les tiges d'une gerbe de fleurs qu'on tient serrées dans la main. L'écorce de l'un est d'ivoire, la peau d'un autre, d'une délicate teinte crème qui va s'intensifiant vers le beige clair, un troisième a des nuances de rose qui tirent sur le vermeil ; ensemble, ils offrent une palette entière de carnation soumise à toute la gamme des émotions humaines, de l'effroi à la gêne en passant par la joie.

Les jeunes gaules se dressent brunes et pointues telles les épines de quelque gigantesque porc-épic qui se serait roulé en boule et se serait endormi pendant des millénaires. Les nuages bas dessinent sur l'horizon des créatures bossues à long cou. Dans les branches nues depuis des mois sont apparus des renflements semblables à de gros caprons, qui se fendillent pour laisser voir du vert. Il est arrivé plus tard qu'à l'habitude, une pelle sur l'épaule, à grandes enjambées, craignant qu'elle ne soit déjà partie. Elle lui tend un morceau de chocolat. Autour d'eux volette nerveusement un papillon aux ailes d'un brun presque noir liserées de blanc, qui fait mine un instant de vouloir se poser sur une brindille avant de se remettre à la poursuite d'on ne sait quoi.

« Tu as vu ?

— C'est un papillon, constate-t-il.

— Oui, mais la terre vient à peine de dégeler, qu'est-ce qu'il fait là ?

— On ne sait pas, il revient peut-être de quelque part.

— Mais, les papillons, ils voyagent en groupe, non ? Des centaines de milliers de monarques qui déferlent tous ensemble sur les côtes du Mexique et qui reviennent ici bouffer l'asclépiade. Il aurait migré tout seul, celui-là ? »

Elle regarde l'insecte qui tournoie autour d'eux, s'imaginant tout à coup l'absolue solitude qu'il y aurait à survivre ainsi à tout et à tous.

« Écoute, reprend-il, il est en vie, c'est déjà ça, non ? »

Mais elle n'est pas certaine que ce soit bien une vie si elle doit se dérouler dans cet affolement désespéré de chercher un semblable et de ne pas en trouver.

Quand elle revient à la grille du cimetière, le lendemain, il l'attend, souriant, lui dit de s'asseoir, de fermer les yeux et de tendre les mains. Elle s'exécute d'assez mauvaise grâce. Il dépose dans ses paumes un objet arrondi, lisse et froid. Ouvrant les paupières, elle découvre un pot en verre fermé par un couvercle de métal percé de trous, au fond duquel est posé un papillon brun-noir ourlé de blanc, ses ailes toutes droites rassemblées comme des mains dans la prière.

« Tu vois ? J'en ai trouvé un autre ! »

Il semble ravi de sa surprise.

Elle frappe doucement de l'ongle sur la paroi de verre. Elle jurerait que le papillon hausse les épaules.

«Je te félicite, mais comment sais-tu que c'en est un autre? Comment peux-tu être sûr que ce n'est pas le même?

— Eh merde.

— Ben oui.»

Elle dévisse le couvercle, cogne sur le bocal pour inciter le papillon à s'envoler. L'insecte ne bronche pas. Elle finit par renverser le pot et en frapper le fond du plat de la main. Le papillon enfin s'éloigne, mollement.

Il la regarde, piteux :

«J'étais tellement content de le découvrir, c'est fou, je n'ai pas songé que...

— Ben non.»

Mais à ce moment-là, ils voient tous deux du coin de l'œil deux formes sombres, grandes chacune comme une paume, qui se poursuivent près du sol.

«Tu crois qu'un de ceux-là est celui d'hier?

— On s'en fout. On sait qu'ils sont au moins deux à avoir survécu.»

Les nuages à l'horizon s'écartent pour révéler un pan de ciel, fenêtre bleue ouverte dans le gris. Le vent se lève et chuchote dans les branches où sont apparues les premières feuilles, timides et minces, presque transparentes au sortir de la gaine qui leur servait de cocon.

«Tu es toute seule? demande-t-il sans la regarder.

— Qu'est-ce que tu veux dire?

— Je veux dire: est-ce que tu as de la famille?»

Damoclès, couché à leurs pieds, lève sa grosse tête. Les autres, plus loin, se disputent une balle qui fait «coui» chaque fois que l'un d'entre eux la saisit entre ses mâchoires. Elle prend une branche tombée dont l'écorce a déjà été mordillée par les chiens et entreprend de la dépouiller de ses feuilles comme on détache, un à un, les pétales d'une marguerite.

«Oui, j'ai de la famille. Tout le monde a de la famille, non? À moins d'être né dans un chou...»

Si c'est une perche tendue pour l'inciter à se livrer, et se libérer, elle, de la question, il fait mine de n'en rien voir et attend patiemment qu'elle continue.

«Mes parents habitent la Californie pendant l'hiver, ils reviennent au printemps s'installer dans leur maison des Cantons-de-l'Est. Les bonnes années, on se croise quelques semaines ici, juste assez pour me donner le goût à moi aussi de sauter dans un avion.

— Et pourquoi tu ne le fais pas?»

Elle le regarde comme s'il venait de proférer une énormité telle qu'elle ne peut être que le fruit de l'inconscience ou bien dictée par un sens de l'humour discutable. Mais, apparemment, la question est sérieuse.

«Je n'aime pas l'avion. Je déteste voler, laisse-t-elle enfin tomber.

— Ah.»

À leurs pieds s'amoncellent les feuilles qu'elle continue d'arracher consciencieusement, minuscule tumulus vert tendre.

«C'est tout? demande-t-il après un moment.

— Ben… non. Je n'aime pas les serpents non plus, ni les piqûres. Je ne raffole pas de la pizza, et les films des frères Coen m'ont toujours semblé sans intérêt.»

Il rit. Légèrement vexée, elle ajoute, comme pour se justifier:

«Leur réputation est très surfaite, tu sais. Depuis *Barton Fink,* ils n'ont rien écrit de vraiment original…

— Je ne sais pas qui est Barton Fink et je ne suis pas sûr de connaître les frères Coen non plus, mais ce n'est pas ce que je voulais savoir. Je me demandais si tu avais des frères et des sœurs.

— Eh bien oui, s'il faut tout te dire. Un frère de deux ans mon aîné, Éric. Qui, lui, ai-je besoin de le préciser, adorait les serpents quand il était enfant et ne se nourrissait que de pizza une fois adolescent…

— Attends, laisse-moi deviner. Il est devenu acupuncteur, c'est ça? Ou pilote de ligne?»

Elle sourit malgré elle et il a l'impression d'avoir remporté une victoire d'importance.

« Non, comptable. Comme sa femme. Ils habitent un bungalow rénové à Laval, jouent au golf, suivent des cours de dégustation de vins et vont tous les étés passer deux semaines à Cape Cod. Que dire d'autre ? Ils aiment les polars suédois, ne conduisent que des voitures américaines (par principe, mais ils s'efforcent, aussi par principe, de prendre le métro le plus souvent possible), et ils ne sortent jamais faire leurs courses sans une dizaine de sacs réutilisables. J'oubliais, ils ont 1,4 enfant. »

C'est à son tour à lui, qui l'écoute, de sourire.

« Tu ne charries pas un peu ?

— Pas du tout. Ils ont un petit garçon de deux ans parfaitement insupportable et Valérie — elle s'appelle Valérie — est enceinte de quatre mois. Fais le calcul. »

Dans le ciel, un nuage passe qui voile un instant le soleil. Un souffle de vent soulève quelques feuilles du fragile château à leurs pieds, puis le petit monticule s'envole et se disperse presque instantanément. Une feuille plane au-dessus de leurs têtes avant de revenir se poser par terre entre eux deux, où elle tournoie encore quelques instants, comme l'aiguille d'un compas prise de folie.

~

Les cardinaux sont revenus. Elle ne saurait dire d'où ils arrivent ni quand ils sont rentrés, peut-être ont-ils passé l'hiver à l'ombre d'une mangeoire, mais elle a entendu pour la première fois ce matin leur piaillement criard avant de voir deux formes rouge tomate se poursuivre sur le bleu du ciel. Ce sont deux mâles, assurément, comme en témoigne leur plumage écarlate, mais ils ne semblent pas se chasser l'un l'autre, on dirait plutôt qu'ils jouent ensemble à arpenter ce royaume qui est le leur, à en reconnaître et à en repousser les limites.

Elle aperçoit au milieu de la clairière les premiers merles de la saison, leur ventre rond comme une orange. Dans le cerisier apparaissent des bourgeons effilés, entortillés sur eux-mêmes, telles de longues flammes blanches et roses. Parmi les jeunes brins d'herbe, des fleurs bleues par dizaines, innombrables petits yeux. Elle s'avise tout à coup que le printemps est arrivé, que la terre a dégelé, et qu'il n'y a pourtant nul signe des travaux d'aménagement redoutés et laissés en suspens depuis des mois.

«Pourquoi les travaux ont-ils été interrompus, tu le sais?» lui demande-t-elle ce midi-là en l'apercevant au sommet de la montagne, debout près du hêtre.

Il lui lance un regard oblique.

«Je ne t'ai pas dit? On les a suspendus à la lumière de nouvelles informations.

— Quel genre d'informations?»

Il prend pour lui répondre une voix on ne peut plus officielle, comme s'il présentait la question devant un comité :

« Il se trouve que ce sentier abrite une espèce d'oiseau menacée, la paruline azurée, et que le raccordement au reste du réseau du mont Royal aurait entraîné une hausse de la fréquentation susceptible de troubler son bien-être, sans compter que les travaux d'aménagement eux-mêmes auraient grandement risqué de nuire à sa nidification... »

Elle laisse échapper un petit sifflement. Ils s'assoient tous les deux, regardant droit devant le ciel qui vient à la rencontre des montagnes dont on distingue à peine le contour à l'horizon. Non loin, Damoclès, intrigué, est face à face avec un écureuil hérissé, queue droit dans les airs, prunelles de feu, qui se dresse devant lui de toute sa hauteur.

« La paruline azurée, rien que ça. Et qui a porté à l'attention des autorités l'existence de cette espèce rarissime ? »

Il hausse les épaules comme pour affirmer son ignorance :

« Un bon samaritain, sûrement.

— Sûrement. »

Ayant apparemment décidé que l'écureuil est un compagnon de jeu acceptable, Damoclès étend les pattes de devant, abaissant les épaules presque jusqu'à avoir le menton par terre, puis émet un jappement aigu. L'écureuil répond par une sorte de glapissement courroucé et remue furieusement la queue.

Elle l'interroge à nouveau :

« Tu en as déjà vu une, toi, une paruline azurée ?

— Non, mais je suis certain d'avoir déjà surpris son cri, pas toi? Attends... Chut. »

Il pose un doigt sur ses lèvres, fait mine de tendre l'oreille. On n'entend que le bruit du vent dans les feuilles, Juliette occupée à éplucher délicatement une branche et l'écureuil qui crachote. Damoclès, vaincu, finit par tourner les talons tandis que l'écureuil triomphant bat de la queue comme on agiterait le drapeau de la victoire. Le chien lui lance un dernier regard avant de venir s'asseoir à leurs pieds.

« Non, je n'entends pas, avoue-t-elle.

— Eh bien, on se sera peut-être trompé », fait-il en levant les mains au ciel.

Le lendemain, les poteaux et le bout de clôture ont disparu, laissant dans le sol trois petits trous peu profonds que Paillasson s'empresse de combler.

Le marronnier a commencé à déplier ses grandes feuilles dans une sorte d'origami à l'envers et au ralenti. À demi déployées, elles ressemblent à des lys vert tendre, aux pétales oblongs autour d'un cœur fuselé doucement renflé. Ce stade de fausse fleur, entre le bourgeon et la feuille, ne dure que quelques heures. En le découvrant ce matin, très tôt, alors que de la gueule des chiens s'élève un nuage de buée, elle songe à l'un de ces clichés qui montrent en accéléré la germination et la croissance d'une graine levant sa tête hésitante vers le soleil.

Dans le lointain, on distingue la silhouette du chapiteau tout blanc que vient planter le cirque à la lisière de la ville chaque année et qui ressemble à l'une de ces vastes tentes que les Bédouins réservaient à leur chef dans le désert. En apercevant le contour familier, elle détourne aussitôt les yeux, le cœur battant.

~

On dit que le cœur d'un homme a une fois et demie la taille de son poing. Que plus le muscle est gros, plus il bat lentement. Une théorie veut que tout ce qui vit et a un cœur dispose du même nombre de battements avant la mort — tant pour la souris et tant pour l'éléphant —, qu'une fois la réserve épuisée, l'être s'éteint. Cela signifierait, sans doute, que la vie de la grenouille, de l'oiseau-mouche ou de la fourmi n'est pas véritablement plus courte que celle de l'homme ou de la baleine, mais qu'elle se déroule à un rythme différent, propre à chaque espèce. Une vie serait toujours longue d'une vie ; simplement, comme il est des planètes où le jour dure des mois et d'autres où le soleil se lève et se couche toutes les quelques heures, certaines créatures éphémères compriment en une journée ce que d'autres mettront un siècle à vivre.

On ne sait ni où ni comment est née la musique, tout comme on ignore l'origine du langage. Mais on peut facilement imaginer que les toutes premières manifestations (claquement des mains en cadence, ou des pieds par terre, bout de bois frappé sur une pierre, puis sur une peau tendue) ne faisaient que reprendre les battements du cœur dans notre poitrine. Si l'on ne connaît pas d'animaux musiciens, c'est-à-dire qui font ainsi du bruit pour se rassurer, ou se divertir, ou pour la simple beauté de la chose, c'est sans doute que, contrairement à l'homme, ils n'éprouvent pas le besoin de rythmer de la sorte le temps qui les sépare de la mort.

La musique qui sait être si précise pour noter le son dans ses infinies variations possède remarquablement peu d'outils quand vient le temps de rendre compte du silence, qui est non pas son contraire mais plutôt son envers. La pause, solide boîte rectangulaire, chapeau carré, accrochée à la quatrième ligne de la portée, correspond à la ronde et, comme elle, dure quatre temps ; la demi-pause, équivalent de la blanche, est représentée par la même boîte, cette fois posée à l'endroit sur la troisième ligne où, délestée d'une moitié du silence qu'elle contenait et dont on dirait qu'il lui a échappé quand elle s'est retournée, elle ne bascule plus sous son propre poids. Le soupir, dont la représentation ressemble au profil d'un masque de théâtre au nez pointu, dure un temps, comme une noire. Pour l'essentiel, cela ne va pas plus loin : tous les silences plus brefs sont désignés par une fraction de ce dernier signe (demi-soupir, quart de soupir, etc., jusqu'au seizième de soupir) et notés à l'aide d'un trait oblique coiffé d'une sorte de virgule couchée, qui le cas échéant devient double, puis triple et quadruple au besoin, cette multiplication indiquant le raccourcissement du silence, jusqu'à ce que la tige ressemble à un épi de verge d'or incliné dans le vent. Avec ses quatre petites têtes, le seizième de soupir est l'équivalent de la quadruple croche. Qu'y a-t-il au-delà? Rien.

À peine un souffle, l'instant qui précède immédiatement un battement de cœur, un froissement d'aile, la fraction de seconde séparant le moment où l'on appuie sur le commutateur de celui où s'éteint la lumière, le moment précis où une goutte d'eau suspendue à la pointe d'une feuille s'en détache et tombe sur le sol.

~

Tous les soirs, il y a de cela des années, aussi bien dire des siècles, elle enchaînait les mouvements avec l'étrange impression de se mouvoir au fond de l'eau, puis il lui semblait qu'elle s'évanouissait, se liquéfiait, laissait la place à une autre qui connaissait les gestes et qu'elle regardait virevolter, spectatrice d'elle-même qui se livrait au vertige puis à l'éblouissement du saut, chute avant que d'être vol, et qui ne lui cédait de nouveau la place que lorsqu'il était temps de se raccrocher à la main blanche de Pierrot.

Perchés sur un croissant d'argent, ils attendaient entre ciel et terre, à demi dissimulés
par l'obscurité qui baignait le sommet du
chapiteau, tandis que les numéros s'enchaî-
naient sur la piste où de petites silhouettes
colorées bondissaient au rythme de la musique. Des deux côtés du crâne de Pierrot,
sous le bonnet noir, ses oreilles sur lesquelles
il avait oublié d'étendre le blanc de craie ressemblaient à deux fleurs roses. Colombine
attrapait d'un geste vif le trapèze qui descendait du toit en toile. Pierrot la suivait lentement, quittant chaque fois la Lune comme à
regret. Cette dernière partie du numéro,
après qu'ils avaient passé plusieurs minutes
perchés, immobiles, haut dans le chapiteau,
invisibles aux spectateurs, était la plus pé-
rilleuse.

Ce dernier soir, comme tous les autres, Colombine s'est fait une bouche ronde et rouge
comme une cerise, de longs cils en étoiles.
Puis elle a aperçu derrière elle dans la glace,
entouré de lumières, Arlequin qui s'est arrêté
un instant à ses côtés, a effleuré sa joue de la
dentelle qui s'échappait de sa manche de velours et lui a offert une cigarette. Elle a pris
rêveusement une bouffée et la fumée a flotté
un instant au-dessus de leurs têtes avant de
se dissiper.

La lune abîmée dans le transport avait été
rapiécée, solidifiée, poncée et repeinte, mais
il restait à la jonction de la vieille structure et
de l'alu utilisé pour la réparer des arêtes de
métal rêches qui griffaient la peau et faisaient

des accrocs aux fragiles costumes de soie. L'ensemble chauffé par les projecteurs dégageait une odeur de peinture et Colombine attendait avec impatience le moment de redescendre pour aller rejoindre, sur la piste, Arlequin dont le veston coloré flamboyait dans la lumière du spot qui suivait ses mouvements.

Quand elle se rend compte que Pierrot ne parviendra pas à l'attraper, il est trop tard. Est-elle arrivée trop vite au bout de l'arc de cercle que trace son trapèze, ou accusait-il, lui, un infime retard? Comment savoir? La musique joue, cuivres nasillards et violons aériens, personne ne peut s'être aperçu que leurs trajectoires qui doivent se croiser dans un instant vont se frôler pour s'éloigner à nouveau sans s'être rencontrées. Elle n'a pas encore lâché la barre, mais le mouvement qui l'amènera à le faire, entamé déjà, ne peut plus être repris.

On ne distingue pas le visage des gens assis dans les gradins qui se profilent en silhouettes, une rangée après l'autre, et qu'on dirait découpés dans du carton. Comme tous les soirs, le chapiteau est bondé, les placiers ont dû guider des spectateurs vers leur siège jusqu'à quelques secondes du début de la représentation, après quoi ils ont éteint leurs lampes de poche dont le mince faisceau aurait risqué de distraire les artistes. Les retardataires doivent attendre l'entracte debout près des entrées avant de gagner leur place.

Ses doigts laissent le mince tube de métal recouvert de caoutchouc et, l'espace d'un instant, elle poursuit son ascension, portée par le mouvement du trapèze qu'elle vient de quitter.

Elle voit Pierrot sans le voir, qui sait, lui aussi. Il ne peut rien pour elle.

Sur la piste, Arlequin, Pantalon et les villageois auxquels ont échappé Colombine et Pierrot font mine de les chercher furieusement. Armés de bêches et de fourches, ils ont vidé un fenil d'où s'est échappée une nuée d'oiseaux — gracieuses contorsionnistes sautillantes — dont ils suivent l'envol pour découvrir, au-dessus de leurs têtes, les deux fuyards.

Colombine entend les rires de centaines d'enfants dont elle ne voit pas le visage. Pendant un instant qui est une éternité, elle flotte dans une sorte d'apesanteur. À intervalles réguliers derrière les gradins, les sorties de secours luisent d'un éclat rouge. Sur la piste, tous ont le nez en l'air et vocifèrent comiquement, brandissant faux et balais. Le tablier de la laitière n'est pas de la même couleur que d'habitude ; sans doute a-t-il été déchiré ou taché lors de la représentation d'hier. Des poussières dorées flottent dans le faisceau des projecteurs. On aperçoit dans la fosse le crâne des musiciens alignés en demi-lune devant le chef d'orchestre, une minuscule lumière brillant sur son pupitre. Quatre sont chauves.

Pierrot devant elle, tout près, mais à une distance déjà infranchissable, tend les bras, étire les jambes, durcit ses muscles, le visage déformé par l'effort et l'impuissance, puis résolu. Curieusement presque apaisé, il lâche prise à son tour dans une ultime tentative pour la rattraper, car plus rien d'autre n'importe et s'il arrive à la saisir il trouvera bien un moyen de se poser sans danger avec elle dans ses bras. Ils tombent tous les deux comme des oiseaux fauchés en plein vol sous les cris d'horreur des villageois sur la piste. Croyant à une finale particulièrement dramatique, les spectateurs dans les gradins se lèvent et applaudissent à tout rompre.

Pierrot atterrit violemment dans le filet de sécurité, a le temps de sentir un éclair de douleur le transpercer de la nuque au bas du dos et s'évanouit. Colombine, retenue par un harnais, est brutalement ramenée vers le haut à mi-chute, et reste accrochée au-dessus de lui qui ne la voit plus. La musique s'est tue, personne ne saurait dire à quel moment.

Depuis quelques jours, Damoclès traîne la patte, il se fait prier quand vient le temps de monter dans la voiture ou d'en descendre, hésite au pied de l'escalier et à la base de la montagne avant d'entreprendre l'ascension d'un pas lourd, et s'il se laisse distancer ce n'est plus toujours parce qu'il choisit de fermer la marche, mais parfois parce qu'il a du mal à suivre.

Ce matin, où il ne restait plus de café, où elle a égaré ses clefs, où elle a découvert un trou à sa botte et a dû retourner à la maison enfiler une vieille paire de baskets qui lui serrent les pieds, où elle s'est présentée en retard chez le professeur d'université qui lui a confié les labradors en silence, le regard accusateur au-dessus de ses petites lunettes, où il s'est mis à pleuvioter dès qu'ils sont enfin arrivés à la montagne, la lenteur du chien l'exaspère tant que, après l'avoir harangué une dernière fois, elle finit par le laisser derrière, comme pour le punir de sa mauvaise volonté, tandis qu'elle avance d'un bon pas, entourée de Vladimir, d'Estragon, de Lili et de Juliette qui se poursuivent en aboyant.

Il arrive à dame Lili d'oublier de la payer pendant un mois, puis elle essaie de le faire trois fois la même semaine, oubliant apparemment chaque jour les événements de la veille. L'avant-veille, en venant porter le chien, elle a découvert la vieille dame en larmes, tremblante : « Oh, mon Dieu, s'est-elle exclamée avec son léger accent chantant en apercevant la petite chienne blanche sur le perron, Lili ! J'ai cru t'avoir perdue pour toujours ! » Et elle a refermé la porte d'un geste sec, sans lever les yeux, comme si l'animal avait retrouvé son chemin tout seul après avoir été kidnappé. Elle ne se rappelle pas le nom de la promeneuse mais n'oublie jamais celui du chien.

Le lendemain, elle était de nouveau souriante et enjouée, mais elle avait enfilé sa veste de laine à l'envers, et l'on voyait à la base de son cou, entre ses épaules voûtées, se dresser tel le ressort d'une poupée mécanique une étiquette où apparaissaient des instructions de lavage. Elle a aidé la vieille dame à la retirer puis à la retourner pour l'enfiler à l'endroit, guidant ses bras frêles à la peau presque diaphane dans les manches comme si elle habillait un enfant.

~

« Pft, fait-elle en crachant une petite boule duveteuse, qu'est-ce que c'est que ces trucs ? C'est apparu pendant la nuit ? »

Autour d'eux, le sol est recouvert d'une fine couche blanche, comme après la première neige, mais cette poussière cotonneuse s'envole au moindre souffle de vent en nuages aériens qui flottent un instant à faible altitude avant de se reposer sur l'herbe, les fleurs et les cailloux. Le ciel en est plein, on pourrait croire que la montagne a été le théâtre d'une formidable bataille d'oreillers.

Damoclès arrive enfin, pantelant, et se couche entre eux en poussant un grognement de soulagement.

« C'est les peupliers deltoïdes, explique-t-il obligeamment en tendant la main pour ôter une petite grappe mousseuse qui s'était formée sur sa tête.

— Ils muent ? C'est ridicule, jamais je n'ai vu un être vivant faire tant de dégâts en si peu de temps. »

Comme pour appuyer ses dires, Damoclès y va d'un spectaculaire éternuement, qui fait s'envoler un petit nuage blanc autour de lui. Ahuri, le chien semble prisonnier d'une de ces boules de verre qu'on agite pour y faire tourbillonner de la neige. Il secoue vigoureusement la tête, ses longues oreilles battent l'air, mais il ne réussit qu'à faire lever de terre un nouveau nuage emplumé. Il lève les yeux au ciel, bâille et referme précipitamment la gueule en sentant les aigrettes lui toucher la langue.

« Ils ne muent pas, c'est la saison des amours, explique-t-il.

— Ils ne pourraient pas faire ça de façon un peu plus discrète ?

— Où serait l'intérêt ? »

Elle souffle devant elle et une petite tempête duveteuse se déchaîne.

« Alors, toute cette mousse, elle sert à quoi ?

— Elle sert d'ailes aux graines fertilisées, qui seront dispersées par le vent... »

Nouvel éternuement tonitruant de Damoclès, qui se gratte vigoureusement le museau de sa patte d'ours.

« ... et, accessoirement, par les chiens, poursuit-il sans s'interrompre. Mais ce ne sont pas tous les peupliers qui en produisent, regarde. »

Il montre du doigt deux arbres rigoureusement identiques, à cette différence près que l'un est enveloppé dans un brouillard de chatons tandis que le deuxième, en comparaison, semble presque nu, vêtu de ses seules feuilles triangulaires et luisantes.

« Qu'est-ce qu'il a, celui-là, pourquoi il ne fait pas de chatons, il est malade?

— Il n'est pas malade, c'est un mâle. »

Elle lève une épaule comme pour signifier qu'elle n'aurait su mieux dire.

~

Il travaille aussi la fin de semaine. Elle l'aurait juré.

Seule avec Damoclès, elle s'est fait accroire qu'elle partait pour une balade qui la mènerait au hasard de ses pas, et s'est retrouvée à peine une heure plus tard au sommet de la montagne, à quelques mètres de lui qui la salue de la main, pose sa pelle par terre, et vient flatter le chien qui l'accueille avec un barrissement de joie.

« Tu travailles aussi la nuit, dis-moi ?

— Ça arrive. On ne peut pas laisser trop longtemps les plantes hors de terre ; les rosiers meurent après une douzaine d'heures à peine. Et les rhododendrons sont plus capricieux encore.

— Et il n'y a personne d'autre qui peut s'en charger ? Tu n'es tout de même pas le seul employé de ce foutu cimetière ? Et si tu tombais malade ?

— Je ne tombe pas facilement malade. »

Ils s'assoient dans l'herbe et, tandis qu'il verse le thé, elle examine les livres que, comme d'habitude, il a traînés avec lui. Un vol d'oies traverse le ciel en cancanant bruyamment.

« Tu es étudiant ?

— Pas vraiment. Ça dépend de ce que tu veux dire.

— Ce n'est pas compliqué : ou bien tu es inscrit à l'université, ou bien tu ne l'es pas.

— C'est non, alors.

— Et tout ça ? demande-t-elle en montrant du doigt la petite montagne de livres.

— C'est le miracle de la bibliothèque. On te donne une carte qui te permet d'emprunter des volumes que tu t'engages à rapporter.

— Mais tu lis tout ça pour toi ? » Saisissant les trois volumes au sommet de la pile, elle énumère :

« *Volcanoes: The Character of Their Phenomena, Their Share in the Structure and Composition of the Surface of the Globe.*

Histoire du mont Vésuve, avec l'explication des phénomènes qui ont coutume d'accompagner les embrasements de cette montagne.

Guide photo des oiseaux du Québec. »

Le livre s'ouvre de lui-même à la page présentant les espèces menacées. Elle lève un regard interrogateur, et il prend un air innocent pour expliquer : « J'ai bien le droit d'avoir un hobby, non ? »

Elle poursuit son examen, étudiant la couverture d'un dernier ouvrage, usé jusqu'à la corde :

« *Volcanic Studies in Many Lands: Being Reproductions of Photographs by the Author of Above One Hundred Actual Objects, With Explanatory Notices,* par... attends... Tempest Anderson. Un nom prédestiné, sans doute.

— Tu oublies celui-ci, dit-il en retournant le vieux volume relié de cuir qu'il tient entre les mains et où est imprimé, en caractères dorés : *An Inquiry Into the Nature and Place of Hell.*

— Alors tu cherches à savoir où se trouve l'enfer ? La plupart des gens le découvrent bien assez tôt, non ?

— Tu serais étonnée de savoir où on le situe. Sous terre. Dans le ciel. Sur le Soleil. »

Levant le regard, il cligne de l'œil comme en signe de connivence avec elle ou avec l'astre invisible, par-delà les nuages, elle ne saurait dire. La volée d'oies s'est défaite et les oiseaux reforment lentement deux V blancs, chacun semblant prendre une place qui lui aurait été assignée d'avance. Damoclès lève le museau vers le ciel, étonné par leurs aboiements auxquels il répond par un jappement bref.

Elle revient à la charge :

« Si tu n'es pas étudiant, pourquoi toutes ces histoires de volcans et de tremblements de terre ?

— Je partirai bientôt pour me faire embaucher sur le chantier de fouilles à Pompéi. Le moins que je puisse faire, c'est d'arriver préparé. »

Elle se recule imperceptiblement, serre le gobelet jusqu'à ce que se répande dans ses doigts une chaleur quasiment insupportable, presque une brûlure.

« Bien vu. Tu parles italien ? »

Il la regarde comme si jamais cette pensée ne lui avait effleuré l'esprit.

« Non. Qu'est-ce que ça fait ?

— Rien du tout. Tu ne parles pas italien, mais tu sauras exactement où est situé l'enfer et de quoi il est fait, alors il ne devrait pas y avoir de problème.

— C'est ce que je pense aussi. »

Un souffle de vent fait voler ses cheveux devant son visage, elle les repousse, mèche par mèche.

« Loin de moi l'idée de vouloir te décourager, reprend-elle, mais est-ce que Pompéi n'a pas déjà été mise au jour ? Je suis assez certaine d'avoir déjà vu des photos, peut-être même un documentaire… Tu devrais sans doute te renseigner avant d'acheter ton billet d'avion.

— Les fouilles ont été entamées il y a plus de trois siècles, interrompues, reprises plusieurs fois, mais aujourd'hui il reste autant de bâtiments ensevelis qu'on en a exhumé.

— Ça n'avance donc pas très rapidement, constate-t-elle d'un ton neutre.

— En fait, ça avance de moins en moins vite parce que les constructions mises au jour se dégradent au contact de la pollution, de l'air même, et aussi en raison des millions de touristes qui déferlent chaque année sur le site. Des fresques restées parfaitement intactes pendant des millénaires perdent de leur couleur en quelques semaines, des colonnes qui étaient debout depuis deux mille ans menacent de s'effriter.

— Alors tout ça est plus en sécurité sous la terre qu'à l'air libre ?

— Ben… oui, en quelque sorte.

— Mais pourquoi s'acharner à déterrer ce qui est enfoui, si ça signifie qu'on le met en danger ? »

Cette question manifestement l'étonne. Il réfléchit un instant avant de tenter :

« Sans doute y a-t-il plus important que la sécurité ?

— Ah oui, par exemple ? »

De nouveau, un silence. Puis il ose, mais timidement :

« L'air libre ? »

Comme elle ne répond pas, il poursuit :

« Ça ne t'a jamais tentée ?

— Pompéi ? Très peu pour moi. D'ailleurs, je te l'ai déjà dit, j'ai horreur de voler.

— Pas nécessairement Pompéi. Ailleurs, autre chose. Tu ne te fatigues jamais de gravir tous les jours la même montagne ? »

Elle n'a pas vu venir le coup, ni lui, qui regrette ses paroles dès qu'elles ont franchi ses lèvres. Mais elle est déjà debout, et jette par-dessus son épaule :

« Si vraiment tu crois que c'est chaque jour la même montagne, alors tu n'as rien compris. »

Elle dépose dans l'herbe le gobelet qui se renverse, se lève, s'en va sans se retourner. Après une seconde d'étonnement, Damoclès la suit d'un pas digne, toute la déception du monde dans son regard de chien.

～

Assis au pied du hêtre, il relit pour la troisième fois l'introduction d'un lourd traité sur l'élasticité écrit par un lointain aïeul et auquel, distrait, il ne comprend pas grand-chose, levant la tête chaque fois qu'il croit entendre un bruit de pas. Enfin Vladimir et

Estragon apparaissent, suivis de Lili et de Damoclès, qui cabriole gauchement en l'apercevant puis, boitillant à peine, vient nicher sa
truffe humide dans son cou. Mais c'est un
homme qui les accompagne, la jeune trentaine, les cheveux courts, la mise soignée,
chaussé de bottes en caoutchouc incongrues,
l'air étrangement familier. Il le regarde sans
comprendre.

L'inconnu le salue poliment en constatant
que les chiens lui font la fête.

« Où est-elle ? demande-t-il, tout à coup inquiet.

— À l'hôpital, répond l'autre sans émotion
apparente. Rien de grave, un malaise hier
soir, mais depuis l'accident il vaut mieux être
prudent, alors ils l'ont gardée pour la nuit, en
observation… »

Cet inconnu rasé de près pourrait aussi
bien parler une langue étrangère. Puis il
comprend qu'il était avec elle dans la soirée,
elle qui disait vivre seule.

« Et vous êtes ? demande-t-il en résistant à
l'envie de se mettre à courir.

— Oh, pardon. Je suis le frère, Éric, dit
l'autre en tendant une main blanche.

— Le pilote d'avion, murmure-t-il.

— Oh, non, certainement pas, je suis
comptable. Et… euh… comme ma conjointe
avait besoin d'un peu de tranquillité, je suis
venu passer quelques jours en ville. Ce sont
des vacances, en quelque sorte, conclut-il sur
un ton de condamné à mort. Nous avons eu

un petit différend, vous voyez, rien de grave...», sent-il le besoin d'expliquer.

Mais déjà il est parti. Il se retourne *in extremis,* et songe à demander : « Quel hôpital ? »

Ce n'est qu'une fois devant l'imposante bâtisse de briques qu'il se rend compte qu'il ignore non seulement son nom, mais jusqu'à son prénom. Étrangement, il n'en a jamais eu besoin pour penser à elle. Il prend soudain conscience qu'avant ce matin il n'a jamais parlé d'elle à qui que ce soit, et elle n'en est que plus précieuse à ses yeux.

Mais il se trouve dans l'entrée d'un bâtiment immense, où vont et viennent des dizaines de personnes, certaines à l'air affairé, d'autres épuisé : infirmières en blanc ou en vert pâle, visiteurs accompagnés d'enfants récalcitrants, préposés à ceci ou à cela vêtus de combinaisons, quelques médecins en habit bleu, masque de papier dans le cou, qui sortent au pas de course fumer une cigarette ou acheter un café au coin de la rue. Le hall retentit d'une clameur qui est celle des grands espaces où l'on n'est que de passage : salles de gares ou d'aéroports, centres commerciaux. Il s'enfonce dans le premier couloir qu'il découvre à sa droite et cherche à se souvenir des principes élémentaires qui permettent de sortir d'un labyrinthe. À défaut de pouvoir dévider derrière soi une bobine de fil, tourner toujours à droite chaque fois que l'occasion s'en présente devrait lui permettre de couvrir systématiquement chacun des étages. Et puis, il est sans doute quelques services qu'il n'a pas à passer au peigne fin : gériatrie, néonatalité… À cette pensée, il est pris d'une sorte de vertige.

Il arpente lentement le couloir où s'ouvrent, de part et d'autre, deux longues rangées de portes, la plupart entrebâillées. Du côté gauche, un pâle rayon de soleil filtre des embrasures et se couche sur le sol couvert d'un linoléum qui a connu des jours meilleurs. Surmontant sa réticence et sa gêne, il passe la tête dans chacune des ouvertures, le temps de distinguer les silhouettes allongées ou courbées dans les fauteuils, presque fantômes qui le considèrent un instant d'un regard à peine surpris avant de retourner à leur souffrance. Il ignore s'il aura la force de continuer longtemps, mais sait qu'il ne possède pas celle qu'il faut pour s'en aller sans l'avoir vue.

Elle dort quand il trouve enfin sa chambre, la quatrième, côté gauche, du septième couloir de l'aile ouest du deuxième étage. En apercevant son visage pâle sur les draps blancs, il songe au soleil sur la neige qui recouvrait la montagne le jour de leur première rencontre. Près de son lit se dresse un instrument de plastique et de métal dont l'écran noir affiche un fin tracé vert où les pics et les vallées régulièrement espacés lui rappellent le dessin de certaines périodes précédant les séismes, quand l'aiguille du sismographe enregistre tout à coup nombre d'oscillations quasi indiscernables correspondant aux vaguelettes, aux imperceptibles battements et aux minuscules tourbillons qui annoncent le trouble sur le point de secouer le cœur de la terre.

Un homme long et mince, aux traits tristes, s'en va comme il arrive. Il semble jeune mais a les yeux d'un vieillard; il marche en s'appuyant sur une canne et l'enjoint, un doigt sur la bouche, de ne pas faire de bruit.

Il s'assied silencieusement dans le fauteuil de vinyle près du lit. Une faible lumière entre par la fenêtre et renverse des coulées de miel sur les murs et le sol. Les bruits du corridor ne lui parviennent qu'assourdis; il règne un calme étrange, comme si la pièce avait mystérieusement réussi à se détacher de l'hôpital qui l'entourait pour voguer sur une mer étale. Il sort de son sac son livre et son carnet de notes et reprend sa lecture, tournant les pages le plus doucement qu'il le peut afin de ne pas troubler son sommeil. Elle a le souffle régulier, telle une vague qui s'avance et se retire sous l'effet du ressac. Il ne tarde pas à s'assoupir lui aussi dans la tiédeur de la chambre.

Quand elle ouvre les yeux, elle le découvre profondément endormi, bouche ouverte. Son livre a glissé sur ses genoux et une page s'est échappée de son calepin. Elle la déplie avec précaution. Il y a noté, d'une écriture urgente:

Augustus Edward Hough Love

Slower than P and S waves, Love waves have a greater amplitude.

It is Love waves that people feel during an earthquake, and Love waves that cause the most damage.

Elle glisse le papier précieusement sous son oreiller.

Il se réveille presque aussitôt en sentant son regard sur lui. Se lève d'un bond, se penche au-dessus du lit blanc. Sonde ses yeux noisette, la prunelle où est enchâssée une paillette verte qui brille de l'éclat de la mer aux beaux jours du printemps. Il veut poser la main sur son front mais n'ose pas.

« Je suis contente que tu sois venu, dit-elle.

— Moi aussi », répond-il d'une voix étranglée. Ses traits sont tendus, il passe la main dans ses cheveux d'un geste nerveux, pour repousser une mèche blonde qui lui tombe sur l'œil. L'ongle de son pouce est rongé jusqu'au sang.

Il reste à son chevet tout le soir et toute la nuit, comme s'il fallait à tout prix empêcher le sommeil de revenir la cueillir, il cherche à la distraire en lui faisant la lecture des revues à potins dénichées dans une salle d'attente non loin, puis celle du traité de géodynamique qu'il traîne avec lui, en lui racontant toutes les histoires auxquelles il peut penser, en lui posant les questions les plus folles, trouvant là un meilleur moyen de la connaître qu'en l'interrogeant sur son passé ou sa maladie :

« Si tu ne pouvais plus manger qu'un fruit de toute ta vie, ce serait quoi ? »

«Quelle est la couleur que tu ne peux pas supporter?»

«Tu as une étoile préférée?»

«Tu crois que c'est vrai que les chiens savent prédire les tremblements de terre?»

Après s'être efforcée de répondre le plus honnêtement possible (une orange, le violet, *Stella Maris*), elle le regarde, ébahie:

«Ce serait plutôt à moi de te demander ça, non? Il y a bien un de tes livres qui en parle?

— La vérité, c'est que les scientifiques n'en savent rien. Ce qui est sûr, c'est que les chiens perçoivent avant nous les premières vibrations, comme s'ils possédaient une sorte de sismographe particulièrement précis...

— Comment ils font?

— On ne sait pas exactement. On suppose qu'ils sont plus sensibles aux variations de champs magnétiques et qu'ils ressentent avec plus d'acuité les mouvements du magma sous l'écorce terrestre. Certains croient qu'ils perçoivent peut-être des sons à très haute fréquence qui viendraient de l'intérieur de la terre.

— Et s'ils étaient simplement plus attentifs?

— Peut-être.»

Mais il ne semble pas convaincu.

«Mon tour, maintenant», dit-elle en se haussant sur ses oreillers. Ses joues se sont teintées de rose, elle a les yeux brillants. Dans les corridors, les infirmières chaussées de caoutchouc passent comme des fantômes et font mine d'ignorer que les heures des visites sont depuis longtemps terminées.

« Le légume que tu détestes ?

— Le salsifis.

— L'animal que tu préfères ?

— La salamandre.

— On dit qu'elles ont neuf vies, non ?

— Ce ne serait pas plutôt les chats ?

— Tu as raison. Mais alors, les salamandres, elles ont combien de vies ?

— Je n'ai pas d'informations précises sur la question, mais j'avancerais, sans trop de craintes de me tromper : une seule.

— Mais elles ne sont pas censées être des animaux fabuleux, qui renaissent de leurs cendres ?

— C'est le phénix.

— Quoi, le phénix ?

— C'est le phénix qui renaît de ses cendres. On disait de la salamandre de feu, *Salamandra salamandra,* qu'elle vivait dans les flammes. Dans son *Devisement du monde,* Marco Polo raconte que le suaire de Jésus-Christ était conservé dans de l'étoffe de salamandre.

— Quelle horreur.

— Il voulait parler d'amiante.

— Que ne le disais-tu pas plus tôt. Quoique, à bien y songer, ce ne soit pas plus rassurant.

— La salamandre était censée produire une sorte d'amiante animale, à moins que ce ne soit l'amiante qui soit une salamandre végétale. Toujours est-il qu'un esprit scientifique particulièrement sagace s'est un jour avisé de jeter au feu une douzaine de salamandres pour voir si elles se transformeraient magiquement en quelque substance chère à l'alchimiste, si elles produiraient leur fil ignifuge ou si elles acquerraient un pouvoir surnaturel.

— Et puis?

— Elles sont mortes rôties.

— *Sic transit gloria mundi.*

— Je me suis laissé dire qu'on faisait la même chose avec les sorcières à une certaine époque. Si elles réussissaient à s'échapper du bûcher, c'était la preuve qu'elles avaient conclu une alliance avec le Malin. Si elles brûlaient sans faire d'histoires, leur innocence s'en trouvait prouvée et le royaume des cieux était à elles.

— Et comment tu sais tout ça?

— Tout le monde sait ça, non?»

Elle fait une moue dubitative, reste songeuse un instant. Dans le carré de la fenêtre scintillent les lumières de la ville, brouillées par la pluie qui s'est mise à tomber et trace sur la vitre de longs chemins tremblants. Elle se rappelle tout à coup un reportage vu à la télé après un tremblement de terre meurtrier en Chine:

«Quelques jours avant, des milliers de grenouilles étaient descendues des montagnes et avaient envahi les rues. Les gens devaient fermer les portes et les fenêtres pour éviter d'être infestés. Les autorités avaient parlé d'une migration particulièrement importante, d'une population plus abondante cette année-là, ou de je ne sais quelle autre ânerie, pour rassurer les citoyens, mais, bien sûr, les grenouilles avaient raison…

— Justement, le premier instrument permettant d'identifier l'origine d'un tremblement de terre a été mis au point par les Chinois.

— C'était une grenouille ? »

Il rit.

« Non… Mais oui, en fait. C'était plus exactement plusieurs grenouilles. On possédait un de ces trucs, très vieux, à la maison quand j'étais petit ; je n'ai jamais su d'où il venait exactement ni où il est passé… Quoi qu'il en soit, il s'agissait d'un appareil constitué d'une sorte de grande amphore en bronze ; sur ses flancs se trouvaient huit dragons, tête en bas, chacun tenant dans sa gueule une boule de métal, ou enfin, chacun aurait dû en tenir une, mais celui que nous avions était incomplet et il n'y en avait que sept. Sous chaque dragon était disposée une grenouille, bouche grande ouverte, prête à recueillir la boule.

— Et les dragons la lâchaient quand il y avait un tremblement de terre.

— Oui.

— Mais pourquoi fallait-il qu'ils soient huit ? Est-ce qu'un seul dragon n'aurait pas fait l'affaire ?

— Non ; la beauté de la chose, c'est que les dragons n'ouvraient pas tous la gueule à la moindre vibration : il y avait à l'intérieur de l'amphore un genre de pendule inversé, qui réagissait aux ondes sismiques en allant frapper le dragon situé à l'exact opposé de la direction où avait lieu le tremblement de terre.

— Alors, c'est une seule boule qui tombait...

— Oui, et non... Le pendule en revenant allait aussi frapper la boule directement en face de la première...

— Mais, dis-moi, à moins d'avoir posté quelqu'un en permanence devant le truc, comment faisait-on pour savoir si l'épicentre du tremblement de terre était, mettons, franc nord ou plein sud ?

— On ne savait pas, aussi l'empereur envoyait-il des cavaliers en reconnaissance dans les deux directions opposées, au même moment.

— Celui qui trouvait l'origine devait ensuite rebrousser chemin pour prévenir l'empereur, ça va, mais l'autre, comment il savait qu'il devait revenir ?

— Qui a dit qu'il revenait ?

— Tu veux dire qu'il continuait sans cesse à galoper en s'éloignant toujours de ce qu'il cherchait ?

— En gros, oui. »

Quand enfin il part, le soleil est levé pour de bon, infirmières et médecins ont commencé leurs rondes matinales, les ombres de la nuit se sont dissipées ; il arrive à croire qu'elle est hors de danger.

En sortant de l'hôpital, il prend sans s'en rendre compte le chemin de l'oratoire Saint-Joseph où il n'est pourtant jamais allé. Arrivé devant l'immense construction grise perchée presque au sommet du mont Royal, il commence lentement de gravir les marches menant à la crypte. Là, il pousse la porte pour entrer dans une longue pièce dont les murs sont bordés de rangées de lampions vacillant dans leurs coupes rouges, vertes, jaunes, s'étageant sur des gradins tels des spectateurs au cirque. Les milliers de minuscules bougies tremblantes dégagent une chaleur désagréable et une odeur de cire. Ici et là, quelqu'un fait glisser une pièce dans une boîte en bois et le tintement est répercuté par l'écho. Entre les estrades où brûlent les lampions, on a accroché à des pans de murs des dizaines de béquilles et de cannes en bois, vraisemblablement laissées par des pèlerins éclopés guéris grâce à l'action bienfaisante du frère André ou par celle, réparatrice, de saint Joseph, à qui le sanctuaire est dédié. En apercevant ces amas, il frissonne, ne pouvant s'empêcher de voir en esprit les montagnes de lunettes et de souliers qui évoquent irrésistiblement Auschwitz, et songe que cette église a été construite avant, dans un monde tout autre, où de semblables monticules étaient synonymes de miracles plutôt que d'holocaustes. Derrière l'un des murs de béquilles patinées par le temps, un ouvrier a oublié une paire de gants de travail qui reposent, vides, sur le sol.

Au sortir de cette salle, une porte s'ouvre dans le mur, au-dessus de laquelle on peut lire *Renseignements/Bénédictions*. Jetant un coup d'œil à l'intérieur, il découvre un curieux objet d'argent, mi-marmite et mi-samovar, coiffé d'un panneau annonçant *Eau bénite*. Tout à côté se trouve une boîte pleine de bouteilles en plastique miniatures comme celles qu'on apporte en avion.

Marchant au hasard dans le dédale de corridors et d'escaliers qui mènent d'une salle à l'autre, il aboutit bientôt à un couloir où, au fond d'une alcôve percée dans une cloison et protégée par une vitre, elle-même protégée par une grille, un morceau brunâtre qui aurait pu avoir l'air d'une pierre est exposé dans un petit reliquaire de verre. Sur les lourdes portes de métal, on peut lire :

Ici repose dans la paix de Dieu
le cœur du frère André, C.S.C.,
fondateur de l'Oratoire, 1845-1937

À la base du piédestal de marbre sur lequel est posée la boîte en verre, il y a quelques bouts de papier sur lesquels sont griffonnés des suppliques, des prières ou des remerciements, et des pièces de monnaie comme on en jette dans les fontaines en faisant un vœu. Non loin, on entend de l'eau couler. Se laissant guider par le son, il atteint un long couloir dérobé qui semble avoir été creusé à même la montagne et se trouve face à un mur de roc couvert par endroits d'une mousse verte où perlent des gouttelettes qui une à une se détachent de la paroi comme d'une immense joue de pierre et tombent avec un bruit de pluie.

Une série d'escaliers mécaniques semblables à ceux dont sont équipés les centres commerciaux mènent à la basilique, qu'il finit par atteindre sans le savoir, faute de repères. Nulle fenêtre depuis longtemps ne donne sur l'extérieur et il a l'impression à chaque pas de s'enfoncer plus profondément dans le cœur de la montagne. Il parvient enfin devant de lourdes portes qu'il tire pour pénétrer dans une pièce si vaste qu'il en a un instant le souffle coupé. Là non plus, nulle lumière naturelle ne pénètre, hormis quelques rayons écarlates filtrant à travers des vitraux aux formes acérées, qui ressemblent à des vitres colorées qu'on aurait fracassées et recollées à la va-vite. Il avance vers le chœur, ses pas résonnent sur le sol. Sur les longs bancs de bois, ici et là, il devine une silhouette voûtée. La nef entière semble faite de ciment, et rappelle l'architecture des barrages du début du vingtième siècle conçus dans le double but d'assujettir la nature et d'affirmer haut et fort la supériorité de l'homme sur ce qui l'entoure. Sans doute voulait-on ici exalter la grandeur de Dieu, mais l'effet est le même. Il se rappelle tout à coup que le frère André était un homme tout petit, cinq pieds à peine, humble portier.

De chaque côté du chœur se dressent, par groupes de trois, les apôtres aux mines atterrées qui font irrésistiblement penser à ces trois singes dont le premier n'a rien vu, le deuxième rien entendu et le troisième rien dit. Derrière l'autel s'élève une croix de bois monumentale ; le Christ supplicié est entouré de Marie et de Marie-Madeleine qui, visage tourné vers le sol, mains levées, semble déplorer quelque tragédie qui se serait produite par terre pendant qu'on exécutait le Sauveur. D'immenses luminaires rectangulaires suspendus au plafond projettent dans l'abside une lumière froide. S'approchant encore, il remarque, au pied de l'autel, un bouquet de roses rouges devant lesquelles il s'agenouille : de tout ce qui se trouve en ce lieu, elles seules sont encore un peu vivantes. Le dallage sous ses genoux est glacé et, quand il se relève, il boite légèrement.

C'est en redescendant qu'il découvre, au détour d'un couloir, le tombeau du frère André, immense sarcophage de marbre noir, sans ornements, dissimulé dans une curieuse pièce en demi-cercle, tapissée de briques brunes. Il s'arrête devant le bloc sombre, tentant d'imaginer le corps qui y repose, un trou à la place du cœur.

Ce matin, il y a un petit attroupement devant la maison de dame Lili. La vieille dame est escortée par deux femmes d'âge mûr qui pourraient être ses filles ou des travailleuses sociales, elle est incapable de le deviner à leur air à la fois professionnel, efficace et un peu atterré. Chacune tient un coude de la dame qui fait mine de chercher à se dégager, mais semble presque heureuse de cette attention.

« Martha ! s'écrie-t-elle en l'apercevant de l'autre côté de la rue, Martha, ma chère, je pars en vacances ! En transatlantique, rien de moins. On m'assure que j'aurai une cabine tout confort. »

L'une des femmes secoue doucement la tête tandis que l'autre lève les yeux au ciel. « Allez, quelques pas encore », souffle la première en montrant du doigt la voiture qui attend, portière ouverte. La vieille dame s'y installe, souriant largement, fait au revoir de la main à travers la fenêtre, un petit geste sec et digne, doigts un peu repliés, paume en coupe, comme la reine dans son carrosse. On entend à ce moment un aboiement à l'intérieur de la maison, et le visage de dame Lili en un instant se tord de surprise, puis de chagrin. Elle ouvre la bouche en un cri silencieux, appuie le front contre la vitre et ferme les yeux tandis que la voiture s'ébranle.

La porte de la maison est toujours béante ; un homme en sort, moustachu, qui tient un attaché-case et une laisse au bout de laquelle Lili, tendue, levée sur ses pattes de derrière, se débat en poussant des cris aigus.

«Où l'emmenez-vous?» demande-t-elle à l'homme occupé à fermer à clef.

Il la toise un instant avant de lui répondre d'un ton maussade:

«D'après toi? Un hôtel canin de luxe?

— Pas le chien, la dame, où l'emmenez-vous?

— Tu es de la famille?

— Ça change quelque chose?

— Plutôt, oui.

— Alors, oui, je suis de la famille.

— Comment t'appelles-tu?

— Vous l'avez entendue, Martha.

— Martha comment?

— Ça ne vous regarde pas.»

Elle soutient son regard. Il a les yeux bruns, une paupière qui tressaille légèrement quand il parle.

«Et le chien, vous l'emmenez où?» reprend-elle.

Il la dévisage sans répondre, l'air furibond, la moustache frémissante; on dirait presque qu'il prend plaisir à cet échange. Elle lui arrache la laisse des mains et tourne les talons avant qu'il ait pu dire quoi que ce soit. Lili la suit docilement, tête basse.

~

Pour la première fois, ils sont côte à côte face au fleuve, et se retrouver ensemble devant la promesse de cette immensité a quelque chose de vertigineux et de rassurant à la fois. Les quais sont déserts, tout est trempé par une fine pluie grise qui nimbe d'un halo fantomatique les immenses navires rouillés dont certains semblent à l'ancre depuis des années tant ils ont l'air de faire partie du paysage, les vastes hangars vides, la masse, un peu plus loin, de l'ancien silo à grains aux vitres brisées d'où sortent des vols de pigeons ardoise, et l'île Sainte-Hélène dont on perçoit à peine le contour des condominiums amoncelés les uns sur les autres sans logique apparente comme des cubes de bois empilés par un enfant. Le Vieux-Port tout entier est plongé au cœur d'un nuage.

L'eau clapote doucement en venant lécher le muret de ciment au-dessus duquel ils sont penchés dans l'espoir de distinguer un poisson dont elle a cru voir l'éclair argent. Mais le fleuve est trouble, opaque comme du lait, et grisâtre. Ils restent accoudés un long moment, le cri lancinant d'une mouette vient de temps en temps trouer le silence et donner l'impression fugace d'un bord de mer. Quand ils relèvent la tête, le brouillard s'est dissipé.

« Le nuage est passé, remarque-t-elle, étonnée.

« Ou bien c'est nous qui sommes passés », rétorque-t-il, et elle est plus étonnée encore.

La pluie a cessé, laissant l'asphalte luisant comme un miroir. Dans le Vieux-Montréal, ils empruntent les rues couvertes de petits pavés inégaux et arrondis, passent devant le marché Bonsecours dont le dôme argent percé de hublots ressemble à un phare trapu, puis entament la remontée vers la montagne par le boulevard Saint-Laurent, qui part du fleuve du même nom pour aller rejoindre la rivière des Prairies, tout au nord de cette drôle d'île où on ne voit l'eau presque de nulle part. Fleuve et boulevard ont été baptisés en l'honneur de ce martyr iconoclaste du troisième siècle, enlevé alors qu'il était jeune enfant puis retrouvé sous un laurier, arbre auquel il doit son nom. Au terme de sa vie, mis à griller par ses tortionnaires sur des braises ardentes, plutôt que de répandre des larmes inutiles, Laurent annonça après quelques minutes que, le premier côté étant bien cuit, on pouvait le retourner. À la haine, à la bêtise et à la mort, il opposa la force tranquille de son rire clair, faisant taire les ris des bourreaux avec celui, terrible, de la victime. Par une ironie si grande qu'on peut aussi bien y voir une sorte d'hommage, on a jugé bon d'en faire le saint patron des rôtisseurs. Il demeure qu'à l'origine, en 1672, en ce pays de Nouvelle-France, on avait plutôt nommé ce qui n'était encore qu'un modeste sentier de terre « chemin Saint-Lambert », non pas, comme on pourrait le croire, en l'honneur de saint Lambert — mort, celui-là, en l'an 700 le cœur transpercé d'une lance alors qu'il se tenait devant l'autel de la chapelle des saints Côme et Damien à Liège — mais bien en mémoire de Lambert Closse, qui perdit la vie en 1662 en défendant Ville-Marie contre les assauts des Indiens, aidé de sa chienne Pilote.

Depuis le dix-huitième siècle, il unit et sépare la ville tout à la fois, comme les artères partant des poumons irriguent le corps dont elles délimitent aussi les grandes zones. Aujourd'hui encore, le boulevard Saint-Laurent trace la médiane à partir de laquelle, vers l'ouest comme vers l'est, on commence à compter les adresses de zéro, manière de méridien de Greenwich montréalais. Cette *Main* (un temps connue sous le nom de Saint-Laurent-du-Main, et qu'un traducteur particulièrement malavisé de Mordecai Richler a cru bon de renommer la «rue principale») fait office de ligne de démarcation entre les deux moitiés de l'île : l'anglaise bien nantie à l'ouest, nichée dans les collines de Westmount, et la française des ouvriers à l'est, qui jadis étalait sa misère dans des faubourgs semblables à ceux qu'a décrits Gabrielle Roy dans *Bonheur d'occasion*. Les deux territoires maintenant mêlés, métissés, amalgamés, la frontière demeure cependant, souvenir ou avertissement.

Coin De La Gauchetière, des canards laqués rouges et luisants sont suspendus par le cou, yeux clos, tête retombant gracieusement sur le côté, comme s'ils dormaient. Dans des vitrines s'empilent des petits écrins en bois ou en porcelaine, des fioles et des flacons, des racines, des feuilles séchées, des poudres, des baumes et des onguents dont l'odeur mentholée gagne les trottoirs. Des cageots de fruits aux formes étranges, certains hérissés de piquants, d'autres tachetés de brun, se déversent à la porte des boutiques où l'on vend des théières bleu et blanc, des crevettes séchées, du thé aux bulles et de l'anguille fumée.

Passé René-Lévesque (qui, quelques kilomètres plus à l'ouest, à Westmount, s'appelle toujours Dorchester), on entre dans un nouveau pays, long lui aussi de quelques pâtés de maisons à peine, où hier encore les Frolics, puis le Roxy, le Midway et le Crystal Palace avaient pignon sur rue, et où il ne reste plus guère, pour en témoigner, que le Café Cléopâtre ; en 1819, déjà, on recensait sur cette section de l'artère deux fois plus de tavernes que de marchands de provisions. Des filles juchées sur des talons trop hauts, dont certaines ne sont pas tout à fait des filles, y passeront la nuit à la porte de snack-bars où l'on vend pour pas cher des hot-dogs steamés ou toastés, attendant qu'une voiture s'arrête près d'elles, le cœur battant à cause du manque et de la peur. À l'intérieur, les banquettes de cuirette et les tables orange où l'on s'assoit pour manger une poutine sont éclairées au néon ; dehors, la rue est grise, où glissent des ombres.

Il arrive qu'on retrouve au petit matin dans les ruelles, au milieu des contenants de styromousse et des ustensiles en plastique, des seringues abandonnées et des capotes collantes, et parfois parmi les déchets une fille laissée là, couverte de bleus. À cette heure, la rue est presque déserte. Un clochard assis dans l'entrée d'un guichet automatique caresse son chien couché en rond à ses côtés ; des adolescents montent en courant la pente qui mène à la rue Sherbrooke. Plus loin, ils traversent sans mot dire le royaume du clinquant, des restaurants hors de prix et des bars devant lesquels s'étirent immanquablement, le soir venu, de longues files d'attente de gens tapant du pied en parlant à leur téléphone portable, et où l'on affirme avoir croisé la veille Robert De Niro, Leonardo DiCaprio. Les voitures aux carrosseries rutilantes et aux chromes étincelants s'aligneront dans les parkings comme chez des vendeurs d'autos d'occasion de luxe ; en descendront des filles aux longues jambes dont on se dira qu'elles pourraient être les sœurs de celles aperçues, titubant, un peu plus bas dans la rue, à la porte des gargotes puant l'huile rance, et des hommes aux cheveux fournis, aux lourdes montres en acier, le rire haut et fort, qui semblent en parlant s'adresser à un public invisible. Les restaurants se rempliront ; avec en bruit de fond une musique assourdissante, on y dégustera des plats aux noms compliqués où il y a du chorizo, du gravlax de quelque chose et du bœuf Kobé, souvent dans la même assiette, parfois impossibles à différencier, servis par des mannequins d'une beauté sculpturale mais infiniment moroses, et qui, le calcul n'ayant jamais été leur matière forte à l'école, ni l'orthographe, ont quelque difficulté à diviser en deux le prix d'une bouteille de vin et à noter les commandes sans se tromper dans tous ces mots étrangers. À cette heure, cependant, les vitrines sont vides, noires et aveugles.

C'est là que, il y a plus de cent cinquante ans, se déployait dans toute sa splendeur le Guilbault's Botanical and Zoological Garden, spectaculaire jardin qui ouvrit ses portes en 1840 et dont on pouvait visiter les divers attraits (serre, boisé d'arbres fruitiers et forestiers, gymnase) pour la somme de sept pence et demi très précisément. À en croire le propriétaire, il s'y trouvait rassemblée « l'une des plus grandes collections d'Animaux sauvages vivants, d'Oiseaux rares et de Curiosités de la Nature en Amérique du Nord ». Selon leur inclination, les visiteurs pouvaient rapporter au terme de leur promenade un souvenir horticole ou aviaire, puisqu'on y proposait avec équanimité « dahlias, roses, volailles, oiseaux ».

En matière de volatiles, les devantures du quartier portugais arborent aujourd'hui fièrement des coqs en céramique multicolores à la porte de rôtisseries où l'on offre des poulets dorés cuits à la broche, des poissons entiers frits et des cafés bien tassés ; on trouve plus haut, légèrement en retrait, une entreprise de pierres tombales, une autre qui vend depuis des décennies des chemises au rabais ; des ébénistes et des brocanteurs qui sont un peu la mémoire de ce boulevard qui est à lui seul la mémoire de la ville ; des ateliers de designers, des friperies et tout ce qu'il y a entre les deux (recycleurs, recouseurs, faiseurs de vêtements nouveaux à partir de vieilles loques) ; un restaurant végétalien où le beurre est remplacé par une pâte de sésame et le bacon par du seitan ; plus haut encore, un bar sans nom ni enseigne, dont l'effigie est un petit oiseau dessiné à la craie sur une ardoise, et que les anglos appellent le Sparrow tandis que les francos l'ont baptisé « Moineau ». Presque en face, un autre restaurant, baptisé Lawrence en l'honneur du boulevard, où l'on mange un *bubble and squeak* comme dans les chaumières anglaises ; un édifice en briques abritant des centaines de vingtenaires en t-shirt de coton équitable et chaussures de sport Converse fabriquant des jeux vidéo, en face duquel se trouve un café clair aux larges fenêtres, où l'on prend tranquillement le thé l'après-midi au milieu des plantes vertes. C'est là qu'ils quittent la Main qui, elle, continue son chemin jusqu'au bout de l'île pour ne s'arrêter que lorsqu'elle aura enfin retrouvé l'eau.

La montagne s'est couverte d'une ombre vert tendre, guère plus qu'un frisson, un chatoiement au ras du sol et au bout des branches, qui s'est répandu de jour en jour jusqu'à l'envelopper tout entière. Des grappes de samares miniatures, presque translucides, pendent par poignées aux ramilles des érables, des tulipes éclatantes sont écloses au milieu du sous-bois — comment sont-elles arrivées là, nul ne le sait — et dessinent sur la terre sombre des cloches rouge vif.

Le sommet ce matin baigne dans une fine brume dont elle ne saurait dire si elle monte de la terre ou tombe des nuages en crachin. Le ciel est d'un gris de feutre, où les gouttelettes piquent mille aiguilles froides. On ne voit de l'église Saint-Germain que le bout pointu du clocher vert-de-gris. On n'entend pas même les oiseaux qui s'abritent de la pluie en se pelotonnant près du tronc des arbres les plus fournis. Elle est seule au milieu du brouillard, avec les chiens détrempés aux pattes sales.

Ce n'est que lorsqu'elle s'apprête à rentrer qu'elle se rend compte que Damoclès ne les a pas rejoints. Elle appelle, une fois, deux fois, trois fois. Lili, qui depuis des jours ne la quitte pas, dresse les oreilles et la regarde, l'air éperdu, avant de tourner les talons et de redescendre le sentier ventre à terre en faisant lever des arcs de boue derrière ses fines pattes. Elle fait aussitôt demi-tour et suit le chien d'abord d'un pas vif, puis au petit trot, et enfin en courant de toutes ses forces, siffle, appelle de nouveau. Elle ne sent plus ses jambes sous elle, a presque l'impression de voler, et il lui semble tout à coup que cette descente n'aura pas de fin. Elle aperçoit enfin la lourde silhouette, couchée au bord du sentier, qui tente maladroitement de se lever à son approche, mais l'animal, trop faible pour hisser son corps sur ses longues pattes, retombe sur les genoux et le menton, ne réussit qu'à battre de la queue.

Les chiens s'arrêtent derrière elle, à une distance respectueuse. Dans la terre elle voit la piste hésitante laissée par Damoclès, la trace de son grand corps sur le sol, ses pas incertains, de nouveau l'empreinte de son flanc par terre. Il est tombé et s'est relevé autant de fois qu'elle l'a appelé.

Il halète avec effort, a du mal à redresser la tête maintenant, qu'elle prend et pose doucement sur ses genoux ; il suit ses moindres gestes de son œil rond qui exprime le désespoir de vouloir obéir et d'en être incapable. « Bon chien », murmure-t-elle, et une membrane presque translucide vient un instant recouvrir la prunelle noire. Damoclès soulève l'oreille. Il pousse une plainte qui exprime tant la surprise que la souffrance. Elle flatte l'oreille au poil doux, la truffe tiède, lisse le front et les sourcils inquiets, les joues agitées de tressaillements qui naissent sur sa face et parcourent le corps du chien tout entier. Sa gueule rose s'entrouvre ; langue pendante, il ne la quitte pas du regard et emploie les forces qui lui restent à ne pas fermer les paupières. Doucement, elle dit :

« On sera bientôt à la maison, mon chien. »
Alors seulement les yeux marron se ferment.
La tête sur ses genoux est lourde comme une
pierre.

Les chiens s'approchent maintenant, reni-
flent la dépouille de Damoclès comme ils
flaireraient quelque objet inconnu. De sa
gorge s'élève un gémissement qu'elle ne reconnaît pas non plus.

~

Les deux lampes de poche tressautantes per-
cent la nuit de deux fins tunnels blancs où
volent, affolés, phalènes et autres papillons
blêmes aux larges yeux aveugles, toute une
faune nocturne minuscule et éphémère, irrésistiblement attirée par la lumière.

Il faut un temps infini pour creuser au
pied du hêtre la fosse où il dépose enfin
doucement Damoclès, qui ne fera désormais
plus qu'un avec l'arbre. Elle a apporté une
couverture, un os, un ours en peluche auquel il manque deux bras et une jambe et
que le chien avait l'habitude de transporter
délicatement entre ses crocs, comme s'il se
fût agi de quelque butin précieux et fragile,
puis, agenouillée sur le sol froid, elle jette la
terre par poignées sur la forme étendue de
Damoclès, qui semble dormir.

La lune se lève, énorme et blanche à l'horizon, jetant une lueur cendrée sur le flanc
rocheux et la ville grise en contrebas. L'Étoile
polaire scintille au-dessus des arbres. Sur le
mont Royal assoupi on n'entend rien que

le bruissement du vent dans les feuilles et, de temps en temps, le hululement étonné d'un hibou. Quand la fosse est refermée, elle y assemble, en choisissant soigneusement chacun des cailloux, un chien de pierres, couché sur le côté, tenant dans sa gueule un ourson.

Ils restent là longtemps, entre les lumières de la ville et la moisson d'étoiles, alors qu'au même moment ailleurs sur la terre et aussi tout près meurent des enfants, alors qu'on brûle des forêts, que des hommes lèvent la main sur d'autres hommes qui sont leurs frères, ou sur leurs femmes, ou sur leurs filles, alors que de toutes parts s'élèvent dans la nuit des cris de détresse, ils restent là, tous les deux, et pleurent la mort d'un chien.

La lune à son tour disparaît en même temps que le vent se lève, comme si elle avait été chassée par la brise. Les feuilles se révulsent dans un bruissement, montrant leur ventre gris. Elle reçoit une gouttelette sur l'épaule, une autre sur le nez, et bientôt l'orage se déchaîne. Les gouttes tombent si lourdes qu'elles tracent dans l'air de longues lignes obliques semblables aux traits que dessinent dans le ciel les étoiles filantes. On n'y voit plus à deux pas, l'air est saturé d'eau, effaçant les contours des stèles comme la ligne d'horizon, qui tous se perdent dans le gris de plomb de la tempête. Un éclair lointain allume un pan de ciel, suivi d'un claquement sourd. Dès les premières gouttes, il a tenté de l'entraîner à l'aveugle sur un chemin serpentant, bordé de caveaux qui y font de massives sentinelles. Un nouvel éclair flambe, illuminant d'un bref éclat blanc les arbres et les tombes, immédiatement suivi d'un fracas assourdissant, comme si le ciel s'était ouvert en deux.

Elle lève les bras vers les nuages, renverse la tête, ferme les yeux. La distance séparant la fulgurance de l'éclair du grondement du tonnerre s'amenuise chaque fois, comme si, après l'avoir poursuivie depuis l'aube des temps, le rugissement allait enfin réussir à rattraper la lumière que depuis toujours il tente en vain d'atteindre.

« Viens », la presse-t-il, mais elle ne bouge pas, le visage inondé.

Il la prend par le coude, veut la tirer ; elle se libère. Les éclairs maintenant balaient le ciel comme des projecteurs tandis que le grondement du tonnerre fait vibrer le sol sous leurs pieds. Éperdu, il cherche des yeux un abri tout proche.

Il n'a pas vu la foudre tomber, mais l'a sentie, formidable décharge qui en l'espace d'un instant unit le ciel, le feu et la terre. Une puissante odeur d'ozone se répand dans l'air humide. Le chêne au pied duquel ils ont plus d'une fois pique-niqué s'est fendu de haut en bas dans un craquement sinistre ; une moitié d'arbre décharnée, festonnée de noir, est restée debout. L'intérieur de l'arbre était creux.

Après cela, elle se laisse docilement entraîner vers un caveau en pierres. Il pousse une lourde porte de bronze qui s'ouvre sans un bruit, révélant un intérieur obscur où l'on entrevoit, posés sur d'épaisses tablettes de pierre, des formes rectangulaires et allongées.

La lumière de la chandelle éclaire un seul côté de son visage, et elle a l'impression de distinguer mieux qu'elle ne les a jamais vus l'arête de son nez, la courbe de son menton, le dessin de ses pommettes et les lignes minuscules qui se creusent au coin de ses yeux quand il sourit, comme si la lumière du jour et des lampes jusque-là lui avait toujours mystérieusement caché quelque part de lui qui ne se révèle que dans ce clair-obscur.

Il se racle la gorge comme s'il s'apprêtait à dire quelque chose, mais reste silencieux et finit par s'asseoir par terre, genoux relevés, adossé au mur du fond. Les yeux levés, il tapote le sol devant lui et elle vient se nicher entre ses jambes, appuyant le dos contre sa clavicule. Il noue les mains autour de sa taille et elle peut sentir, à travers les épaisseurs de tissu trempé, la chaleur de son corps. Son souffle est tiède et régulier dans son cou, puis sur ses lèvres, ses épaules, son ventre.

Ils sont restés des heures dans le mausolée, la bougie réchauffant les ténèbres. Elle s'est réveillée peu avant l'aube et l'a regardé dormir encore, à moitié dévêtu, sur leurs vêtements roulés en boule. Yeux clos, bouche entrouverte, il ressemblait à une statue. Ses joues s'étaient couvertes pendant la nuit d'une jeune barbe qui piquait un peu. Elle a poussé la porte. La pluie avait cessé, et sur chaque brin d'herbe perlaient des gouttes rondes et tremblantes. Une odeur verte montait de la terre, le ciel à l'est imperceptiblement pâlissait alors que les étoiles réapparues pendant la nuit s'étiolaient une à une dans la clarté naissante. Partout autour d'elle les morts dormaient tandis que dans la ville les vivants lentement s'éveillaient.

Il sort du tombeau, ébouriffé et encore engourdi de sommeil, en même temps que le soleil se lève.

«Je m'appelle Rose, dit-elle sans se retourner.

— Et moi William, Love.»

Elle sourit. Bien sûr qu'il s'appelle Love. Devant Rose Cyparis et William Love, les premiers rayons de l'aube s'étirent entre les tombes. Il règne un silence tel qu'on dirait que la terre a bu jusqu'au dernier bruit et sommeille encore, tranquille, dans les voiles de la nuit. Les animaux nocturnes sont rentrés se cacher du jour; les visiteurs ne seront pas là avant longtemps. Une corneille non loin déploie ses ailes et prend son envol. Le cimetière appartient tout entier aux stèles immobiles marquant la présence des disparus et dont certaines ont l'allure d'un homme debout, élevées à la mémoire de ceux qui ont vécu — un jour, cent ans — sur cette terre à quoi l'on a confié leur corps et avec laquelle désormais ils ne font qu'un. Les rayons

s'allongent, pailletés d'or, près de la silhouette des croix et des statues étendue sur
le sol : ombre et lumière couchées ensemble
se reposent dans l'herbe.

NOTE DE L'AUTEUR

Je prie historiens, mathématiciens, géologues et autres experts de ne pas me tenir rigueur des libertés que j'ai prises avec leurs spécialités respectives lors de la rédaction de ce livre qui ne se veut pas autre chose qu'un roman, c'est-à-dire une œuvre d'imagination, laquelle, par définition, ne vise pas tant la véracité qu'une sorte de cohérence autre, intime et indépendante du contexte dont elle tire son inspiration.

Il semblerait bien que Baptiste Cyparis (que d'aucuns appellent plutôt Ludger Cyparis, Louis-Auguste Cyparis ou Jean-Baptiste Sylbaris) ait existé, et qu'il soit le seul homme à avoir survécu à la meurtrière éruption de la montagne Pelée survenue le 8 mai 1902, au cours de laquelle quelque 30 000 personnes ont perdu la vie. À la suite de cet « exploit », il aurait été recruté par le cirque Barnum & Bailey, qui en fit l'une des attractions principales de son exposition itinérante. On n'en sait guère plus à son sujet, mais j'invite ceux qui souhaiteraient davantage d'informations sur Saint-Pierre au moment de l'éruption à consulter *Fire Mountain,* de Peter Morgan, à qui j'ai emprunté l'expression du « facétieux esprit de l'envers » carnavalesque. On y trouve entre autres une chronologie rigoureuse des événements, à laquelle je me suis permis de déroger. Les renseignements relatifs aux premières fouilles entreprises à Pompéi ont été puisés dans *Pompeii Awakened,* de Judith Harris.

Né en 1863, le mathématicien Augustus Edward Hough Love s'est intéressé aux questions de géodynamique et d'élasticité des solides, domaines dans lesquels il a réalisé d'importantes découvertes. Il a mené à l'université d'Oxford une carrière plus longue et plus brillante que celle que je lui ai imposée à Londres. On a baptisé en son honneur les nombres de Love, qui servent à mesurer la déformation de la terre sous l'influence des marées, et les ondes de Love (ces *Love waves,* merveilleusement nommées), encore utilisées aujourd'hui dans l'étude de la croûte terrestre et des tremblements de terre, notamment. Je me suis bornée à emprunter à Edward Love son nom et ses découvertes, et, le rajeunissant de quelques années, j'ai pris plaisir à lui inventer une existence que ceux-ci me semblaient appeler. J'aime à croire qu'il ne m'en aurait pas voulu.

Certaines des traductions que l'on me confie continuent de m'habiter longtemps après que je les ai terminées, et nourrissent ce que j'écris. Ainsi, les mythes entourant les salamandres figurent dans *L'arbre, une vie,* de David Suzuki et Wayne Grady, et la très belle origine du mot *paradis* vient du *Tombeau d'hiver,* d'Anne Michaels, œuvre dont j'ai parfois l'impression que j'ai écrit mon roman pour lui répondre ou lui faire écho.

∼

Merci à Nadine Bismuth, François Ricard et Yvon Rivard, premiers lecteurs à la fois sagaces et bienveillants. Merci à Danielle Gilbert, qui m'a évité de commettre des aberrations en matière médicale. Merci à Julie Robert, à Éric Fontaine et à Éric de Larochellière. Merci enfin à Antoine Tanguay de sa fougue, son intelligence et sa passion pour la littérature.

Merci à Victor le chien pour les promenades à la montagne. Et merci à Fred, pour tout — et le reste.

~

Ce livre a été terminé avant le tremblement de terre meurtrier qui a dévasté Haïti le 12 janvier 2010. Je l'ai écrit en mémoire d'un ami trop tôt disparu ; j'aimerais qu'il puisse aussi honorer le souvenir des victimes du séisme, et le courage qu'il faudra à ceux qui les aimaient et leur ont survécu.

DÉJÀ PARUS CHEZ ALTO

Nicolas DICKNER
Nikolski

Clint HUTZULAK
Point mort

Tom GILLING
Miles et Isabel ou
La belle envolée

Serge LAMOTHE
Le Procès de Kafka et
Le Prince de Miguasha
(théâtre)

Thomas WHARTON
Un jardin de papier

Patrick BRISEBOIS
Catéchèse

Paul QUARRINGTON
L'œil de Claire

Alexandre BOURBAKI
Traité de balistique

Sophie BEAUCHEMIN
Une basse noblesse

Serge LAMOTHE
Tarquimpol

C S RICHARDSON
La fin de l'alphabet

Christine EDDIE
Les carnets de Douglas

Rawi HAGE
Parfum de poussière

Sébastien CHABOT
Le chant des mouches

Marina LEWYCKA
Une brève histoire du tracteur
en Ukraine

Thomas WHARTON
Logogryphe

Howard MCCORD
L'homme qui marchait sur la
Lune

Dominique FORTIER
Du bon usage des étoiles

Alissa YORK
Effigie

Max FÉRANDON
Monsieur Ho

Alexandre BOURBAKI
Grande plaine IV

Lori LANSENS
Les Filles

Nicolas DICKNER
Tarmac

Toni JORDAN
Addition

Rawi HAGE
Le cafard

Martine DESJARDINS
Maleficium

DÉJÀ PARUS DANS LA COLLECTION CODA

Nicolas DICKNER
Nikolski

Thomas WHARTON
Un jardin de papier

Christine EDDIE
Les carnets de Douglas

Rawi HAGE
Parfum de poussière

Dominique FORTIER
Du bon usage des étoiles

C S RICHARDSON
La fin de l'alphabet

Lori LANSENS
Les Filles

Nicolas DICKNER
Tarmac

Martine DESJARDINS
Maleficium

Christine EDDIE
Parapluies

Lori LANSENS
Un si joli visage

Dominique FORTIER
Les larmes de saint Laurent

Margaret LAURENCE
Le cycle de Manawaka

L'ange de pierre
Une divine plaisanterie
Ta maison est en feu
Un oiseau dans la maison
Les Devins